새 엄마가 데려온 딸이 전 여친이었다
소꿉친구는 관둬
3

“(아카츠키 양~……! 도와줘~……!!)”
“얏호~ 유메♪ 도와주러 왔어~♪”
“저 가슴 큰 여자는 누구야?! 이 집은 너와 이리도 양의 성역 아니었냐고!!”
이리도 유메
Yume Irido
미소녀 우등생이자 고교 데뷔에 성공한 미즈토의 전 여친이자 의붓남매.
미나미 아카츠키
Akatsuki Minami
소꿉친구인 카와나미와는 견원지간. 그래서 그런지 쪼끔(?) 유메에게 의존하는 느낌.
카와나미 코구레
Kogure Kawanami
미즈토와 유메의 관계를 지켜보는 자칭 『연애 ROM 전문』.

"(어쩌다 이렇게 된 거지.)"
히가시라 이사나
Isana Higashira
보통 외톨이로 지내는 라노벨 오타쿠 소녀. 미즈토에게 차였지만 짝사랑은 진행 중.
"이 경박남은 대체 누구예요? 미즈토 씨의 친구는 저뿐이죠?! 그렇죠?!"
이리도 미즈토
Mizuto Irido
유메의 전 남친이자 의붓 남매. 절친이라 그런지 이사나에게는 물러터진 편.

"…………저기."
갑자기 가시 돋친 목소리가 들려와서
시야 한편을 힐끔 쳐다보았다.
그러자 유메는 신고 있던
검은색 니하이 삭스를 직접 벗고 있었다.
……어? 이 녀석 뭐 하는 거지?

소꿉친구는 관둬

새엄마가 데려온 딸이 전여친이었다 3

카미시로 쿄스케 지음
타카야Ki 일러스트
이승원 옮김

목차 Contents

전 연인의 일상 스냅샷
폭풍치는 밤의 침략자

바람이 굉음을 내며 휘몰아쳤다.

『그래. 전철이 멈춰서 오늘은 돌아가지 못할 것 같구나. 유니 씨와는 합류했으니까—.』

『유메와 함께 집 좀 봐주렴. 미즈토 군!』

알았어, 하고 대답한 나는 전화를 끊었다.

마당을 보니 수평으로 내리는 비가 창문을 거칠게 때리고 있었다.

6월도 어느새 후반에 접어들었다. 여름이 다가온다는 것은 태풍이 다가온다는 것을 의미하기도 했다. 학교와 직장을 배려한 것처럼 저녁에 밀어닥친 태풍은 인간이 지닌 이동의 자유를 순식간에 앗아갔다. 즉—.

"……부모님들은 뭐래? 돌아올 수 있겠대?"

"그게…… 오늘은 비즈니스 호텔에서 묵고 내일 돌아오겠다네."

의붓동생인 이리도 유메의 질문에 나는 그녀를 돌아보지 않은 채 답했다.

격렬한 바람 소리만이 우리뿐인 거실에 울려 퍼졌다.

아무튼…….

오늘 밤은 단둘이서 보내게 된 것 같다.

"……일단 저녁부터 먹자. 냉장고에 뭐가 있더라?"

"……아마 냉동식품이 몇 개 있을 거야. 밥을 해야겠네—."

응? 자기 집에서 단둘이 있게 됐을 뿐인데 우리가 평정심을 잃을 거라고 생각했어?

한집에서 살게 된 후로 석 달이나 지났다. 집에 단둘이 있었던 적 또한 셀 수 없을 만큼 많다. 하룻밤을 한 지붕 아래에서 단둘이 보내는 건 처음이지만 결국 이제까지 해왔던 경험의 연장선에 지나지 않는다.

인간은 성장하는 동물이며 적응하는 동물이다.

지금의 우리에게 있어 이 정도는 트러블이라고도 할 수 없다.

그렇게 생각했지만…….

"꺄아아앗?!"

저녁을 먹고 목욕을 마친 후 이제 잠만 자면 될 시간에 새된 비명이 집 안에 울려 퍼졌다.

살인 사건이라도 일어났나.

나는 미간을 찌푸리며 방에서 나갔다. 저 여자는 한밤중에 왜 이렇게 떠들어대는 거야—.

그 직후 긴 머리카락의 여성이 나를 끌어안았다.

"우오왓?!"

한순간 사다코 계열의 귀신이 나타난 줄 알았지만 그것은 내 의붓동생이었다.

유메는 내 어깨에 얼굴을 꼭 묻었다. 두 갈래로 묶은 긴 흑발에서는 꽃향기 같은 린스 향이 풍겨왔기에 나는 억지로 그런 생각을 머릿속에서 쫓아냈다.

"왜…… 왜 그래?"

내가 평정하고 냉정하면서도 태연하게 묻자 유메는 몸을 희미하게 떨며 문이 열려 있는 자기 방을 손가락으로 가리켰다.

"그…… 그 녀석이…… 그 녀석이……!"

"응?"

그 녀석? 이름을 말해달라고. 설마 방에 볼드모트 경이라도 나타난 거냐고.

유메의 방을 본 나는 방금 그 비유가 핀트에서 어긋났다고 볼 수 없단 사실을 눈치챘다.

카펫 위.

이름을 언급하면 안 되는 그 녀석— 전 세계를 공포에 빠뜨린 칠흑의 제왕.

작고 시꺼먼 잔상이 빠르게 지나가는 광경을 봤다.

"어, 어떻게 좀 해봐……! 살충제! 살충제는 어디 있어?!"

상황을 정확하게 파악한 나는 속단 속결로 현재 가능한 최선의 행동을 취했다.

살금살금 방에 다가간 후 열려 있는 문의 손잡이를 잡고—.

덜컹 소리가 나게 방문을 닫았다.

"…………봉인, 완료."

"누구 방에 봉인하는 거야?!"

나는 경계심을 풀지 않은 채 봉인의 땅에서 서서히 물러났다.

나한테서 떨어져 있던 유메가 나를 보며 눈을 가늘게 떴다.

"혹시…… 너, 벌레를 싫어해?"

"…………그런 식으로 표현할 수 있을지도 모르겠는걸."

"그런 식으로 표현할 수밖에 없거든?! 자기가 한심하지 않은 거야?! 백 년의 사랑도 식어버리겠거든?!"

"겨우 1년의 사랑이었고, 옛날에 식었잖아."

나는 내 방으로 전략적 후퇴를 시도했지만 유메가 내 팔을 움켜잡았다.

"됐으니까 빨리 살충제나 가져와! 나는 어디 있는지 모른단 말이야!"

"처리까지 나한테 맡길 속셈이잖아! 이럴 때만 약한 여자애 행세를 하는 건 너무 뻔뻔하지 않아?!"

"한심한 남자보단 낫거든?!"

어쩔 수 없이 1층에서 살충제를 가져다주자 유메는 아니나 다를까 「잘 부탁해」 하고 내 등 뒤에 숨었다. 아아, 젠장. 항상 아버지한테 맡겼는데 왜 하필 오늘……!

나는 스프레이를 손에 쥔 후 각오를 다지며 유메의 방문을 열었다.

아까 본 카펫 위를 중심으로 바닥을 유심히 살펴보았다. 방은 책이 많은 것에 비해 잘 정리되어 있었다. 내 방처럼 바닥에 물건이 놓여 있지도 않았으며 세 자릿수에 이르는 서적들은 책장과 종이 상자 안에 깨끗하게 수납되어 있었다.

그래서 사각지대가 적었다. 하지만…….

"……어디 간 건지 모르겠어……!"

녀석의 흉측한 모습은 물론이고 기척마저 사라졌다.

나는 고뇌에 잠기며 이를 악물었다.

"……이렇게 되면 포화 공격으로 가자—. 방 전체를 연기로 가득 채우는 타입의 살충제를 피우는 거야."

"뭐? 그럼 나는 오늘 어디서 자면 돼?"

"부모님 방이 비어 있잖아."

"뭐……?! 겨, 결혼한 지 얼마 안 된 부부의 침대에서 자라는 거야?!"

거기까지는 생각하지 못했다. 친부모니까……. 무의식적으로 그런 생각을 하지 않으려 했다.

"거실 소파는 어때?"

"싫어."

"하아……. 내가 소파에서 잘 테니까 너는 내 방에서—."

"싫어."

유메는 단호한 어조로 그렇게 말하더니 내 잠옷 소매를

꼭 움켜쥐었다.

"그게 또 나오면…… 어떻게 하냔 말이야……."

"……."

내가 있어도 같이 두려워할 뿐인데 이 여자는 그걸 모르는 걸까?

유메의 방에 살충제를 피우고(컴퓨터가 없어서 다행이었다) 문틈에 스프레이까지 뿌려서 완벽하게 봉인했다.

"이제 도망칠 곳은 없어. 그 녀석도 살아있진 않을 거야."

"그렇게 말하니 오히려 살아있을 것 같네."

"아차."

그리고 내 방으로 이동했다.

내가 찰칵하고 문을 닫자 유메는 바닥에 책더미를 거침없이 나아가며 미간을 살짝 찌푸렸다.

"이 방이 훨씬 더러운데 왜 내 방에 나온 거야……."

"내 방은 겨울에 환기를 하거든. 온도를 낮춰서 녀석들의 알을 죽이는 거야. 그러고 보니 네 방은 얼마 전까지 비어 있었으니까 환기를 안 했네."

"하아, 정말!"

유메는 잠옷 차림으로 내 침대에 털썩 앉았다.

흰색 헤어 슈슈를 이용해 긴 흑발을 두 갈래로 나눠 묶어서 가슴 앞으로 늘어뜨린(본의는 아니지만) 그리운 모습을 보며 나는 몇 번째인지 모르는 질문을 던졌다.

"……이봐, 진심이야?"

"뭘 걱정하는 건데?"

그녀의 시선이 나를 꿰뚫었다.

"그렇게…… 자신이 없어? 나한테 아무 짓도 안 할 자신 말이야."

숨지도 도망치지도 않겠다는 듯 유메는 엉덩이 뒤편의 침대를 손으로 짚었다.

얇디얇은 잠옷이라고 하는 믿음직스럽지 못한 장비.

남에게는 거의 보여주지 않는— 가족과 연인에게만 보여주는 모습.

그런 모습을 저렇게 가슴을 펴며 당당히 보여주기 위해선 상당한 용기가 필요할 것이다. 그렇다면 나도 용기와 이성으로 부응해야 한다.

잠옷 차림일 때 브래지어를 하는 걸까.

반사적으로 떠오른 그 의문도 지금은 봉인했다. 아까 전의 벌레처럼 말이다.

"……물론 있어."

"훗. 그렇지? 중학생 때도 아무 짓 안 했는걸."

"시끄러워……."

나는 침대 가장자리에 한쪽 무릎을 올린 후 이불을 걷었다.

"들어가."

"……내가 벽 쪽이야?"

"그러면 안 돼?"

"…………아냐. 괜찮아."

유메가 이불 안으로 들어간 후 나는 그제야 눈치챘다. 벽 쪽에 있으면 만약의 경우에 도망칠 수 없다.

……뭐, 『만약의 경우』 같은 건 일어나지 않을 테니 문제없나.

나도 뒤이어 이불 안에 들어간 후 리모컨으로 불을 껐다.

시야가 어둠으로 뒤덮이자 귓가에서 들려오는 숨소리와 등 너머에서 느껴지는 체온만이 느껴졌다.

나는 자연스럽게 거리를 벌리려다 침대에서 떨어질 뻔했다.

그래서 다시 안쪽으로 이동하다 엉덩이가 부드러운 무언가에 닿았고 화들짝 놀라며 떨어졌다.

발을 움직일 수 있는 공간도 너무 좁았다. 등 뒤편으로 조금만 움직여도 부드러운 종아리에 닿았다. 그때마다 허둥지둥 떨어졌고 다시 닿았다가 허둥지둥 떨어지기를 반복한 끝에 결국 포기했다.

발꿈치가 닿았다.

그대로 있자, 상대방이 자세를 바꾸며…… 내 발에 자기 발을 얹었다.

나는 그 자세가 마음에 안 들어서 발을 올려 두려 했고 상대방도 저항하며 자신의 두 발 사이에 내 발을 끼웠다.

그 속박에서 벗어나기 위해 엄지발가락으로 상대방의 발등을 두드리자 상대방도 엄지발가락으로 반격을 했다. 발등을 슬며시 훑은 후 내 엄지발가락과 검지발가락 사이에 파고든 것이다. 아프네. 나는 발가락에 힘을 주며 상대방의 엄지발가락을 졸랐다.

그러자 상대방은 드디어 손을 쓰기 시작했다.

내 등을 밀치는 상대방의 손을 왼손으로 잡고 밀어냈다.

가느다란 손가락과 손가락을 밀고 끼우고 잡다 보니 서로의 손가락과 손가락 사이를 메우는 자세로 교착 상태에 빠졌다.

—격렬한 바람 소리가 먼 곳에서 들려왔다.

오늘은 아버지도 유니 씨도 물리적으로 돌아오지 못한다.

그러니—.

지금 여기에서.

우리가 무슨 짓을 하든.

—평소처럼 부모님에게 들킬 걱정을 할 필요가 없는 것이다.

……무슨 생각을 하는 거야.

지금 여기서 우리가 뭘 하냐고? 수면이야. 그것 말고 뭐가 있는데?

안 그래? 침대란 가구는 우리에게 있어 수면을 위한 도구일 뿐이다.

다른 용도 같은 건.

단 하나도 존재하지 않는다.

그러니 지금 이 집에 우리밖에 없고 오늘 밤 몇 시간 동안 아무도 들어올 수 없다는 상황 설정은 전혀 고려할 필요가 없다—.

두 팔이 내 몸을 등 뒤에서 꼭 끌어안았다.

"……윽?!"

나는 아연실색하며 그 감촉을 확인했다.

등 뒤에서 옆구리 아래를 지나 내 가슴 언저리를 움켜쥔 손.

어깨뼈 근처에 닿아 있는 얇은 천 너머로 느껴지는 부드러운 감촉.

그리고 목덜미에 닿은 촉촉한 숨결.

거…… 거짓말이지?

그런 일은 절대 없다고 딱 잘라 말한 건 바로 너잖아.

자기가 그렇게 도발해놓고—.

두근두근하고 심장 뛰는 소리가 귓속에 울려 퍼졌다.

그것은 내 소리일지도 모르지만 등에 닿아 있는 가슴을 통해 전해져 오는 그녀의 소리일지도 모른다.

아아, 이러면 안 된다.

위험하다.

억눌러야 한다.

손으로 왼쪽 가슴을 억누르려 했지만 이미 그 자리에는 그녀의 손이 있었다.

그러니 이제 어쩔 수 없다.

나는 몸을 뒤편으로—.

"저, 저기……."

바로 그때 목덜미 쪽에서 들려온 것은 겁에 질려서 떨리는 목소리였다.

……으응?

"방금…… 무슨 소리 안 들렸어……?"

"……뭐?"

나는 입을 다물고 귀를 기울였다.

—부스럭.

"윽?!"

순식간에 머리가 식었다.

다른 이유로 심장이 뛰기 시작했다.

서, 설마…… 봉인이 부족했던 건가?!

"부, 불! 불 켜!"

"알았어……!"

베갯머리에 뒀던 리모컨으로 불을 켰다.

재빨리 방 전체를 둘러보니 바닥에 쌓여 있는 책 사이에 칠흑빛 그림자가 존재했다!

"우왓?!"

"꺄앗?!"
우리는 이불을 걷어찼다.
이익, 봉인이 깨진 건가!!
"살충제! 살충제!"
유메가 내 등 뒤에 숨으며 고함을 질렀다. 으윽, 움직이기 힘들어! 맞서 싸울 마음은 눈곱만큼도 없는 거냐!
만일의 사태에 대비해 살충제 스프레이를 근처에 두기 잘했다. 이 방에는 물건이 많다. 만약 놓친다면 다시 발견할 확률은 낮다.
"여기서…… 해치울 수밖에 없어……!!"
나는 스프레이를 쥐며 침대에서 나왔다.
그리고 자극하지 않기 위해 살금살금 녀석에게 다가갔다…….
하지만.
이 녀석에게는 살의를 감지하는 기관이 있는 걸까— 내가 방아쇠에 손가락을 얹은 순간 무시무시한 순발력으로 달리기 시작했다!
"놓칠까 보냐!!"
내 평생을 통틀어 최고 수준의 반응 속도였다.
그 녀석의 이동 방향을 따라 조준하고 살충제를 뿌렸다. 프로게이머 빰치는 속도로 칠흑색 물체를 포착하여 순식간에 운동 능력을 빼앗았다.

표적이 움직임을 멈춘 후에도 나는 계속 스프레이를 뿌렸다.

"우웩…… 아직도 살아 있어……."

진짜 징그러워. 완전 무리야.

극도의 생리적 혐오감 때문에 여고생 감성이 나왔지만 나는 그 녀석이 꼼짝하지 않을 때까지 오버킬을 이어갔다.

몇 번을 쓰러뜨려도 다시 일어서는 주인공과 마주한 적 캐릭터는 이런 심정일까. 뭐라 한마디 쏘아붙여 주고 싶어지는 것도 무리는 아니다.

어느 정도 분무를 끝내자 뒤편에 있던 유메가 머뭇거리며 나에게 물었다.

"……죽었어?"

"아마도……."

단언했다간 부활할 것 같은 느낌이 들었다. 이 생물은 대체 뭐야. 변신하는 타입의 보스냐?

죽이기는 했지만 시체를 저대로 둘 수는 없다.

인간의 유해를 치우듯 티슈를 덮어서 모습을 가린 다음 쓰레받기에 담아 몇 겹의 비닐봉지로 봉인했다.

이번에야말로 완벽했다.

"하아……."

내가 비닐봉지를 꼭 묶는 모습을 보고 유메는 안도의 한숨을 내쉬었다.

"너 말이야. 좀 도우라고……."

“……괘, 괜찮지 않아? 이럴 때 말고는 너한테 의지할 일도 없는걸.”

“내가 무슨 벌레 처리 담당이냐.”

내가 땅이 꺼지게 한숨을 내쉬자 유메는 겸연쩍은 표정을 지으며 가느다란 목소리로 말했다.

“……고마워.”

“이제야 그 소리를 하는 거냐고.”

“고맙다는 말에 트집 잡는 거야?! 너무해!”

흥, 하고 나는 코웃음을 쳤다.

유메는 불만을 표시하듯 입술을 쑥 내밀더니 농성 중이던 내 침대에서 나왔다.

“녀석이 사라졌으니 이 방에 있을 이유도 없어. 내 방을 환기시키면—.”

“……태풍이 몰아치는데?”

“………….”

거센 빗줄기가 창문을 두드렸다.

창문을 열었다간 방안을 가득 채운 살충제 대신 대량의 물이 안에 들어올 것이다. 대량의 책이 놓여 있는 그 방에 말이다.

“게다가 그 녀석은 한 마리가 발견되면 서른 마리는 있다잖아— 그 방은 이참에 완전히 정화해두는 게 낫지 않아?”

“그럼…….”

유메는 고개를 돌리며 말했다.

"어쩔 수 없으니까…… 오늘, 은……."

"『고마워』는?"

"시끄러워! 너야말로 영광으로 알아!!"

빗소리도 바람 소리도 잦아들었다.

그 대신 평온한 숨소리가 귓가에서 들려왔다.

"쿨……."

잠에서 깨어난 나는 몽롱한 상태로 소리가 들려온 방향을 반사적으로 쳐다봤다.

긴 속눈썹이 드리워진 눈을 꼭 감은 귀여운 여자애가 눈앞에 있었다.

……네 얼굴을 이렇게 가까이에서 보는 건 대체 얼마 만일까.

옛날부터 이목구비가 참 단정했지만 내가 아무리 말해도 너는 믿지 않았지……. 그런 애가 지금은 재색을 겸비한 완벽 초인 행세를 하고 있다니…… 하아, 정말…….

나는 그녀의 앞 머리카락을 손가락으로 쓸어넘겼다.

그 얼굴이 더 잘 보이도록.

……나한테는 보여줘도 괜찮잖아? 아야이…….

촉촉한 숨결이 입술에 닿았다—.

—부스럭.

뇌에 전류가 흐르더니 나는 화들짝 놀라며 일어났다.
방금 그 소리는 설마……?!
그것보다 내가 지금 뭘 하려고 했지……?!
방금 깨어난 머리가 혼란 탓에 과열된 바로 그때였다.

"우아아앗?!"
방금까지 곤히 잠들어 있던 유메도 벌떡 일어나 나한테 안겨들었다.

"……어."
—부스럭.
그 소리를 듣고 돌아보니 쌓아둔 책 위에 놓인 프린트가 바닥에 떨어져 있었다.
저 소리였던 걸까.
그렇다면…… 문제는 방금 내 품에 뛰어든 이 여자 쪽이다.
"……너, 너……."
"……………………."
"깨…… 깨어있었던 거야?"
"…………………………."
눈치채고 있었던 건가?
내가 잠결에 할 뻔했던 아까 그 행동을?
유메는 내 품에 얼굴을 묻었다— 표정을 숨기려는 것처럼.

“……묵비권을 행사하겠어요. 잠자는 여자애에게 멋대로 키스를 하려고 한 남자에게 해줄 말은 없어요.”

“눈치챘으면—.”

“시간!”

갑자기 고함을 지른 유메가 나를 밀쳐내듯 몸을 떼더니 침대에서 내려왔다.

“늑장 부리다간 지각할 거야! 태풍도 지나갔는걸!”

일방적으로 그렇게 말한 후— 유메는 허둥지둥 도망치듯 내 방에서 나갔다.

닫힌 문을 노려보며 나는 중얼거렸다.

“……눈치챘으면—.”

—도망치든 거부하든 하라고.

그 말은 내 입안에서만 감돌더니 곧 산산이 흩어졌다.

마치 태풍이 지나간 것처럼…….

히가시라 이사나가 쳐들어온다
"뭘 경계해야 한다는 건데요?"

이제 와서는 젊은 날의 치기라고 말할 수밖에 없겠지만, 중학교 2학년 때부터 중학교 3학년 때까지 나에게는 소위 여친이라 부르는 존재가 있었다.

원래라면 연인 같은 걸 만들 상황도 아니었던 우리가 왜 그런 관계가 된 것일까? 그건 어떤 공통항목이 우리를 이어줬기 때문이다.

인류사에 있어 최대의 발명. 인간이 영장류란 증거. 문명사회의 근본기반.

즉, 책이다.

소설을 읽는다. 그 공통 취미가 타고난 솔로 플레이어였던 우리를 이어주고 말았다— 그 공과 죄에 관해 이 자리에서 따지지는 않겠지만 아무튼 그런 식으로 이어진 우리가 평소에 어떻게 교류했을지는 말하지 않아도 명백할 것이다.

읽은 책에 관한 감상을 주고받고…….

읽지 않은 책에 관한 희망을 이야기했으며…….

그리고 서로가 지닌 책을 빌려줬다.

……사실 연인에서 의붓남매로 클래스 체인지를 한 지금

도 이런 교류는 이어지고 있다— 뭐, 지금의 우리는…….

읽은 책에 대한 비판을 주고받고…….

읽지 않은 책에 관한 불평을 늘어놨으며…….

서로가 지닌 책을 멋대로 가져간 바람에 독설을 들었다.

……같은 느낌이지만 독서가의 교류라는 점에서 본다면 아무런 문제도 없다. 기탄없이 의견을 나눌 수 있게 된 만큼 오히려 진화했다고도 할 수 있다.

헛소리는 이쯤에서 끝내겠다.

돈이 없는 중학생이었던 우리에게 있어 책의 대여는 중요했다. 공짜로 책을 읽을 수 있고 상대방도 같은 책을 읽는다는 것도 중요했다— 읽으면서 즐기기만 하는 게 아니라 감상을 이야기할 수 있으니 일거양득이라고 해도 과언이 아니다.

우리에게 있어서 소설이야말로 SNS를 능가하는 커뮤니케이션 툴이었다.

하지만 우리는 이런 대화를 주고받은 적이 있다.

—그 시리즈 우리 집에 전부 있어.

그 여자와— 당시의 아야이 유메와 함께 고서점을 돌아보고 있을 때의 일이다.

어느 낡은 추리소설 시리즈를 찾는다는 그녀에게 나는 그렇게 말했다.

—어, 정말이야?

—응. 빌려줄 수도 있는데…….

—고마워! 아무리 찾아도 없었거든…….

—그럼…….

나는 별생각 없이— 진짜로 별생각 없이 이렇게 말했다.

—지금, 우리 집에 들렀다 갈래?

—뭐?

아야이는 톱니바퀴가 어긋난 것처럼 갑자기 움직임을 멈췄다.

—이, 이리도의 집에?

—응.

—으, 으음, 저기…….

아야이는 갑자기 앞 머리카락을 손으로 빗더니 얼굴을 숙이며 얼어붙었다.

나는 자신이 그녀를 집에 데려가려 했단 사실을 이제야 깨달았다.

—아~. 으음…….

—으, 음…….

고서점의 좁은 통로에서 의미 없는 신음만 흘리고 있는 중학생 남녀.

떠올리기도 싫을 만큼 한심한 모습을 1분 넘게 보여준 끝에 시선을 힐끔 교환한 우리는 억지 미소를 머금었다.

—내, 내일, 학교로 가져갈게.

—으, 응. 고마워…….

인정하겠다.

현재의 나는 인정하겠다.

아야이 유메와 같은 방에서 별 이야기를 나누지 않으며 좋아하는 책을 읽는 건 분명 즐거운 체험이다.

그런데도 우리는 머뭇거렸다. 어째서일까?

연인이기 때문이다.

연인이 같은 방에 있다는 상황 설정에는 다른 의미가 담기고 마는 것이다.

그래서 만약 연인이 아니었다면.

중학생답게 사춘기에 눈이 멀지 않고 독서 친구로서 적절한 관계를 유지하고 있었다면.

우리는 아직도 그 시절처럼 지내고 있지 않을까.

……그런 생각을 하기도 했다.

히가시라 이사나와 만날 때까지는 말이다.

◆

"미즈토 씨의 책장을 보고 싶어요."

방과 후 도서실 전용석이라 할 수 있는 창가 공조 설비.

이러쿵저러쿵 끝에 여사친으로 안착한 히가시라 이사나가 뜬금없이 그렇게 말했다.

"……뭐? 내 책장?"

"네. 저는 미즈토 씨에게 차였잖아요?"

"으, 응. 그런데 자기 입으로 그 소리를 하는 거냐."

"차였다는 건 연인 발전 가능성 제로라는 게 증명된 거고요. 그렇다면 여자인 제가 남자인 미즈토 씨의 방에 들어가도 세이프 아닐까요?"

"응. 응……?"

아닐까요? 하고 이사나가 묻자 맞네 하고 대답할 뻔했다.

이 녀석의 말에는 설득력이 있다. 말주변은 없지만 말에 조리가 있다고나 할까?

"……아니, 히가시라. 잠깐만 있어 봐. 그 설명과 책장을 보고 싶단 이야기가 어떻게 이어지는 건데?"

"책장을 보고 싶다는 건 어디까지나 욕망일 뿐 별다른 이유 같은 건 없어요. 그냥 보고 싶어요. 굳이 따지자면 어떤 라이트노벨의 어느 삽화 페이지에 손때가 남아있는지 확인하고 싶네요. 중학생 혹은 초등학생 때의 미즈토 씨를 성(性)에 눈뜨게 한 히로인이 누구인지 궁금하달까요?"

"『하달까요』는 무슨. 그걸 확인해서 어쩌려는 건데?"

"제가 질투라도 하면 모에하지 않을까요?"

"안 해. 그리고 모에라는 말은 한물갔거든?"

"제가 질투라도 하면 꼴리지 않을까요?"

"이 여자의 수치심은 전부 어디 간 거야!"

글래머 음담패설녀인 히가시라 이사나는 일부러 고상한 척 눈을 깜빡였다.

"어~? 꼴린다는 표현과 수치심이 무슨 상관인가요~? 꼴린다는 말은 인터넷에서 다들 쓰는 거잖아요~. 꼴린다는 말에 어떤 문제가 있는지 설명해 주세요~."

"너 예전보다 더 성가신 애가 됐구나……."

"그 질색하는 표정 꼴림 포인트가 엄청나네요! 대박 꼴려요! 오늘 밤에는 방금 그 표정으로 즐겨야지!"

"진짜로 그만해. 아니면 확 절교할 거야."

"죄송해요. 죄송해요. 농담이었어요. 다시는 엉큼한 눈길로 안 쳐다볼게요!"

외톨이 타입인 히가시라 이사나는 울먹거리며 나한테 매달렸다. 그러자 본인 왈 G컵이라는 가슴이 내 팔뚝에 말캉거리며 닿았지만 전과 달리 자기도 모르게 이러는 것이리라. 익숙하지 않은 유혹을 하던 시절보다 지금이 1억 배는 성가시지만 말이다.

"더 싫어지려고 하는 걸……. 너를 우리 집에 들이면 정조가 위기에 처할 것 같아."

"안심하세요. 현자 모드가 된 다음에 갈게요."

"너 아까부터 듣기 싫은 말만 늘어놓고 있네."

"뭐, 솔직하게 말하자면 말이죠? 미즈토 씨라면 엄청 오래된 라이트노벨도 가지고 있을 것 같으니까 좀 빌리고 싶어서요."

"언제 적부터가 오래된 걸로 규정하는지 미묘하네. 너 얼마 전에 하루히를 읽고 있었지?"

우리 세대가 보자면 하루히도 충분히 고전에 분류될 것이다.

"뭐, 그런 거라면 괜찮지만……. 너는 괜찮은 거야?"

"네?"

"남자 집에 혼자 찾아오는 건데…… 경계 안 하는 거야?"

"엥?"

히가시라는 뜻밖의 말을 들었다는 듯 고개를 갸웃거렸다.

"얼마 전에 깔끔하게 차였는데 뭘 경계해요?"

눈동자에는 순진하게도 의심의 빛이 전혀 어려 있지 않았다.

결국 나는 아무런 반론도 하지 못했다.

"호오. 여기가 미즈토 씨의 집인가요……. 제가 『첫 경험』을 할 장소……."

"이봐, 사춘기. 의미심장한 투로 말하지 마."

남의 집 앞에서 일부러 무릎을 비벼대고 있는 히가시라의 어깨에 손날치기를 날려 제정신으로 되돌렸다. 히가시라가 『그럼 현자로 전직하고 올게요!』 하며 따로 행동을 하려 하는 사건이 벌어진 직후의 일이다.

"미즈토 씨 탓이에요. 저를 솔로로 방치해두니 이렇게 되는 거예요."

"나도 불안해지지만 여차하면 남자답게 행동하겠어."

"그런가요. 죄송한데 그럴 거라면 편의점이나 약국에 다녀와도 될까요?"

"근력으로 저항하겠단 의미라고!"

그 고백 이후로 족쇄가 완전히 박살 난 것 같네. 우리 사이에 성별의 벽이라는 건 있었던 걸까.

히가시라는 멍한 눈길로 이리도 집의 문을 응시하더니…….

"선생님도 이 집에 살고 계신 거죠?"

"선생님?"

"아, 죄송해요. 유메 씨를 말한 거예요."

"내가 모르는 곳에서 너희는 대체 뭘 하고 다닌 거냐……."

히가시라의 고백에 그 여자와 미나미 양이 관여했다는 건 알고 있지만 구체적으로 어떻게 관여했는지는 한사코 말해주지 않았다.

"그 녀석은 아직 돌아오지 않았을 거야. 보통 방과 후에는 미나미 양을 비롯한 친구들과 놀거나 서점에 들르거나 자습실이나 도서관에서 공부를 하거든."

"기왕이면 의붓남매의 문란한 생활을 구경하고 싶었는데 말이죠."

"우리 생활을 구경거리 취급하지 마."

그 여자가 없는 시간대라 불행 중 다행이라 할 수 있다.

만약 히가시라를 집에 데려왔다는 걸 알면 무슨 트집을 잡아댈지…….

나는 히가시라를 데리고 현관 안으로 들어갔다.

딱히 『다녀왔습니다』 하고 말하지 않았다. 이 시간에는 항상 아무도 없기 때문이다.

"……실례하겠습니다~."

한편 히가시라는 내 등 뒤에서 기어 들어가는 목소리로 중얼거렸다. 남의 집에 들어가는 거라 낯가림 모드가 발동한 것 같다.

히가시라에게도 집에 아무도 없어서 다행일지도 모른다.

나 또한 여자애를 집에 데려오는 모습을 가족한테 보여주는 건 사양하고 싶었다.

"그럼 히가시라는 먼저 방에 가 있어. 나는 마실 거라도 챙겨갈게."

"아, 네. 저는 사과주스로 부탁해요."

"보통 이럴 때는 『아무거나 괜찮아요』 하고 말하는 법이라고."

사과주스가 있는지 생각하며 나는 신발을 벗고 거실 문을—.

"……어."

"응……?"

갑자기 문이 열리더니 그 여자와 딱 마주쳤다.

그 여자— 이리도 유메는 내 얼굴을 보더니 그 후에 내 뒤편에 있는 히가시라를 쳐다보았다.

그리고 다시 나를 보고 히가시라를 보고 나를 보고 히가시라를 보고…….

몇 번이나 몇 번이나 우리 두 사람을 번갈아 쳐다보았다.

"어, 뭐예요. 있잖아요. 안녕하세요. 유메 양."

"아, 응. 안녕—이 아니라!"

유메는 허둥지둥 거실 문을 닫더니 나에게 맹렬히 따지기 시작했다.

"(이게 뭐야?! 어떻게 된 건데?! 왜 집에 데려온 거야?! 저 애를 찬지 얼마 안 됐잖아?!)"

"(네 말이 지극히 옳은데 어쩌다 보니 이렇게…….)"

"(너, 왜 저 애한테는 이렇게 간단히 농락당하는 거야……!)"

그런데 왜 목소리를 낮추는 거지?

"(빨리 돌려보내……!)"

"(이봐이봐. 그건 실례잖아. 아무리 마음에 안 들어도…….)"

"(그런 게 아냐! 지금은 곤란해! 오늘은 무슨 바람이 불었는지—.)"

바로 그때 거실 쪽에서 목소리가 들려왔다.

"미즈토 군이 돌아온 거니~?"

"이봐, 미즈토. 다녀왔으면 다녀왔다고 말 좀 하지 그래~."

그것은— 내 의붓어머니와 친아버지의 목소리였다.

"……윽!!"

온몸에서 땀이 터져 나왔다.

히가시라를 데려온 것을 유메가 아는 건 괜찮다. 이 녀석은 나와 히가시라가 그렇고 그런 사이가 아니라는 것을 안다.

하지만. 하지만 말이다.

만약 아버지와 유니 씨가 이 상황을 본다면……!

"히, 히가시라! 미안하지만 오늘은 상황이 여의치—."

"?"

영문을 모르겠다는 듯 고개를 갸웃거리는 히가시라를 다급히 현관 밖으로 밀어내기 바로 직전이었다.

거실의 문이 열렸다.

"미즈토? 대답 정도는 하지— 어?"

문 너머로 얼굴을 내민 아버지가 히가시라 이사나의 모습을 똑똑히 목격했다.

"으응? 으으으으, 응? 여자…… 애?"

히가시라를 보고 나를 보고 유메를 보고…….

"유메 양의 친구……? 하지만 미즈토와 같이……?"

아버지의 두 눈에서 물음표가 어지러이 춤췄다.

아버님 제가 여자애를 데려온 게 그렇게 믿기지 않는 것이옵니까.

"으음, 실례합니다……."

당황한 히가시라가 가볍게 고개를 숙였다.

"미즈토 씨의 친구인 히가시라 이사나라고 해요."

"으, 응…… 그래. 친구구나. 미즈토가 여친을 데려온 줄……."

"아, 아니에요! 이미 차였거든요!"

"……뭐?"

이 모든 일은 나와 유메가 얼어붙어 있는 사이에 시작됐고 또한 끝났다.

"얼마 전에 깨끗하게 차였으니까 지금은 평범한 친구 사이에요! 걱정하지 마세요!"

히가시라의 인정사정없는 발언에 의해 다시 시간이 흐르기 시작했다.

"유— 유니 씨~! 미즈토가~! 미즈토가 전 여친을 데려왔어~!!"

"뭐?! 자세하게 말해봐!!"

나는 히가시라의 팔을 잡아끌며 내 방이 있는 2층으로 뛰어 올라갔다.

"……저기. 저는 왜 미즈토 씨의 아버지에게 전 여친이란 오해를 받은 거죠?"

방으로 도망치자마자 머리를 감싸 쥐는 나에게 히가시라는 어리둥절한 듯 고개를 갸웃거리며 물었다.

"인마……. 『일전에 차였으니 지금은 그냥 친구 사이에요』 같은 발언을 하면 보통은 그렇게 생각한다고……."

“아……하?”

“이해 못 한 것 같네…….”

역시 이 애는 감성이 비정상적인 것 같아.

손등까지 감싸는 스웨터의 소매로 입가를 가린 히가시라의 두 눈은 웃고 있었다.

“기왕 착각을 받을 거면 현 여친이 더 좋은데 말이죠~. 여러모로 즐길 수 있잖아요.”

“대체 뭘 여러모로— 아니다. 듣고 싶지 않아.”

나는 한숨을 내쉬면서 이마를 손으로 짚었다.

기왕 착각을 받을 거면— 인가.

어쩌면 히가시라를 전 여친인 걸로 해두는 편이 괜찮을지도 모른다. 유메가 진짜 전 여친이라는 사실이 들킬 우려가 줄 테니 말이다. 서술 트릭이란 거다.

뭐, 히가시라에게 『내 전 여친인 척해』 하고 말하는 건 무리지만…….

“오오~. 책으로 가득 찬 더러운 방이네요~. 엄청 아늑해요.”

내가 골머리를 썩이는 사이 히가시라는 책으로 만들어진 타워 사이를 가로지르며 책장 앞으로 이동했다.

“오오~ 정말 라이트노벨부터 순문학까지……. 책장은 소유자의 마음을 드러낸다고 하는데 그럼 미즈토 씨의 마음은 뭐라고 말하면 될까요? 팔방미인?”

“말도 안 되는 소리 하지 마. 나는 영방미인이라고.”

“저한테만 물러터진 일방미인이 되어줘도 되거든요~? 저는 감정적으로는 아직 미즈토 씨를 좋아하니까요.”

“……”

“우와! 진지하게 고민하지 마세요! 농담이라고요!”

누구라도 고민할걸? 어느 정도 거리를 두고 이 녀석을 대하면 좋을지 모르겠네.

히가시라는 「좀 뒤져봐도 될까요?」 하고 말했기에 나는 「보고 나면 원래 자리에 꽂아놔」 하고 대답했다. 히가시라는 기뻐하며 내 책장을 발굴하기 시작했다.

“책장을 뒤진다는 작업은 말이죠? 화석을 발굴하는 것과 비슷하다고 생각해요. 책장은 지층 같은 거니까요. 지식의 지층, 그러니까 지층(知層)이에요.”

“마지막 말을 하고 싶었을 뿐이잖아.”

히가시라가 발굴 작업에 힘쓰는 중에 똑똑 하고 노크 소리가 들려왔다.

나는 아버지인가 싶어 경계했지만 이어서 문을 발로 걷어차는 소리가 들려온 덕분에 안심했다. 저렇게 난폭한 짓을 하는 걸 보면 그 여자가 틀림없다.

“네 세상에서는 노크를 발로 하는 게 상식인 거냐?”

내가 문을 열며 그렇게 말하자 복도에 서 있던 스트레이트 롱헤어의 이리도 유메가 퉁명한 표정으로 나를 노려보았다.

“히가시라 양한테 엉큼한 짓을 하려 하는 너를 막을까 해서 말이야."

"가족이 전원 집결한 집에서 그런 짓을 할 것 같아?"

"……그러게. 네가 여자를 건드리는 건 집에 아무도 없을 때뿐인걸."

의기양양한 미소를 머금은 망할 의붓동생. ……일전의 태풍이 온 날을 말하는 걸까.

나는 겸연쩍은 듯 고개를 돌린 후.

"뭘 하러 온 거야?"

"그야 물론 감시하러 왔지. 네가 히가시라 양에게 허튼짓을 할까 싶어서 말이야. 우리는 친구거든."

"흐음, 친구라."

그런 말을 아무렇지도 않게 할 수 있게 됐구나. 옛날에는 이 녀석도 히가시라와 마찬가지로 친구의 정의부터 규정하는 타입이었는데 말이다.

그리고 유메는 지친 것처럼 한숨을 내쉬었다.

"……그리고 겸사겸사 피난 온 거야. 어른들의 질문 공세가 어마어마하거든."

"아~. 그건……."

폐를 끼쳤는걸.

위로해 주고 싶단 감정이 마음속에서 샘솟았기에 지금만큼은 관대한 마음으로 유메를 숨겨주기로 했다.

"……들어와. 괜한 의심을 살 바에야 감시자가 있는 편이

낫겠지."

"그렇게 하겠어."

유메를 방에 들이자 내 책장을 열심히 발굴하고 있던 히가시라가 그녀를 향해 고개를 돌렸다.

"어라. 유메 양도 발굴하러 온 거예요?"

"뭐? 책장에 화석이라도 있어?"

"책장은 지층 같은 거라고 생각해요. 지식의 지층, 그러니까 지층(知層)이에요."

"……지층?"

번역된 해외의 고전 미스터리를 좋아하는 여자에게 한자를 이용한 언어유희는 전해지지 않았다. 히가시라는 약간 풀이 죽었다. 이해해. 그 심정을 이해한다고.

"……아무튼 미즈토 씨의 책장은 재미있어요. 뒤질 맛이 나거든요! 유메 양은 항상 여기를 뒤질 수 있겠네요~. 부러워요."

"맞아."

"『맞아』는 무슨. 함부로 뒤지지 마. 일전에 러브코미디 라이트노벨을 음란서적으로 착각해서 얼굴을 새빨갛게 붉혔잖아."

"앗…… 그건……!"

"호오. 그런 에피소드가 있었군요? 혹시 이건가요? 확실히 이건 에로틱하네요."

"그게 아냐. 그건 더 과격한 거야."

"더 과격한 게 있어?!"

히가시라는 내 책장에서 과격한 삽화가 들어있는 라이트 노벨을 꺼내더니 유메에게 보여주며 장난쳤다.

"자! 이 작품의 일러스트는 무지 에로틱하다니까요. 이 표정 좀 보세요."

"우와…… 우와아아아!"

자기 책장에 꽂혀 있는 에로 일러스트 라이트노벨을 동급생 여자애 두 명이 나란히 서서 본다고 하는 시추에이션은 나로서도 정말 거북했다. 그래도 이것은 에로에 내성이 없는 유메 녀석을 비웃어 줄 절호의 기회였다.

"풉. 초등학생이냐."

"시, 시끄러워. 이 내숭 색골!"

"확실히 미즈토 씨는 의외로 에로에 치중한 작품도 가지고 있네요. 봐요. 이거 젖꼭지가 그려진 녀석 맞죠?"

"……뭐. 젖꼭지?"

"오케이. 히가시라. 그쯤 해."

책장 깊숙한 곳에 숨겨뒀던 책 한 권을 꺼내려 하는 히가시라의 손을 나는 등 뒤에서 움켜잡았다.

나는 책을 사기 전에 내용을 확인하지 않는다. 표지와 느낌만으로 고른다. 그래서 알지 못했을 뿐이다.

"으음. 삽화 페이지에 손때가 묻어 있는지 확인할 생각이

갑자기 의붓동생과
침대 하나를 공유하게
됐는데②
KADOMATU
코미컬라이즈 스타트!!

었는데 말이에요."

"절대로 하지 마."

"알았어요. 그 대신 컴퓨터 안을 살펴보게 해주세요."

"절대로 하지 마!"

"대신 제 태블릿을 뒤져봐도 돼요!"

"너무 필사적이잖아!"

이 녀석은 왜 희생을 감수하면서까지 그딴 짓을 하려고 하는 거냐고!

"너희는 항상 이런…… 뭐랄까, 이렇게 노골적인 거야……?"

유메는 약간 거리를 벌리면서 우리를 봤다.

"뭐, 평소에도 요즘 꼴렸던 미소녀가 누구인지 이야기하거든요?"

"꼴렸던……?"

"히가시라 입 좀 다물어. 이 녀석은 그런 쪽으로 하나도 모른다고."

"우읍우읍우읍."

나는 뒤편에서 히가시라의 입을 막았다. 히가시라는 양손을 버둥거리며 반항했지만 연약한 여자 오타쿠의 저항은 나라도 봉쇄할 수 있다.

"……흐음."

그런 우리를 본 유메가 『흐음』 하고 중얼거렸다.

약간 삐친 투의 『흐음』이었다.

"……푸핫~! 진짜 과보호 쩌는 의붓오빠네요. 표현 규제는 문화를 말살한다고요."

"표현이 아니라 너를 규제하는 거야."

"와우~. 저는 규제 대상인 거네요. 어쩔 수 없죠……. 음란한 가슴을 가지고 태어난 제 잘못이에요……."

"그런 식의 개그엔 태클을 걸기 어려우니까 하지 말라고."

"제 유일한 장점이니까 그럴 수 없어요~."

히가시라는 학교 지정 스웨터에 감싸인 가슴을 쫙 펴며 그렇게 말했다. 보통은 콤플렉스가 될 것 같은데……. 나야말로 픽션에 물든 사고방식을 지닌 걸까.

"아."

히가시라는 책장 한곳을 주목하며 손을 뻗었다.

그녀가 손에 쥔 것은 표지는 일러스트지만 내부의 삽화가 없는, 소위 라이트 문예라고 불리는 카테고리의 문고본이었다.

"이 작가는 라이트노벨로 데뷔한 분이죠?"

"응…… 그래."

"라이트노벨 신작만 체크하니까 이건 제 관측 범위에서 벗어난 작품이에요. 읽어봐도 될까요?"

"마음대로 해."

"우효효~."

교과서 읽는 투로 기쁨의 웃음소리를 흘리면서 히가시라는 그 책을 끌어안았다.

그리고 주위를 둘러보기 시작했다.

"으음…… 침대에서 봐도 돼요?"

"어? 응."

……응?

방금 자기가 뭘 허가했는지에 생각이 미치기 전에 히가시라는 쪼르르 이동했다.

내가 항상 잠을 청하는 침대로 말이다.

"그럼 잠시 실례할게요~."

침대에 털썩 앉더니 도서실에서 그러듯 양말을 벗고 맨발로 벌러덩 드러누웠다.

교복 치마에서 근육량이 적어 보이는 탱글탱글한 허벅지가 드러나더니 맨발을 버둥거리면서 베개에 책을 두고 표지를 펼쳤다.

마치 자기 방에 있는 것처럼 편안해 보였다.

그녀가 누워 있는 곳이 내 침대라는 사실을 한순간 깜빡했을 정도다.

"자, 잠깐만…… 히가시라 양 뭐하는 거야?!"

"엥?"

히가시라의 그런 행동을 본 유메는 허둥지둥 그녀에게 다가갔다.

"거, 거기는…… 이 녀석의 침대거든?"

"알아요. 그래서 허락을 구한 거잖아요~."

"그래도 뭐랄까, 저기…… 아무렇지도 않은 거야?!"

"어~? 그건 뭐……."

히가시라는 무표정에 가까운 얼굴을 내 침대에 갑자기 묻었다.

"미즈토 씨의 체취가 느껴져서 가슴이 뛰어요."

"느껴지는 거냐!"

아무렇지도 않은 줄 알았다고!

"그래도 책을 읽을 장소가 여기밖에 없으니 어쩔 수 없어요."

"어쩔 수 없다니…… 너…… 경계 같은 건 안 하는 거야?"

"경계?"

히가시라는 학교에서 나한테 보여줬던 것처럼 순진무구한 눈동자로 유메를 응시했다.

"저는 이미 차였으니까 괜찮아요~."

이 사람이 대체 무슨 소리를 하는 거야~ 라는 투의 그 말에 유메는 말문이 막혔다.

나는 등 뒤에서 유메의 어깨에 손을 얹었다.

"이해했지?"

"어…… 저기…… 하지만…… 어라?"

내 얼굴과 내 침대에 누워서 즐거운 듯 책을 읽기 시작한 히가시라를 번갈아 쳐다보던 유메가 혼란스러운 표정을 지었다.

히가시라는 무슨 일이 있어도 내가 자신을 이성으로 보지 않을 거라고 생각한다.

그래서 보통은 성별의 벽에 막혀 주저할 짓도 순수한 친구 사이니까 해도 된다고 여긴다.

실제로 그 생각은 옳다.

나는 그럴 생각이었고 성별 따위는 떠나서 친하게 지내기를 바라고 있다. 친구니까 친구 집에 가서 친구 침대에 누워 책을 읽는 것도 괜찮을 것이다.

하지만 실제로 그러는 모습을 보니 감각이 민첩하게 반응하지 못하고 있다.

일전의 고백으로 가장 상처를 입었을 히가시라보다 마음 정리가 늦어지고 있다는 게 참 한심하지만— 내 마음 한편에는 너는 여자애잖아. 라는 감정이 남아있었다.

내가 이런 감정을 품는 건 그녀에게 실례되는 일이리라.

개인적인 이유로 그녀를 찬 사람은 나다. 그러니 이제 와서 그녀를 이성으로 여길 자격은 없다.

……나는 노력해야만 한다.

그녀를 본받아— 그 고백을 과거의 일로 만든다.

그저 친구로서 그녀와 어울릴 수 있도록 노력한다.

그것이야말로 나에게 있어 성실한 태도이리라…….

"으, 으으…… 머리가 안 돌아가……. 왜……? 왜 이 애는 과거의 나보다 이 방을 더 엔조이하는 거야……."

"생각하려고 하면 져. 나도 이 녀석은 동성 친구라고 여기기로 했어. 너도 책이나 읽으면서 진정해."

"그럴게……."

내가 건네준 책을 넘겨받은 유메가 벽 쪽에 앉으면서 페이지를 펼쳤다.

나도 통학 가방에서 읽다 만 책을 꺼낸 후 히가시라가 드러누워 있는 침대 측면에 등을 맡겼다.

한동안 종이를 넘기는 소리만이 방에 조용히 울려 퍼졌다.

"—으응~!"

등 뒤의 침대에서 히가시라가 기지개를 켜자 나는 고개를 들어서 시계를 쳐다보았다.

벌써 여섯 시가 넘었다. 어느새 두 시간 가량이나 지났다.

나는 앉은 채 고개를 돌려 풍만한 가슴을 자랑하듯 기지개를 켜고 있는 히가시라를 올려다보았다.

"빠르네. 벌써 다 읽은 거야?"

"네~. 재미있었어요. 아쉬운 점은 알몸 미소녀 삽화가 없다는 거네요."

"없는 게 기본이라고."

……확실히 이 녀석이 읽은 것은 감동 계열 연애소설이지만 눈물 자국은 찾아볼 수가 없었다.

히가시라는 감정이 겉으로 잘 드러나지 않는 타입이다. 잘

드러나지 않을 뿐 옅은 편은 아니다. 전에 히로인의 서비스 삽화를 무표정한 얼굴로 몇 분 동안 아무 말 없이 뚫어지게 쳐다본 적이 있다.

그런 점은 유메와 정반대인걸— 저 여자는 후반부의 반전 파트에서 『어?!』 하는 표정을 지으니까 그 표정을 통해 스포일러를 당할 때가 있다.

"하아~. 어깨가 결리네요. 미즈토 씨 주물러 주세요."

"싫어. 어째서야?"

"가슴이 크면 어깨가 자주 결려요. 그것도 몰랐어요?"

"그런 의미의 『어째서야』가 아냐."

이유가 아니라 그래야 하는 당위성을 물어본 거라고.

"아아~. 어깨가 결려서 꼼짝도 못 하겠어요. 이대로 미즈토 씨의 침대에 뼈를 묻을래요. 털썩~. 데굴데굴."

"알았어! 알았으니 내 침대에 네 체취를 묻히지 마!"

나는 침대에서 일어난 후 데굴데굴하는 히가시라를 안아 일으켰다. W자 앉기를 한 그녀의 등 뒤로 이동한 후 어깨에 손을 얹었다.

히가시라는 어깨 너머의 나를 올려다보며 말했다.

"상냥하게…… 해 주세요."

손가락에 힘을 꽉 주자 히가시라는 움찔하며 몸을 부르르 떨면서 신음을 흘렸다.

"으응…… 크! 좋아, 요……. 그대로 마음대로……. 하응……!"

"……이봐. 이게 무슨 짓이야?"

"라이트노벨의 프롤로그에서 흔히 볼 수 있는 『야한 짓을 하는 것 같지만 실은 건전한 짓을 하는 묘사』 흉내인데요."

"그건 현실에서 성립되지 않는다고!"

"아얏?! 아야야야! 잠깐…… 악력! 악력이 너무 세요~! 아야야야얏!"

딱딱하게 뭉친 어깨 살을 으스러뜨릴 듯 주무르고 있을 때 방구석에서 있던 장발 여자애가 몸을 일으켰다.

"그대들은 대체 거리감이 어떻게 되어 먹은 것인 게냐!!"

책을 읽으며 좀 진정했나 했더니 말투에서도 정상이 아니라는 것이 느껴졌다.

유메는 얼굴이 새빨개진 채로 나를 손가락으로 가리키며 말했다.

"나를 속인 거지?! 실은 사귀는 거지?! 레알 현 여친이지?!"

"어~? 예전부터 이런 사이였는데요. 안 그래요? 미즈토 씨."

"원래 이랬다고. 친구거든."

우리가 서로의 얼굴을 쳐다보며 그렇게 말하자 유메는 「앗, 알겠어……!」 하고 외쳤다.

"알겠어. 이제 알겠어! 너희는 친구를 제대로 사귀어본 적이 없어서 친구 사이의 거리감을 모르는 거야! 수수께끼가 전부 풀렸어!"

"너무하네요. 저희도 친구 한두 명 정도는……."

"그래. 친구 한두 명 정도는……."

그리고 우리는 시선을 피했다.

"……뭐, 거리감이라는 건 사람마다 다른 거잖아요."

"……사람이 백 명 있으면 친구의 형태 또한 백 가지라고."

"일단 좀 떨어진 후에 변명을 늘어놓는 게 어때?!"

히가시라는 고개를 절레절레 저으며 한숨을 내쉬더니 내 가슴에 자신의 뒤통수를 댔다.

"미즈토 씨 브라콤 의붓동생을 둬서 고생이 많겠네요."

"맞아."

"브라콤도 아니고 의붓동생도 아냐!!"

"양말 신겨 주세요~."

히가시라는 유메의 항의를 완벽하게 무시하더니 나를 향해 맨발을 내밀었다.

항상 있는 일이기에 나는 바닥에 떨어져 있는 양말을 주웠다. 그리고 히가시라의 발꿈치를 하나씩 잡고 양말을 신겨 줬다.

"전부터 궁금했던 건데 양말 정도는 직접 신는 게 어때……?"

"아, 그게 말이죠~. 가슴이 크면 몸을 굽히기 어려워서요~."

"툭하면 가슴, 가슴! 이 자리에 미나미 양이 없어서 참 다행이네!"

"에헤헤~. 뭐, 실은 미즈토 씨에게 보살펴지는 것에 맛 들였을 뿐이지만요."

"때로는 양말을 뒤집어서 신겨 주지만 말이야."

"어? 정말요?"

"정말이야."

"이 불충한 것~!"

"아프니까 차지 마."

발차기를 막으면서 양말을 신겨 주자 히가시라는 그제야 침대에서 나왔다.

"화장실 빌려도 될까요?"

"집에 돌아가나 했네. 더 있으려는 거야?"

"빌려 갈 책을 정한 후에 돌아갈 거예요."

"……뭐, 좋아. 계단 내려가서 왼편에 있는 첫 번째 문이야."

"고마워요~."

히가시라는 쪼르르 걸어가더니 방에서 나갔다.

그 후, 이곳에는 나와 유메만 남겨졌다.

유메는 어찌된 건지 나를 노려보고 있었다. 원망마저 섞여 있는 것 같았다. 원망받을 이유라면 꽤 있지만 괜히 언급했다 트집이라도 잡히면 골치다. 나는 눈치 못 챈 척하면서 읽고 있던 책을 펼쳤다.

"…………저기."

갑자기 가시 돋친 목소리가 들려와서 시야 한편을 힐끔 쳐다보았다.

그러자 유메는 신고 있던 검은색 니하이 삭스를 직접 벗고 있었다.

……어? 이 녀석 뭐 하는 거지?

길고 새하얀 다리가 드러났다. 일전에 욕실 조우 사건 이후로 처음 보는 그 다리에는 군살이 전혀 없었으며 히가시라에 비해 상당히 가늘어 보였다.

벗은 양말을 손에 쥔 유메는 성큼성큼 침대 쪽으로 오더니 내 옆에 털썩! 앉았다.

그리고— 맨발을 내 쪽으로 내밀었다.

아까 히가시라가 했던 것처럼 말이다.

"신겨 줘."

그리고 방금 벗은 양말을 내밀었다.

곤란해하기에는 의도가 너무 뻔했고 웃기에는 행동이 너무 엉뚱했기에 나는 어떤 표정을 지으면 좋을지 모르겠다.

"왜 경쟁심을 불태우는 건데……. 너한테 그런 독점욕이 있었어?"

"시끄러워. 너를 부려 먹는 것도 재미있겠다고 생각했을 뿐이야. 신. 겨. 줘!"

진짜 성가신 녀석이다.

이대로 이야기가 길어졌다간 히가시라가 돌아올 것이다. 그렇다면 빨리 시키는 대로 해 주는 편이 현명할 것이다.

나는 검은색 양말을 건네받았다.

그리고 히가시라에게 해 줬던 것처럼 유메의 발꿈치를 왼

손으로 잡았다.

……발등에 푸른 혈관이 희미하게 드러나 있었다.

발톱이 단정하게 손질되어 있었다. 히가시라는 항상 긴데 말이다.

그것을 감싸듯 검은색 양말을 신겨줬다.

양말 끝에 발가락 끝이 닿자 발목 근처에 있던 양말 천을 정강이까지 올렸다.

모공이 전혀 보이지 않는 아름다운 정강이 그리고 살점이 적고 가는 종아리가 검은색 양말에 감싸였다.

양말의 고무 부분이 무릎 언저리에 닿았을 때 나는 아차 하고 생각했다.

히가시라의 양말은 항상 종아리까지 오는 하이 삭스였다.

한편 이것은 니하이— 무릎 위까지 오는 양말이다.

즉, 그것을 신겨 주는 내 손은 히가시라 때보다 훨씬 위쪽까지 허벅지 깊숙한 곳까지 닿게 된다…….

유메의 얼굴을 힐끔 올려다보니 장미처럼 벌게져서 내 손을 응시하고 있었다.

이제야 눈치챈 건가.

지금까지 침범을 허용한 적 없는 이 녀석의 사적인 공간을 침범하게 된다. 그만하라고 말한다면 관두자고 생각하며 몇 초 동안 가만히 있었다.

하지만 중지 지시는 들려오지 않았다. 침묵만이 이어졌다.

그래서 나 또한 아무 말 없이 아무것도 눈치채지 못한 듯 해버릴 수밖에 없었다.

검은 천이 새하얀 무릎을 감쌌다.

천천히 신중하게 양말을 쥔 손을 올렸다.

유메의 손이 침대 시트를 움켜쥐는 게 보였다.

만에 하나라도…… 닿지 않도록 조심했다.

나는 심장 수술을 하는 외과의 뺨치는 집중력을 발휘하며 손가락 끝을 섬세하게 조작했다.

이윽고 양말의 주름이 전부 펴졌다.

발가락 끝에서 허벅지까지 검은색 천에 전부 감싸였다.

나는 한숨을 내쉰 후 양말에서 손가락을 뗐다.

그 순간 내 손가락이 유메의 허벅지에 가볍게 닿았다.

"—우냥!"

그 순간 유메는 기묘한 소리를 내며 몸을 부르르 떨었다.

깜짝 놀라며 고개를 들어보니 그 녀석은 얼굴을 새빨갛게 붉힌 채 허둥지둥 입을 막았다.

"아, 아무것도 아냐……."

그렇겠지. 아무것도 아닌 게 아니라면 큰일 난다.

나는 내 손 언저리를 쳐다봤다.

당연한 거겠지만 양말은 두 짝으로 이루어져 있다.

"……다른 하나는?"

내가 다른 사람이 들을까 봐 낮은 목소리로 그렇게 말하자 유메 또한 낮은 목소리로 말했다.

"……응."

그리고 다른 발을 나에게 내밀었다.

뭐, 그렇게 나오겠지. 이 정도는 아무것도 아니지만 말이야.

나는 명경지수의 심정으로 또 하나의 니하이 삭스를 유메의 발에—.

위이잉하며 스마트폰이 울렸다.

나와 유메는 동시에 화들짝 놀라 내 스마트폰이 놓여 있는 책상을 쳐다봤다.

위이잉, 위이잉. 진동은 간헐적으로 이어지고 있었다. 뭐지? 무슨 연락이 온 걸까.

"……좀 보고 와도 될까?"

"그…… 그래."

유메는 대답하며 고개를 돌렸다.

나는 마음속으로 안도의 한숨을 내쉬었다. 왜 이 녀석 상대로는 항상 이런 느낌이 되는 걸까.

나는 몸을 일으킨 후 공부용 책상 위에 놓인 스마트폰을 쥐었다.

스마트폰을 보니 히가시라에게서 LINE이 와있었다.

〈도와주세요.〉

◆

“덕분에 살았어요……. 초면인 어른들과 어떤 대화를 나누면 좋을지 몰라서요…….”

“너는 라이트노벨 이야기나 가슴 이야기 말고는 화젯거리가 없잖아.”

“오오! 그건 그래요!”

화장실을 가려고 1층으로 내려온 히가시라는 운이 없게도 아버지와 유니 씨에게 발각되었다. 그리고 아들의 연애에 흥미 많은 두 사람에게 질문 공세를 받았다.

LINE을 통해 SOS를 받고 달려간 나와 유메가 어찌어찌 구출했지만 더 있다간 위험도가 상승할 것 같았다. 그래서 히가시라는 이대로 돌아가기로 했다.

지금은 내가 집까지 바래다주고 있다. 해가 지려면 아직 멀었으니 걱정할 필요는 없겠지만 그래도 혹시 모르니 말이다.

“두 분의 부모님은 저를 미즈토 씨의 전 여친이라고 생각하는 것 같은데 왜 그런 착각을 하신 걸까요?”

“다른 사람도 아니고 네가 그딴 소리를 하는 거냐.”

“그래도 남친이 있다고 여겨지는 것도 꽤 기분 좋네요. 너무 기분이 좋아서 살짝 여친 행세를 하고 말았어요.”

“이봐! 상황을 악화시킨 거냐!”

내 주위에는 문제 많은 여자뿐인 거냐고!

“아니, 저기 그게 말이죠.”

석양이 만들어낸 그림자를 하나하나 밟으면서 히가시라는 말했다.

"아무리 저라도 『고백했다가 바로 차였으니까 한순간도 여친이었던 적은 없어요』 하고 대답하지 못하겠더라고요."

"……."

"그러니 괜찮지 않겠어요? 부모님의 착각 속에서 여친인 것도요."

뭐, 전 여친이지만요— 하고 중얼거린 히가시라는 전봇대의 그림자를 껑충 뛰어넘었다.

그리고 옆에서 걷고 있는 내 얼굴을 감정이 옅은 눈길로 올려다보았다.

"미즈토 씨— 저, 실은 아직 상처가 아물지 않았거든요?"

"……그렇구나."

"그러니까 제대로 위로해 주세요. 친구로서요."

"그래."

우리는 나란히 걸었다.

하지만 손은 잡지 않았다.

그저 나란히 걸을 뿐이다.

그것을 지금의 그녀가 원하고 있다.

"저는 미즈토 씨를 만나기 잘했다고 생각해요."

"나도 너와 만나기를 잘했다고 생각해."

"에헤헤. 같은 마음이네요."

"그래."
"같은 마음인 김에 확 사귈까요?"
"그건 사양하겠어."
"어이쿠, 또 차였네요."
히가시라는 후헤헤~ 하고 헤픈 웃음 섞인 숨결을 토했다.
석양이 자아낸 그림자는 그녀를 배려하듯 피해 가고 있었다.
우리는 손을 잡지 않았다.
그래도 나란히 걷고 있다.
어쩌면 그것이 가장 큰 차이일까.
—만약, 연인이 되지 않았다면.
그것이 부질없는 가정이라는 것을 이제 와서 깨달았다.
나도 그녀도 히가시라 이사나처럼은 절대 되지 못한다.
"—미즈토 씨, 왜 그래요?"
히가시라가 내 얼굴을 내 눈을 똑바로 응시했다.
얼굴을 붉히지도 시선이 흔들리지도 않으며…….
감정을 숨기거나 얼버무리지 않고 내 얼굴을 바라보았다.
약간 어지러웠다.
아마 석양 탓일 것이다.
"……미안해."
"갑자기 왜 그래요? 일단 책 한 권 쏴주세요."
"영문도 모르면서 대가를 요구하지 마."
미안해. 히가시라.

내가 우리가 너처럼 되지 못해서…… 정말 미안해.

어깨를 나란히 한 채 저녁노을 안을 걸었다.

우리의 그림자는 우리 앞에 길게 드리워져 있었다.

히가시라 이사나를 꾸며주다
"제가 색골인 것처럼 말하지 마세요!"

이제 와서는 젊은 날의 치기라고 말할 수밖에 없겠지만, 중학교 2학년 때부터 중학교 3학년 때까지 나에게는 소위 남친이라 부르는 존재가 있었다.

현명한 인간이라면 이 말만 듣고도 눈치챘을 것이다. 치기 어린 걸로 치면 어깨를 나란히 할 자가 없는 내가 그런 사태에 처했으니 되도록 서둘러 해결해야만 하는 문제가 발생한 것은 어찌 보면 당연한 일이리라.

그렇다.

패션이다.

사귀기 전의 우리는 수업이 없는 여름방학 때 주로 만났지만 장소가 학교였던지라 교복을 입었다. 첫 데이트는 여름 축제여서 유카타를 입으면 됐다. 책사인 나는 그런 식으로 교묘하게 문제 해결을 나중으로 미뤘다.

하지만 정식으로 사귀게 됐으니 그럴 수가 없다.

나나 그 남자나 외출을 질색하고 데이트라고 해봤자 서점 순례 혹은 도서관 순례나 한다. 그래도 연인 사이가 됐으니 휴일에 만나기도 하는 것이다.

휴일에.

즉, 사복 차림으로 말이다.

몸을 드러낼 수밖에 없었던 것이다— 패션 감각의 패 자도 없는 내가…….

친구도 없던 내가 의지할 것은 잡지와 인터넷뿐이었다.

이것도 아니고 저것도 아냐 하며 고민했고 엄마한테서 용돈을 뜯어냈으며 들어갈 생각조차 해본 적 없는 옷가게에 용기를 내 침입했을 뿐만 아니라 서슴없이 말을 걸어오는 점원 탓에 공포를 느꼈다.

그리하여 나는 태어나서 처음으로 승부복이라고 할 만한 옷을 걸쳤다.

거울에 비친 내 모습을 봤을 때는 현실미가 느껴지지 않았다.

자기가 멋을 부렸다는 사실이 믿기지 않아서 마치 옷을 갈아입힌 마네킹을 보는 느낌이 들었다. 그래서일까 자신감 없는 것으로 둘째가라면 서러워할 내가 이때는 이렇게 생각했다.

좋아. 꽤 귀여워.

거울을 보고 그런 생각을 한 것은 태어나서 처음이었다. 안 그래? 거울에 비친 자기를 보고 『귀엽다』고 생각하는 건 나르시시스트뿐일걸? 자기가 자기를 귀엽다고 생각하는 여자는 완전 별로잖아. 내가 그렇게 생각하는 날은 평생 오지 않을 거야— 그렇게 생각했다. 그 순간까지는 말이다.

이 세상의 남성들이여 명심해두기를 바란다.

우리는 딱히 나르시시스트가 아니다.

옷이 귀엽다는 것과 **내가** 귀엽다는 것은 별개다.

어쩌면 그때가 바로 내가 여자로 각성한 순간일지도 모른다. 멋을 낸 나 자신을『귀엽다』고 생각하는 감성. 나 자체에 대한 자기평가는 제쳐두고 패션의 매력을 인식하는 감각. 그 남자와 사귀면서 나는 처음으로 그것을 느끼게 됐다.

문제는…….

내 패션 감각이『남자 취향』이 아니라『그 남자 취향』으로 완전히 개조되고 말았다는 점이다.

나는 고등학교에 들어간 후에 그것을 눈치챘지만 어쨌든 본론에 들어가자.

데이트 당일.

평소 무릎까지 오는 교복 치마만 입던— 즉, 촌스러움 그 자체였던 내가 미니스커트를 입고 허벅지를 드러내고 있는 모습을 본 이리도 미즈토의 리액션은 다음과 같았다.

—좋은 아침이야. 그럼 가자.

어라?

감상평이 없어? 내 사복 차림은 거의 본 적 없는데? 지혜란 지혜를 다 짜내서 멋을 부렸는데? 어라어라? 나, 여친 맞지?

나는 태연한 척을 하며 그의 옆에 선 후 힐끔힐끔 쳐다보았다.

아무리 기다려도 내 사복에 대해 아무런 코멘트를 해 주지 않았기에 점점 불안이 밀려왔다.

……혹시 꼴사납나?

개인적으로는 꽤 귀엽다고 생각하지만 내 감각은 믿을 게 못되니……. 이리도는 상냥하니까 나한테서 넘쳐흐르는 꼴사나움을 지적하지 않는 걸까……?

생각하면 할수록 그럴 것 같은 느낌이 들었다.

그것도 그럴 것이 그렇지 않고서야 상냥하고 눈치가 빠른 이리도가 내 옷차림을 칭찬해 주지 않는다는 전형적인 실수를 범할 리가 없는 것이다— 아, 이 남자는 자주 범해. 그런 전형적인 실수를 말이야.

모든 나쁜 일이 나한테서 비롯된다고 여기는 악의 신 같은 정신성을 지닌 나는 자기가 꼴사납다는 생각에 풀이 죽은 상태에서 남친과 서점을 돌고 서점 안의 카페에서 잡담을 나누며 별문제 없이 데이트를 했다.

그리고 헤어질 분위기가 감돌기 시작했을 때였다.

—오늘 입은 옷.

갑자기, 그 남자가 말했다.

—귀여운 것 같아.

—어…….

내 못난 머리는 갑작스러운 말을 받아들이지 못했다.

왜 이 타이밍에? 왜 헤어지기 직전에?

의문이 머릿속에서 휘몰아쳤지만 시선을 미묘하게 돌리면서 입가를 손으로 가린 그의 모습을 보고 감이 왔다.

……아, 그래.

칭찬을 하고 싶었지만 부끄러워서 말을 못 하는 사이에 데이트가 끝나버린 거구나.

―우아…… 아아아아아아아~~~~!!

등골을 타고 소름이 흘러~~!! 이 부끄럽기 짝이 없는 생물은 대체 뭐야~~~~?!

장래에 이 일로 몸부림치게 된다는 것을 알지 못한 채 당시의 나는 그의 말에 공감했다.

별것 아닌 동작만으로 그의 심리를 파악했다는 사실이 너무나도 기뻤다.

하지만 당시의 그 남자는 연이어 이렇게 말했다.

―하지만…… 미니스커트는…… 입지 말아줬으면 좋겠어.

―어……? 취, 취향이 아닌 거야……?

―아니, 그게 아니라 저기…….

퉁명하게 『아무래도 상관없어』라고 고집을 부리는 투로 그는 말했다.

―밖에 나갈 때 말고는…… 괜찮아.

……? 나는 또 고개를 갸웃거렸다.

이번에는 의도를 파악할 수 없었다.

그래서 그 자리에서는 대충 답한 후 손을 흔들며 헤어졌다.

집으로 돌아가면서 쭉 생각했다.

밖에 나갈 때 말고? 그 말은 실내에선 괜찮다? 밖에서는 왜 안 되는 걸까. 남들 이목 때문에?

……다른 사람이, 잔뜩 있으니까?

—~~~~!!

눈치챈 순간 열기가 머리끝까지 치솟은 나는 짧디짧은 치맛자락을 아래편으로 당겼다.

내 다리를 다른 사람에게 보여주고 싶지 않다. 그는 그렇게 말한 것이다.

독점욕 쩔어서 역겨워.

지금의 나라면 그렇게 말하겠지만 당시의 나는 이성에게 인기 없는 아싸였다. 그래서 누군가에게 독점 당한다는 것에 동경심을 품고 있었다.

게다가 그가…….

무엇에도 집착하지 않던 그가 이렇게 확연하게 독점욕을 드러낸 것이다.

그 후로 집에 도착할 때까지 나는 계속 히죽거렸다.

그리고 그 후로— 나는 미니스커트를 입지 않았다.

◆

나와 아카츠키 양은 교차로 모퉁이에 있는 화단에 걸터앉아서 길을 가고 있는 통행인을 쳐다보았다.

휴일이라 양복이나 교복 차림의 학생은 비교적 적었고 대부분 사복 차림이었다. 나는 마음속으로 감탄했다. 이 세상을 사는 인간 대부분이 타인이 봐도 이상하다 여기지 않을 정도의 패션 지식을 가지고 있다는 사실에 말이다.

"어느 쪽일 거라고 생각해?"

옆에 있는 아카츠키 양이 갑자기 그렇게 물어오자 나는 이렇게 답했다.

"답할 필요 없지 않을까?"

"그럼 어떤 걸 거라고 생각해?"

"으음…… 롤리타라거나?"

"에이 그건 아니잖아~. 그런 건 엄청 비싸다고 들었어."

"그럼 아카츠키 양은?"

"그냥 교복."

"아하…… 확실히 교복은 편리하긴 해."

"편리하다니깐~. 만약 교복이 없었다면 『우왓, 귀찮아~』 하고 생각했을 거야."

"대학에 가면 매일 아침에 뭘 입을지 고민해야 하거든?"

"우왓, 귀찮아~."

아카츠키 양은 아하하 하고 웃더니.

"그래도 마음의 준비는 해둬야 할 거야."

"응. 롤리타일 때에 대비해서 말이야."

"솔직히 어떻게 대비하면 좋을지 모르겠어."

"그건 그래……."

그런 이야기를 나누고 있을 때 인파 사이에서 기다리던 사람을 발견했다.

우리가 몸을 일으키자 그녀는 당황한 듯 허둥지둥 뛰어왔다.

"죄, 죄송해요……! 지각인가요……?"

잠시 뛰었을 뿐인데 어깨까지 들썩이고 있는 그녀— 히가시라 이사나의 모습을 우리는 아무 말 없이 살펴보았다.

위에는 알아듣지 못할 영어 문장이 인쇄된 셔츠와 다 낡은 파카. 셔츠의 영어 문장은 가슴에 위치한 산맥에 의해 옆으로 쭉 늘어난 바람에 수수께끼 암호가 되어버렸다.

아래에는 청바지를 입고 있었다. 원래 파란색이었겠지만 거듭된 세탁 탓에 색깔이 빠지면서 하늘색으로 변해 있었다.

여기까지 확인한 후 마음속으로 판정을 내렸다.

"“……휴우~.”"

"어, 어? 저기요? 왜 안심하는 거예요?"

"평범하게 꼴사나운 복장을 하고 나타나서 다행이야~."

"롤리타 복장이면 어쩌나 했는데 평범하게 꼴사나울 뿐이니 그나마 괜찮네."

"어라?! 저, 괴롭힘당하고 있죠? 괴롭힘당하고 있는 거 맞죠?!"

울먹거리는 히가시라 양(꼴사납다).

근처 편의점에 가는 거라면 저런 복장으로도 괜찮지만 오늘처럼 동성 친구와 놀러 갈 때 할 복장은 아니다. 만약 우리 말고 다른 사람이었다면 『저기, 옷차림이 그게 뭐니~?!(웃음)』, 『꼴사나워~!(웃음)』 하고 웃음거리가 되면서 억지 미소나 지어야 했을 것이다.

"오늘 모임의 취지를 발표할게 히가시라 양!"

아카츠키 양이 히가시라 양을 손가락으로 가리켰다.

"이름하여! 『히가시라 이사나를 꾸며주는 모임』!!"

"네엣……?!"

휴일에 같이 놀자는 말만 들었던 히가시라 양은 눈을 동그랗게 떴다.

"이리도 공략 작전 때는 사복을 체크할 기회가 없었잖아. 기말고사가 끝나면 바로 여름방학이니까. 히가시라 양이 이리도 앞에서 체면 구기기 전에 어떻게든 해 주자고 생각했어."

"저기. 왜 체면을 구긴다는 전제인 거죠? 제 사복 차림을 본 적 없지 않아요……?"

"돈 걱정이라면 하지 마."

나는 그 말을 무시하며 이야기를 이어갔다.

"오늘 예산은 나와 아카츠키 양이 반씩 부담하기로 했거든."

"어……! 저, 저기 신세를 질 수는……!"

"괜찮아, 괜찮아! 우리가 주는 위로 선물 같은 거라고 생각해!"

"응. ……그 대신 조건을 딱 하나만 받아들여줘."

"조, 조건……이라고요……?"

나와 아카츠키 양은 빙긋 웃은 후 한 목소리로 말했다.

""우리가 권하는 옷을 군말 없이 꼭 입을 것.""

"히익……."

그렇다. 오늘 모임은 『히가시라 이사나를 꾸며주는 모임』 겸 『히가시라 이사나를 마네킹 인형으로 삼는 모임』이다.

"괜찮아, 괜찮아. 이상한 걸 입히지는 않을 거야~. 유메, 내 말 맞지?"

"응, 물론이야. 미풍양속에 어긋나는 짓 안 해."

우리는 쇼핑몰 안을 걸으며 또 안전성을 어필했지만 히가시라 양은 늑대의 표적이 된 다람쥐처럼 흠칫흠칫했다.

"저, 정말이죠……? 배꼽이 드러나는 걸 입히려는 건 아니죠……?"

"엥, 말도 안 돼! 아무리 여름이라도 그런 걸 입으면 변태잖아~!"

우리는 웃으면서 옷가게 안으로 들어갔다.

지금은 6월. 기온도 상승했기에 이런 가게에 전시되어 있는 건 전부 여름 옷이었다.

개방적인 아이템이 눈길을 끄는 가운데 아카츠키 양은 「오」 하고 탄성을 지르면서 선반에 있던 옷을 손에 쥐었다.

"캐미솔 발견~."

"스톱이에요! 제가 가장 입으면 안 되는 거예요! 가슴 계곡이 훤히 보인다고요!"

"시끄러~!! 잔말 말고 입어~!!"

갑자기 가정폭력 남편 같아진 아카츠키 양이 근처에 있던 수영복 같은 핫팬츠와 함께 캐미솔을 히가시라 양에게 떠넘겼다.

"이, 이걸 입으라고요……? 호러 영화의 색기 담당이나 입을 옷 같은데요?! 진심이에요? 제정신이에요?!"

"군말 없이!"

"꼭 입을 것!"

"히이이이익……!"

우리가 히가시라 양의 등을 밀며 탈의실에 밀어 넣었다.

우리가 팔짱을 끼고 감시하자 히가시라 양도 체념한 건지 커튼 너머에서 옷깃 스치는 소리가 들려왔다.

"으응……! 아, 이거 좀 작은…… 으으으……!"

"도와줄까~?"

"괘, 괜찮아요. 사양할게요……! 목소리가 엉큼해요……!"

"쳇. 그 빌어먹게 커다란 가슴 좀 구경하려고 했는데……."

"욕망에 너무 충실한 거 아냐?"

나도 좀 보고 싶긴 했다.

1분 정도 지난 후 커튼 너머에서 놀란 목소리가 들려왔다.

"저, 저기……. 입긴 했는데…… 주위에 아무도 없죠……?"

"없어~. 우리뿐이야~."

"저, 정말인가요? 믿어도 되죠……? 믿을게요……!"

그렇게 말한 후로 10초 정도 더 흐른 후 드르륵하며 커튼이 걷혔다.

모습을 드러낸 히가시라 양을 본 순간 나와 아카츠키 양은 마른침을 삼켰다.

캐미솔은 금방이라도 찢어질 것 같지만 히가시라 양의 풍만한 가슴을 어찌어찌 감싸고 있었다.

하지만 그 대가로 소매가 짧아졌으며 배꼽이 완전히 드러났다.

핫팬츠도 사이즈가 맞지 않는 건지 육감적인 허벅지를 압박하고 있었고—.

즉…….

""야해~~~~~~.""

"그래서 아까도 제가 말했잖아요~!"

히가시라 양은 고함을 지르며 커튼을 쳤다.

말문이 막힐 정도로 야했다.

저 옷차림을 밖을 돌아다녔다간 과다노출 죄로 잡힐 것 같다.

"엄마도 항상 말해요……. 노출이 심한 옷을 입지 말라고요……. 네 몸매로는 섹시함을 넘어 상스러워 보일 거라며……."

"어머니께서 잘 알고 계시네……."

"나는 이런 걸 좋아하는데 말이야. 그래도 히가시라 양을 전과자로 만들 수는 없네."

노출도가 낮은 옷 고르기는 내 전공이다.

이래 봬도 나는 여고생이나 되어서 맨발을 절대 드러내지 않는 걸로 유명한 여자니까 말이다(친구 사이에서).

가게 안의 선반을 돌아보면서 적당한 옷을 고른 후 탈의실 앞으로 돌아왔다.

"이런 건 어때? 옷깃도 있으니 노출도도 적어."

"으음, 좀 내숭 떠는 느낌이기는 하지만 괜찮지 않아? 청초하기도 한걸."

"……내 센스 좀 내숭 떠는 것 같아?"

"유메는 괜찮아! 귀여우니까 용납이 돼!"

내숭 떠는 것 같구나……. 그렇구나…….

약간 마음에 걸리는 부분이 있지만 아카츠키 양도 허락했으니 가지고 온 옷을 탈의실 안에 있는 히가시라 양에게 건네줬다.

"뭐, 이건 그나마……."

옷 갈아입는 소리가 들려온 후 커튼이 걷혔다.

"……어떤가요?"

팔꿈치를 가리는 셔츠와 하이웨스트의 치마로 구성된 심플한 코디였다.

아카츠키 양은 『청초한 느낌』이라고 말했지만 그것은 히가시라 양의 성격에 맞춰 수수한 색깔을 골랐기 때문이다. 셔츠는 흰색, 치마는 감색이다. 그 남자가 비슷한 타입이라 아는 건데 그녀 같은 사람은 밝은색을 질색하거든.

가슴이 큰 사람은 뭘 입어도 뚱뚱해 보이는 게 고민이라는 말을 들은 적이 있어서 치마는 허리를 조르는 하이웨스트를 골랐다.

셔츠 자락을 치마가 오므려주는 덕분에 히가시라 양의 육감적인 몸매가 확연하게 드러나고 있었고——.

""야해~~~~~~.""

"뭘 어쩌라는 거예요~!"

히가시라 양은 얼굴을 새빨갛게 붉히며 몸을 웅크렸다. 부끄러워하는 표정을 지으니 더 야했다.

나와 아카츠키 양은 팔짱을 끼며 「으음~」 하고 신음을 흘렸다.

"유메, 이건 참 어려운 문제야……."

"응……. 뭘 입혀도 야해 보여……."

"그만 하세요……! 제가 색골인 것처럼 말하지 말라고요!

저도 조금은 자각하고 있거든요?!"

결국 히가시라 양은 커튼을 치더니 탈의실 안에 숨었다. 또 옷깃 스치는 소리가 들렸다. 벗고 있는 것이다. 그 청초에로한 옷을 말이다. 야하네.

"아무튼 G컵의 존재감을 없애는 게 우선 같아……. 지금은 뚱뚱해 보이거나 게임 캐릭터 같아 보이거나 중에 하나잖아."

"글래머도 고생이 많네. 태어나서 처음으로 증오 이외의 감정을 품었어."

"글래머에 대한 증오의 화신이었어?"

"확 가슴 주머니를 만드는 것도 괜찮겠네! 이렇게 된 거 2차원 느낌으로 가는 거야~."

"가슴 주…… 그게 뭔데?"

"이런 거야."

아카츠키 양이 스마트폰으로 어떤 애니메이션의 이미지를 보여줬다. 미소녀의 가슴 형태가 옷 너머로 확연하게 드러나고 있었다.

"이거 물리법칙을 무시한 거 아냐?"

"현실에서도 할 수 있을 거라고 생각해. 히가시라 양도 이런 걸 좋아하니까 기뻐하지 않을까~?"

"현실과 허구를 엮지 말아 주세요!"

탈의실 커튼이 힘차게 걷히더니 원래 옷으로 갈아입은 히가시라 양이 나왔다.

“딱 잘라 말해두겠는데 가슴 주머니 같은 걸 만들고 밖을 돌아다니는 사람은 제정신이 아니에요! 수치심이 없는 게 분명해요! 지혜의 열매를 먹기 전의 아담과 이브라고요!”

“그렇게 말하니 거꾸로 대단한 사람처럼 들리거든?”

“쳇~. 히가시라 양에게 코스프레를 시키고 싶었는데~.”

“코스프레…… 메, 메이드복 정도라면 괜찮지만…….”

“괜찮은 거냐~.”

“코스프레에 흥미 있구나…….”

“어, 없어요! 눈곱만큼도 없다고요!”

뻔히 티나는 거짓말을 하는 히가시라 양과 함께 우리는 다시 가게 안을 둘러봤다.

가슴 라인을 숨기고 싶다면 품이 낙낙한 옷을 입으면 되지만 자칫하면 뚱뚱해 보일 수도 있다.

그렇다고 허리 쪽을 조르면 가슴 크기가 부각되고 만다…….

으음~ 어렵다.

“역시 폭신푸근 스타일이 좋지 않을까?”

“폭신푸근?”

“이라고요?”

“굳이 따지자면 유메가 선호하는 쪽에 가까워.”

나는 내 옷차림을 살펴봤다.

오늘은 흰색 블라우스에 베이지색 플레어스커트를 입었

다. 옅은 색깔을 주로 고르는 건 검은색 장발이 묵직한 느낌이라는 이유와 사귀던 시절에 그 남자가 검은색 옷만 입어댄 것이 원인이다. 같이 있을 때 거무튀튀한 커플이 되는 건 싫었다.

"전체적인 실루엣이 푸근한 느낌이랄까? 유메도 몸의 라인이 드러나는 걸 싫어하지? 그러니 상의는 사이즈가 큰 걸 고르고 하의도 품이 낙낙한 스커트…… 아니면 가우초 팬츠라거나? 히가시라 양의 분위기와도 맞을 거야. 항상 푸근~한 느낌이거든."

"으음…… 맞아."

"저, 푸근한 느낌인가요?"

히가시라 양은 영문을 모르겠다는 듯 고개를 갸웃거렸다. 응, 그래.

나는 괜찮을 것 같다는 생각이 들었지만 아카츠키 양은 표정을 굳혔다.

"하지만~ 유메와 겹친단 말이지~."

"겹치면 안 되나요?"

히가시라 양은 또 고개를 갸웃거렸다. 그러자 아카츠키 양은 웃으며 말했다.

"당연히 안 되지~! 폭신푸근 스타일 여자애가 나란히 걸어 다닌다면 좀 밥맛일 것 같지 않아?"

"어울리느냐 아니냐만이 아니라 다른 사람과의 조화도 생각해야 하는 건가요…….”

“히가시라 양이 『귀찮다』는 표정을 짓고 있네. 맞아, 귀찮아. 여자애의 세계에 어서 와.”

“그쪽 세계와는 그다지 얽히고 싶지 않다는 생각이 커졌어요…….”

“풋내기한테 그런 것까지 신경 쓰라고 강요할 만큼 스파르타는 아냐. 유메, 내 말 맞지?”

“뭐?”

방금 그 말의 의미를 이해 못 한 나는 아카츠키 양을 쳐다보았다.

“유메와 겹치는 게 문제라면~ 유메가 바꾸면 해결될 문제 아냐~?”

“뭐……? 내, 내가……?”

“응! 이 참에 새로운 패션을 개척해보자!”

아, 아차……. 이게 목적이었구나!

아카츠키 양은 평소에도 나한테 근사한 느낌의 옷을 입히려고 한다. 그런 건 안 어울린다고 항상 말하는데!

“어느 게 좋을까~♪ 이게 괜찮을까~?”

내가 말리기도 전에 아카츠키 양이 늘씬한 바지를 물색하기 시작했다.

이, 이상해! 오늘 이 자리는 히가시라 양을 꾸며주는 모임인데! 왜 내가?!

미리 점찍어뒀던 건지 순식간에 옷을 한 벌 챙겨온 아카츠키 양이 나에게 그것들을 떠넘겼다.

"그럼 입어봐♪"

"내, 내가……."

"입. 어. 봐♪"

반론을 허락하지 않는 그 미소에 진 나는 히가시라 양에게 도움의 시선을 보냈다.

……휙. 히가시라 양이 고개를 돌렸다.

매, 매정해! 나를 그렇게 저승길 길동무로 삼고 싶은 거야?!

"자~! 들어가, 들어가~! 머리카락은 하나로 모아! 그편이 어울릴 거야! 헤어 고무밴드를 받아!"

아카츠키 양이 재촉하자 나는 될 대로 되란 심정으로 탈의실에 들어갔다.

거울에 비친 나 자신을 쳐다보고 손에 든 옷을 쳐다봤다. 그것은 내가 평소에 기피하는 몸매가 확연히 드러나는 스타일의 옷이다. 으으으……! 얼마 전까지 교복도 제대로 소화하지 못하던 여자애한테 이런 걸 입으라니…….

일단 한번 입어주면 아카츠키 양도 만족하겠지……. 그렇게 생각할 수밖에 없었다.

입고 온 옷을 재빨리 벗은 후 건네받은 옷으로 갈아입었다.

상의는 푸른색 민소매였고 하의는 몸에 찰싹 달라붙는 팬츠— 스키니 팬츠다. 노출은 없지만 다리의 라인이 확연히 드러났다.

아카츠키 양이 시킨 대로 머리도 모아 묶었다. 포니테일을 하면 아카츠키 양과 겹칠 것 같아 목 언저리에서 묶은 후에 몸 앞쪽으로 넘겼다.

괜찮은 건지 별로인 건지……. 완성된 모습을 거울에 비춰 봤지만 감이 오지 않았다.

지금의 나에게는 기준이 없다.

정확하게는…… 보여주고 싶은 사람이 없다.

옛날에는 예쁘게 꾸민 나를 보여주고 싶은 사람이 있었다. 그래서 그 사람의 반응을 상상하며 그 사람이 좋아할 만한 옷을 고르는 식으로 부족한 센스를 보완했다. 그것을 잃어버린 현재 나는 히가시라 양과 마찬가지로 패션 초보자다— 무엇을 통해 패션을 완성하면 좋을지 알 수가 없었다.

……될 대로 되어버려.

생각하는 게 귀찮아진 나는 반쯤 자포자기한 심정으로 커튼을 걷었다.

"……어때?"

아카츠키 양과 히가시라 양은 내 모습을 잠시 쳐다본 후—.

"오오오오오~~~!!"

"멋져요……!"

호평이었다.

아카츠키 양은 흥분한 탓에 얼굴이 벌게졌고 히가시라 양은 마치 동경하는 것처럼 눈을 반짝이고 있었다.

뭐……? 어울려? 정말?

"역시 이런 게 어울릴 줄 알았다니깐! 늘씬하니까 말이야! 흰색 스키니가 어울리는 애는 흔하지 않거든? 거짓말 아냐!"

아카츠키 양이 바른 어조로 말을 늘어놓는 것을 보면 아무래도 진짜 같았다.

가슴 속이 약간 술렁거렸다.

이제까지 나한테 패션이란 것은 이성— 아니, 그 남자 앞에서 부끄럽지 않기 위한 것이었다. 하지만 이렇게 동성 친구에게 이런저런 이야기를 나누며 다양한 옷을 입어보는 것도…… 응, 나쁘지 않다.

나는 다시 거울을 쳐다봤다.

늘씬한 느낌의 팬츠 룩을 한 나는 왠지 세 살 정도 어른스러워 보였다.

이 모습을 보니 이제까지의 옷차림이 어린애 같았다고나 할까 너무 여성스럽기만 했다고나 할까 남자의 시선만 너무 신경 쓴 것 같다고나 할까…….

이런 옷차림도 딱히 나쁘지는…… 않으려나?

가격을 보니 그렇게 부담스러운 수준은 아니었다. 요즘 들어 그 남자와 다시 책을 교환해 보게 되면서 책값이 약간 굳었다. 원래 소설은 돈이 들지 않는 취미다. 덕분에 용돈에 약간 여유가 있는 편이니…… 뭐, 기왕이니 말이야.

"……점원한테 가격표를 떼달라고 할게."

"므흐흐흐! 내 염원이 이뤄졌네!"

중학생 때의 패션 감각에 계속 얽매여 있는 것도 좀 그런 만큼 좋은 기회 같았다. 이제 그 남자의 취향에 맞춰줄 필요도 없으니 말이야.

"그럼 다음은 주인공 차례야! 히가시라 양, 이걸 받아!"

내가 계산을 마치고 가격표를 떼는 사이 아카츠키 양은 히가시라 양에게 입힐 옷을 골랐다.

히가시라 양에 내민 옷은 전체적으로 어두운 색깔이었다. 뚱뚱해 보이는 것을 경계해서 팽창색을 피한 것 같았다.

"이것 말인가요……? 제가 입기엔 너무 귀여운 것 같은데……."

"귀여워 보이려고 입는 거니 당연하잖아! 빨리 들어가!"

아카츠키 양은 머뭇거리는 히가시라 양을 탈의실에 밀어 넣은 후 커튼을 쳤다.

히가시라 양도 연애와 상관없이 패션을 즐기게 됐으면 한다. 그러면 자신감 결여 문제도 다소 개선될 테고…… 현시점에서는 그 남자에게 너무 의존하고 있는 것 같기도 했다. 뭐, 두 사람이 그걸로 괜찮다면 내가 끼어들 일은 아니지만 말이다.

나는 그런 생각을 하면서 아카츠키 양과 함께 탈의실 앞에서 히가시라 양이 나오기를 기다리고 있었다.

바로 그때였다.

"어라? 너희들……."

익숙한 목소리가 들리자 우리는 돌아보았다.

그 순간 온몸이 딱딱하게 굳었다.

가게 밖에서 우리를 쳐다보는 두 남자 고등학생이 눈에 들어왔다.

한쪽은 머리카락 끝을 왁스로 세팅하고 7부 길이의 상하의로 좀 노는 분위기를 내고 있었다.

우리의 클래스메이트이자 아카츠키 양의 소꿉친구— 카와나미 코구레.

다른 한 명은 낡은 조끼와 셔츠 그리고 늘어난 치노팬츠 차림이었으며 이 세상 모든 것을 귀찮게 느끼는 눈빛을 머금고 있었다.

내 전 남친이자 의붓동생— 이리도 미즈토.

우리와 인연이 깊은 두 사람이 어찌 된 건지 여기 있었다.

"카…… 카와나미?"

어찌 된 건지 아카츠키 양은 표정이 약간 질렸다.

"왜 여기 있는 거야? 이리도까지 데리고……."

"왜긴 왜야. 옷을 사러 온 거지. 곧 여름이잖아. 기말고사 지옥이 시작되기 전에 이리도 미즈토 군의 여름옷을 맞춰줘야겠다 싶더라고."

"그런 부탁한 적 없는데……."

미즈토는 짜증이 치솟는 표정으로 그렇게 말했다.
카와나미는 히죽 웃으며 그의 어깨에 손을 얹더니…….
"너무 그러지 마. 내가 너를 올해 여름 최강의 미남으로 완성해 주겠어!"
"그러니까 그럴 필요 없다는 거야. 외박 장소를 너희 집으로 삼은 건 내 실수였어……."
"대성공이거든? 부모님에게 두 분만의 시간을 만들어줄 수 있을 뿐만 아니라 옷까지 공짜로 얻는 거잖아?"
아하. 웬일로 미즈토가 이런 곳까지 끌려왔나 했더니 카와나미가 외박 건을 가지고 그와 교섭을 한 건가.
……그건 그렇고 혹시 수족관 데이트 때의 미남 모드에는 여름 버전이 있는 거야? 조, 좀 자세하게 듣고 싶은 마음이 없는 것도 아닌데…….
카와나미는 「오」 하며 눈썹을 씰룩이더니 나를 쳐다보았다.
"이리도 양은 평소와 분위기가 다르잖아. 대박 멋지네."
"그렇지~?! 아무리 너라도 그 정도는 알아보는구나~!"
"아무리 너라도는 무슨 소리야. 그것보다 네가 왜 우쭐대는 건데?"
카와나미의 말을 듣고 나는 이제야 떠올렸다.
지금의 내가 평소의 중학생 시절과 전혀 다른 모습을 하고 있다는 것을 말이다.
나를 힐끔 쳐다본 미즈토가 그대로 딱딱히 굳어버렸다.

이제까지의 패션은 이 남자에게 완전히 맞추던 중학생 시절 나의 연장선상이었다. 하지만 지금의 나는 완전히 다르다.

아카츠키 양과 히가시라 양은 호평을 했지만— 아니, 정신 차려! 자신감을 가져! 이 남자한테 불평인 게 뭐 어쨌다는 거야. 그딴 건 나와 아무 상관없다. 나는 내가 좋아하는 옷을 입었을 뿐인걸.

자, 감상을 말해봐. 네가 무슨 말을 하든 나는 전혀 상처입지 않아. 내가 결투에 임하듯 마음을 다지고 있을 때였다.

휙.

미즈토는 눈을 돌리고 말았다.

……역시 취향에 맞지 않는 걸까?

흐음. 그래? 뭐, 아무래도 상관없거든?

"어?"

카와나미의 시선이 우리의 뒤편으로 향했다.

그곳에는 커튼을 친 히가시라 양이 옷을 갈아입고 있는 탈의실이 있었다.

"한 명 더 있는 거야?"

"아냐! 모르는 사람이야! 오늘은 유메와 둘이서 데이트 중이거든~!"

어?

아카츠키 양은 거짓말을 하면서 내 팔을 끌어안았다. 그와 동시에 나에게 귓속말로 말했다.

"(이 녀석과 히가시라 양을 만나게 하면 안 돼. 유메!)"

카와나미와 히가시라 양을?

영문을 모르겠지만…… 일단 나는 눈치를 발휘하며 입을 다물었다.

"흐음……."

카와나미는 납득한 건지 탈의실에서 시선을 뗐다.

그 모습을 본 아카츠키 양이 몰래 안도의 한숨을 내쉰 바로 그 순간이었다.

—찰칵!

우리의 뒤편 탈의실 안에서 스마트폰 촬영음이 들려왔다.

""……어?""

그리고 잠시 후…….

부르르— 하고 짤막한 진동음이 어딘가에서 들려오더니 미즈토가 호주머니에서 스마트폰을 꺼냈다.

그는 졸린 눈길로 화면을 보더니…….

몇 초 동안 얼어붙어 버렸다.

그리고 히가시라 양이 있는 탈의실을 힐끔 쳐다보았다.

""어어???""

설마 하는 생각이 머릿속을 스쳤다.

아카츠키 양도 아마 같은 추측을 하고 있을 것이다.

설마 히가시라 양이 방금——.

"엥? LINE? 누구한테서야?"

"……아버지야."

미즈토는 슬그머니 거리를 벌리더니 카와나미로부터 스마트폰의 화면을 숨겼다.

가느다란 손가락으로 재빨리 메시지를 입력한 후…….

"농땡이 부리지 말고 볼 일이나 보자. 카와나미. 나는 빨리 돌아가서 책을 읽고 싶어."

"예이~. 뭐, 내 취미에 어울려주는 거니까 말이야. 그럼 나중에 봐~."

미즈토는 빠른 걸음으로 카와나미는 손을 흔들며 쇼핑몰 안쪽으로 사라졌다.

두 사람의 뒷모습이 시야에서 사라지자 나와 아카츠키 양은 천천히 탈의실을 향해 돌아선 후.

드륵! 하며 힘차게 커튼을 걷었다.

"꺄아앗?! 뭐, 뭐 하는 거예요~?!"

깜짝 놀라며 흠칫한 히가시라 양은 옷을 입고 있었다.

얇은 V넥 셔츠가 볼륨감을 자아내고 있지만 아랫자락이 플레어스커트 안에 들어가 있었다. 이렇게 하면 가슴이 크게 눈길을 끌지 않으면서 허리를 졸라줄 수 있다며 아카츠키 양이 그렇게 입으라고 지시했다.

색깔은 상의가 녹색에 가까운 카키색이며 하의는 브라운에 가까운 베이지색이다. 약간 수수하지만 히가시라 양은 이런 수수한 편이 나을지도 모른다.

판타지 작품에 나오는 마을 아낙 같은 소박한 인상이라 히가시라 양에게 어울린다는 느낌이 들었지만 지금 중요한 건 그게 아니다.

나와 아카츠키 양의 시선은 그녀가 소중히 안고 있는 스마트폰을 향하고 있었다.

"……아무래도 미풍양속에 어긋나는 짓을 한 것 같지는 않네."

"그런 짓을 할 만큼 문란하지는 않나 봐."

"네? 어……?"

히가시라 양은 당혹스러운 눈길로 우리를 번갈아 쳐다보았다.

최악의 사태는 히가시라 양이 탈의실이란 밀실 안에서 반라인 채로 스마트폰을 쥐고 있다는 패턴이지만 그녀도 그런 짓을 벌이지는 않은 것 같았다.

"우리 지레짐작이었나 봐. 설교는 봐줄게. 히가시라 양."

"그래. 우리의 판단을 구하지 않은 행동에 대해 나름대로 생각하는 바가 있지만 『그에게 가장 먼저 보여주고 싶어!』라는 심정은 이해가 되니까 용서해 줄래."

"뭐…… 어, 어떻게 알았……?"

끝까지 말 안 해도 돼. 하고 시선으로 제지한 아카츠키 양이 물었다.

"그래서? 평판은 어땠어?"

"으음, 저기……."

히가시라 양은 손에 쥔 스마트폰으로 입가를 가렸다.

하지만 완전히 가리진 못했기에 입가가 히죽거린다는 것을 바로 알 수 있었다.

대답을 들을 필요도 없었다.

그녀는 우리를 올려다보더니 머뭇거리며 말했다.

"이 옷…… 사도 될까요?"

"윤허하노라~."

아카츠키 양이 거만한 태도로 고개를 끄덕였다.

이어서 나도 고개를 끄덕이자 히가시라 양은 스마트폰을 보며 기쁜 듯 웃었다.

뭐, 처음에는 뭐가 기준이라도 누가 기준이라도 괜찮을 것이다. 서서히 자기만의 기준을 만들면 되니 말이다.

"에헤헤……♥"

나는 스마트폰과 거울을 번갈아 쳐다보며 기뻐하고 있는 히가시라 양을 보며 나와 같은 길을 걷고 있구나 하고 생각했다.

"……히가시라 양, 뭐 하나 물어봐도 돼?"

그 후 이참에 셋이서 쇼핑몰을 돌아봤다.

그리고 아카츠키 양이 화장실에 간 타이밍에 나는 마음

을 다잡고 질문을 던졌다.

나와 나란히 벤치에 앉아있던 히가시라 양은 입술에 묻은 크레이프의 크림을 핥아먹은 후에 「네?」 하며 나를 쳐다보았다.

"저기…… 히가시라 양은…… 그 남자를 아직 좋아해?"

"미즈토 씨 말인가요?"

나는 고개를 끄덕였다.

히가시라 양이 미즈토에게 차인 건 이번 달의 일이다. 하지만 그녀는 놀라울 정도로 마음을 잘 정리한 것처럼 보였다. 하지만 아까처럼 아직 좋아하는 모습을— 특히 미즈토 본인이 없는 자리에서 보일 때가 많다.

결국 어느 쪽인 걸까.

아직 좋아하는 걸까. 이미 마음을 정리한 걸까.

"아직 좋아하거든요?"

히가시라 양은 크레이프를 냠냠 먹으면서 아무렇지 않게 대답했다.

"제가 미즈토 씨를 좋아하게 된 건 남친이 되어줄 가능성이 있어서가 아니니까요. 그냥 앞으로도 쭉 좋아할 거라고 생각해요. 친구로서도 남자로서도요."

"그럼……."

나는 약간 머뭇거렸다.

"……괴롭지 않아?"

"글쎄요? 적어도 친구로서 같이 있을 때는 예전보다 즐거워진 것 같아요. 좋아한다는 걸 숨기지 않아도 되어서일까요?"

"하지만 예를 들어서……."

나는 얼마 전의 나 자신을 떠올렸다.

"……그 녀석에게 여친이 생기면 어떨 것 같아?"

"으음……. 그럼 좀 분할 것 같네요. 주제넘은 생각이지만 졌다는 느낌이 들 것 같아요. 하지만 미즈토 씨라면 여친이 생기더라도 저와 거리를 두지 않을 것 같으니까 그것도 나름대로 괜찮지 않을까요? 뭐, 그때가 되어야 확실하게 알 수 있겠지만요……."

그것보다 하고 히가시라 양은 이어서 말했다.

"미즈토 씨에게 다른 친구가 생기면 질투할지도 몰라요."

"뭐?"

"미즈토 씨와 가장 즐겁게 이야기를 나누는 건 바로 저예요! 그런데 제가 모르는 곳에서 제가 모르는 누군가와 즐겁게 놀고 있다는 생각만 해도……! 으으윽, 상상만 해도 화가 나네요!"

히가시라 양은 크레이프를 단숨에 먹어 치웠다.

어라? 뭐? ……아, 그래. 히가시라 양은 반이 다르니까 카와나미에 대해 모르는구나.

그래……. 히가시라 양과 카와나미를 만나게 해선 안 된다는 아카츠키 양의 진의를 이제야 알 것 같다.

"……여친에게는 질투 안 하지만 친구한테는 질투하는 거야?"

"마치 제 구역이 어지럽혀진 느낌이 들거든요. 이것도 NTR이라고 할 수 있을까요? 유메 양도 마찬가지 아니에요? 예를 들어서 어느 날 갑자기 미즈토 씨에게 생이별한 여동생이 생긴다면 어떨 것 같아요?"

"그건……."

어려운 감정이 가슴 속에서 소용돌이쳤다. 마음속에 응어리가 생기긴 했다. 하지만 히가시라 양이 미즈토의 여친이 될지도 모른다고 생각했던 때와는 좀 달랐다.

싫다던가 분하다던가 화난다던가 같은 감정이 아니라…….

"……무서워요."

비어버린 크레이프 포장지를 내려다보며 히가시라 양은 말했다.

"저에게는 미즈토 씨밖에 없는데 미즈토 씨에게 저를 대신할 사람이 많다고 생각하니 왠지 엄청 무섭고 쓸쓸해요."

아아.

정말 매우 진심으로 이해됐다.

자신의 자리에서 쫓겨나 홀로 세상에 내팽개쳐지는 공포.

그래……. 그녀는 미즈토를 독점하고 싶은 게 아냐.

미즈토의 내면에서 자기 자리가 없어지는 게 무서운 거야.

……하지만 나는 이의를 제시했다.

정말 그걸로 괜찮아?

언제까지나 의지하고 매달리며 어리광을 부리는…… 그걸로 정말…….

“히가시라 양.”

“네?”

“크림 묻었어.”

“아.”

나는 티슈로 히가시라 양의 입을 닦아줬다. 마치 갓난아기를 돌보는 것 같았다.

자기한테는 미즈토밖에 없다고 그녀는 말했다.

하지만 오늘 이 자리에는 이리도 미즈토가 없다.

그녀의 옷을 고민하고 골라준 건 나와 아카츠키 양이다.

“히가시라 양.”

그래서 나는 말했다.

“우리도 친구잖아?”

“어, 아.”

히가시라 양은 허둥지둥 시선을 피하면서 얼굴을 붉히더니…… 내 표정을 살펴보며…….

“괘, 괜찮겠어요?”

……하고 물었다. 옷을 살 때와 마찬가지로 그럴 필요 없는데 말이다.

“물론이야. 나는 이미 친구라고 생각하는걸.”

“저, 저기…… 하지만!”

히가시라 양은 힘차게 손을 말아 쥐었지만 곧 몸에서 힘이 빠져나갔다.

결국 작디작은 목소리로 중얼거렸다.

"……미즈토 씨를 대신하지는 못하지만……."

그것은 분명 크리티컬한 반론이었다.

하지만 나는 동요하지 않았다.

"응. 알아."

아마 너와 버금가거나 혹은 그 이상으로…….

◆

아카츠키 양과 히가시라 양과 헤어지고 집에 돌아가 보니 못난 내 의붓동생은 이미 돌아와 있었다.

거실 소파에 앉아서 책을 읽고 있는 남자의 등을 쳐다보며 나는 인사도 하지 않고 질문을 대뜸 던졌다.

"어땠어?"

"뭐가?"

"히가시라 양."

미즈토는 어깨 너머로 나를 힐끔 쳐다보았다.

"……뭐, 괜찮은 느낌이었어."

"귀여웠다고 똑똑히 말하는 게 어때? 그것보다 히가시라 양은 뭐래?"

미즈토는 귀찮다는 듯 테이블에 놓인 스마트폰을 조작하더니 나에게 화면을 보여줬다.

LINE의 히가시라 양과의 채팅 화면이었다.

미즈토가 무난한 찬사를 건네자 히가시라 양은 다음과 같은 대답을 했다.

〈1000엔 주면 한 장 더!〉

이 애는 정말…….

우리 앞에서 보였던 리액션을 왜 미즈토 앞에서는 보여주지 못하는 걸까.

마음을 솔직하게 전하지 못하다니 정말 손해 보는 성격이네. 동정할 것만 같아.

"……그것보다 히가시라 양은 이 사진을 찍으면서 왜 스마트폰으로 눈가를 가린 거야?"

"몰라. 본인에게 물어봐."

"어처구니없는 대답을 들을 것 같은데……."

SNS에 음란한 셀카를 올리는 사람 같아— 란 감상평은 입에 담지 않았다. 히가시라 양이 바라는 바일 테니 말이다. 아무래도 나중에 설교를 해 주는 편이 좋을 것 같다.

바로 그때 시선을 느꼈다.

"?"

"……."

미즈토를 쳐다보니 마침 시선을 돌리고 있었다.

……쳐다봤어? 나를?

산 옷을 그대로 입고 왔으니 나는 현재 아카츠키 양이 추천한 팬츠룩 차림이다. 아까 밖에서 만났을 때 이 남자는 나를 완전히 무시했다.

취향이 맞지 않아서 그러는 거라고 생각했는데…….

"흐음~?"

"……."

소파 앞으로 이동한 나는 미즈토의 시야에 들어가는 위치에 섰다.

미즈토는 책으로 눈을 돌리며 한사코 나를 쳐다보지 않으려 했다.

나는 이제 이 남자의 취향에 맞춰줄 이유가 없다.

나는 이제 이 남자를 기준으로 삼을 필요가 없다.

하지만 그래도 말이다.

나는 천천히 내 스마트폰을 꺼낸 후 그것을 수평으로 들어서 눈가를 가렸다.

히가시라 양의 아까 사진처럼 말이다.

"……이봐."

미즈토는 목소리가 희미하게 떨렸으며 입가에도 희미하게 경련이 일어났다.

"너 지금 뭐하는 거야?"

"응? 나는 그저 스마트폰을 눈높이까지 들어서 보고 있을 뿐이야."

"듣고 싶은 말이 있으면 그냥 요구하지 그래?"

"딱히 없거든? 하고 싶은 말이 있는 건 너 아냐?"

미즈토는 입가를 일그러뜨리더니 고개를 획 돌리면서 퉁명한 어조로 무뚝뚝하게 말했다.

"……뭐, 그런 옷차림도 괜찮은 것 같네."

"흐흥."

나는 의기양양한 표정을 지었다. 미즈토는 불만을 느끼는 것 같았다.

이제 나는 미니스커트를 피할 이유가 없다.

내가 아무리 맨다리를 드러내든 이 남자는 불평을 할 권리가 없다.

하지만 그건 일단 제쳐놓기로 하고…… 이 남자의 철면피를 무너뜨리는 건 역시 재미있다.

이 즐거움은 다른 사람에게 양보하기 어려울 것 같다.

카와나미 코구레는 인정해 주지 않는다
"어떻게 된 거야, 이리도!"

이제 와서는 젊은 날의 치기라고 말할 수밖에 없겠지만, 중학교 2학년 때부터 중학교 3학년 때까지 나에게는 소위 여친이라 부르는 존재가 있었다.

그래서 나는 안다. 크리스마스와 발렌타인, 정월, 생일, 그리고 기념일— 정말 정신없이 바쁜 스케줄을 소화해야 하는 커플 중에서도 학생 커플에게만 찾아오는 특수 정기 이벤트가 존재한다는 것을 말이다.

몇 달에 한 번, 1년에 네 번에서 다섯 번 치르는 그건 바로—『시험공부』다.

어이쿠.

시험공부가 무슨 이벤트냐고 생각하는 사람이 있을지도 모르겠다. 그런 건 지옥이자 고통에 지나지 않으며 이벤트라고 하기에는 너무 고문에 가깝다는 목소리가 들려오는 것 같았다. 이거 미안한걸. 연인과 함께 공부 모임을 해본 적 없는 인간이라면 그렇게 생각하겠지.

그렇다.

그딴 것은 지옥이자 고통이며 고문에 지나지 않는다.

그것은 사귀기 시작하고 어느 정도 시간이 지난 중학교 2학년 2학기 기말고사 전의 일이었나— 그 이전, 그러니까 중간고사 때 일어난 일 관련으로 우리는 위기감을 품고 있었다.

그 여자가 내 지우개를 몰래 숭배한 것? 그것도 무시무시한 사실이기는 하지만 당시의 나는 그것을 알지 못했다. 우리에게 일어난 것은 훨씬 현실적인 위기다.

성적이 떨어진 것이다.

눈에 띄게 떨어진 것은 아니다. 평균 80점이었는데 75점으로 내려간 정도의 하락으로 기억한다. 하지만 교제 초기라 머릿속이 분홍색이었던(이후에도 몇 달 동안 분홍색이었지만 이 시기에는 특히 더 심했다) 우리에게 그것은 찬물을 뒤집어쓴 것이나 다름없을 정도로 의미 있는 데이터였다.

이대로는 안 된다.

그것은 기말고사를 앞둔 우리의 공통적인 견해였다. 그래서 우리는 아래와 같은 작전을 세웠다.

바로— 남들이 있는 곳에서만 같이 공부할 것.

그냥 같이 공부하지 말라고.

그런 태클을 걸고 싶더라도 참아줬으면 한다. 교제 초기의 중학생 커플은 판단력이 현저하게 떨어진다. 그런 합리적인 정론이 통할 거라고 생각하나? 비정상적인 자에게는 비정상적인 태도로 대처하는 게 현명한 처사다.

아무튼 꽁냥꽁냥은 시험 기간이 끝난 후에 하자.

그렇게 결정한 우리는 좀 떨어진 곳에 있는 도서관을 이용하기로 했다. 같은 학교 학생은 좀처럼 이용하지 않을 뿐만 아니라 침묵이 강제되는 곳이다.

여름방학 동안 우리가 밀회를 가졌던 것만 봐도 알 수 있듯 우리 학교 도서실은 낮은 목소리로 잡담을 나눠도 되는 분위기가 있다. 그러니 모르는 사람들이 모여 있는 공공시설에서라면 아무리 후안무치, 아니, 중학생 커플이라도 대화를 자제할 것이다.

—…………….

—…………….

나란히 앉아서 한마디도 하지 않으며 그저 종이를 넘기는 소리와 샤프를 놀리는 소리만이 감돌았다.

이것이야말로 시험공부의 올바른 형태다. 그 이외의 행위는 필요 없다. 소곤소곤 잡담을 나누며 웃음을 흘리거나 이유도 없이 팔꿈치로 서로를 찌르거나 우연을 가장해 새끼손가락을 맞댈 필요는 전혀 없다. 우리는 올바른 시험공부를 되찾았다.

하지만 함정이 하나 있었다.

남들 이목 때문에 꽁냥꽁냥을 자제해야만 한다는 시추에이션— 어리석고 연애에 눈먼 중학생 커플에게는 그편이 더 위험하다는 사실을 우리는 몰랐다.

먼저 시작한 사람은 아야이였다.

—이리도, 여기는…….

교과서를 손가락으로 가리키며 작은 목소리로 그렇게 말한 후 아야이는 허둥지둥 주위를 둘러보았다. 다행히 아무도 지적하지 않았지만 정적이 흐르는 이 공간에서는 평범한 목소리도 주목을 끌었다.

나는 필담을 나눌까 싶어 펜을 움켜쥐었지만, 그 전에 아야이가 안타까운 듯 내 얼굴을 힐끔 쳐다보더니…… 드르륵 소리를 내며 의자를 내 쪽으로 붙였다.

어깨가 닿았다. 그녀의 머리카락에서 흘러나온 달콤한 향기가 내 코를 매만지듯 희롱했다. 무심코 굳어버린 내 귀에, 마치 숨결을 불어 넣는 것처럼 아야이가 작게 속삭였다.

—여기…… 알아……?

정적 속에서 내 귓구멍에 직접 흘러들어온 그 목소리에 뇌 깊숙한 곳이 찌릿하게 저렸다.

보는 눈이 있는 장소. 말을 해선 안 되는 장소. 몸을 맞대선 안 되는 장소.

그렇게 환경으로 우리를 옭아맸기에 이 가까운 거리에서 뇌에 전해진 그 목소리는 너무나도 자극적이었다.

참고 있었는데.

이야기를 나누고 싶었는데 몸을 맞대고 싶었는데 그런 생각을 필사적으로 떨쳐내고 있었는데…….

항의인지 뭔지 알 수 없는 엉망진창인 감정에 사로잡힌 채 옆을 본 순간, 나는 목격했다.

아야이가 안타까운 듯 입을 꾹 다문 채, 뭔가를 기대하듯 지그시…… 나를 올려다보고 있었다.

방법이라면 얼마든지 있다.

필담도 괜찮고 스마트폰을 이용해도 된다. 질문이 하고 싶을 뿐이라면 귓속말처럼 아야이답지 않은 행동을 할 필요가 없는 것이다.

립글로스를 발라서 희미하게 빛나는 벚꽃빛깔 입술이 내 시야 한복판에서 움직이지 않았다.

—교과서만으론…… 이해하기 어려울 거야.

일단 여기선 안 된다. 이곳을 벗어나야 한다.

—참고서…… 찾으러 갈까?

—응…….

커플이란 존재는 정말 골때린다니깐.

시간과 장소를 가리지 않고 언제 어디서나 금방 발정 난다. 지혜야말로 가장 큰 특징인 인류에게 있어 수치 그 자체다.

분명 그 점에 있어서만큼은 지금의 저 여자도 같은 의견일 것이다.

—에헤헤…….

커다란 책상 뒤편에서 립글로스가 살짝 묻은 내 입술에 아야이의 숨길이 살며시 닿았다. 그 얼버무리는 것 같은 수

좁은 미소를 나는 멍하니 쳐다보았다.

—미…… 미안해. 저기…… 방해했네…….

—아냐……. 아야이는 보기보다 밝히는구나.

—그, 그렇진……! ……않다고 말 못하겠네.

그렇게 말한 아야이는 내 목덜미에 팔을 두르며 입술 가장자리를 살며시 말아 올렸다.

정말, 여자란 생물은 왜 이렇게 변하는 걸까. 넉 달 전만 해도 아기를 어떻게 만드는지도 모르는 것 같을 정도로 순박했는데 말이야.

그러는 나도 마찬가지다. 넉 달 전만 해도 여자한테 전혀 흥미가 없었으면서 이런 단순한 유혹에 넘어가 버리니 말이다.

아야이가 또 긴 속눈썹을 살며시 감은 바로 그때였다.

—우왓……!

작고 새되며 놀란 목소리가 들려왔다.

우리가 튕기듯 고개를 돌려보니 그곳에는 초등학교 3, 4학년 정도로 보이는 조그마한 여자애가 있었다.

그 여자애는 얼굴을 새빨갛게 붉히더니 자기 발에 걸려 넘어질 뻔하며 우리한테서 도망쳤다.

—………….

—…………!!

거북한 침묵이 흐르는 와중에 아야이의 얼굴을 쳐다보니 잘 익은 과일처럼 새빨개져 있었다.

누가 먼저랄 것 없이 우리는 마치 아무 일도 없었던 것처럼 몸을 뗐다.

—으음…….

아야이는 귀까지 벌게진 채 고개를 숙였다. 무슨 말을 하면 좋을지 알 수가 없었다. 아니, 어린 여자애가 봐서 다행이라고 생각할 수 있을지도 모른다. 어쩌면 그 애한테는 평생 잊지 못할 기억이 될지도 모르지만 말이다.

찬물을 뒤집어쓴 것 같은 머리를 이리저리 굴린 끝에 나는 이렇게 말할 수밖에 없었다.

—일단………… 밖에 나갈까?

—응………….

당연한 일이지만 우리는 성적이 그다지 좋아지지 않았다.

이런 부끄러운 일을 겪었는데도 성과가 없다니 그러니 고문 이외의 그 무엇도 아니라는 것이다.

◆

7월.

짜증 나는 장마가 지나가고 교복도 하복으로 바뀌었다. 학생 전원은 개방적인 반소매 차림을 했지만 교내는 해방감과 정반대의 긴장감으로 가득 차 있었다.

이유는 말할 필요도 없다.

"히가시라— 양, 기말고사는 괜찮은 거야?"

방과 후, 평소처럼 도서실 창가에 가보니 반소매 와이셔츠에 민소매 학교 지정 조끼를 입은 히가시라 이사나가 라이트노벨을 즐기고 있었기에 나는 전부터 신경 쓰이던 점에 관해 물었다.

삽화 일러스트의 미소녀를 쳐다보며 히죽거리는 글래머 오타쿠 소녀는 시간이 멈춘 것처럼 굳어버렸다.

"…………."

"히가시라?"

"……어? 뭐라고 했어요?"

"그건 좀 무리가 있지 않아?"

그런 식으로 시치미 뗐다간 1권 전반부에서 러브코미디 종료라고.

히가시라는 양손으로 자신의 머리를 감싸쥐더니 「으윽……」 하고 괴로운 듯한 신음을 흘렸다.

"생각…… 났어요!"

"호오."

"오늘은 다른 볼일이 있으니 이만 실례—."

"놓칠까 보냐."

"으윽~!"

재빨리 도망치려 한 열등생의 목덜미를 덥석 움켜잡았다. 두 손 두 발로 버둥거리며 저항하기에 뒤편에서 옆구리 아래로 손을 넣어 목덜미와 어깨를 움켜잡았다.

"아야야야야얏! 항복! 항복이에요~!"

"결판은 KO로만 나."

"데스매치?! 이, 이렇게 되면……!"

히가시라는 버둥거리는 것을 멈추더니 갑자기 몸을 꼬물거리면서 호소하는 눈길로 나를 돌아보았다.

"미…… 미즈토 씨……. 엉덩이에 딱딱한 게 닿았어요……."

"호주머니에 넣어둔 스마트폰이야."

"아야야야얏!"

그 여자와 미나미 양의 영향으로 이런 방법도 익힌 것 같지만 나한테는 통하지 않는다.

겨우 저항을 멈추자 나는 히가시라를 벽으로 몰면서 그녀의 얼굴 옆의 벽에 손을 짚었다.

"그럼 시험공부는 어떻게 되고 있어?"

"저기…… 그건, 벽쿵을 하면서 물어볼 게 아니라고 생각하는데요……."

"시험공부는?"

"…………아, 안 했어요…………."

얼굴을 내밀며 묻자 히가시라는 울먹이는 어조로 대답하며 고개를 돌렸다.

"이, 이럴 것까지는 없잖아요……. 아직 시험 기간도 아닌걸요……."

“겨우 일주일간의 시험 기간으로 어떻게 될 거라고 생각해? 너라면 수업 시간에도 몰래 라이트노벨을 읽을 거 아냐.”

“으윽……!”

“낙제점을 너무 많이 받으면 유급할 수도 있어. 너, 내 후배가 되고 싶은 거야?”

“……미즈토 선배?”

“되고 싶어 하지 말라고.”

“하으응! 험악한 목소리로 말하지 마세요! 가슴이 뛴단 말이에요!”

히가시라가 얼굴을 붉히면서 내 가슴을 밀어내자 나는 일단 벽쿵을 풀면서 한숨을 내쉬었다.

“나는 너를 위해서 하는 말이거든?”

“미즈토 씨는 제 엄마예요……?”

“만약 네가 내 후배가 된다면 교과서를 깜빡했을 때 빌려줄 수도 없어.”

“으으윽……. 그, 그건 곤란해요…….”

깜빡을 잘하는 여자, 히가시라 이사나는 못 미더운 얼굴로 끙끙거렸다.

“그렇지만 어쩌면 좋을지 모르겠어요……. 이 학교는 공부가 너무 어렵다고요……. 중학생 때는 저도 머리가 좋은 편이었는데…….”

“확실히 머리는 나쁘지 않아. 이 학교에 입학한 것만 봐도 알 수 있지. 남은 문제는 양이야."

"양……."

"내가 성적이 개선될 정도의 지식을 네 머리에 집어넣어 주겠어."

히가시라는 손으로 입을 가리더니 시선을 살짝 숙이면서 가녀린 목소리로 말했다.

"미즈토 씨가…… 저한테 집어넣는 거군요……."

"그런 건 집어치워."

야한 농담으로 상황을 모면하려 해봤자 소용없다.

이리하여 다음 주 토요일 오후, 히가시라 이사나는 우리 집에 오기로 약속했다.

그리고 다음날의 일이다.

"……큰일 났어……."

이 세상에 종말이라도 찾아온 것 같은 표정을 지은 남자가 내 눈앞에 나타났다.

카와나미 코구레다.

이 진학고에서 머리카락에 힘을 주고 다니는 반체제 성향의 상징 같은 그 남자가 내 책상에 넙죽 엎드리며 절망에 빠졌다.

"큰일 났어…… 기말고사, 레알 큰일 났다고……."

"말은 그러지만, 성적은 잘 나오는 타입—은 아닌 것 같네."

"당연하잖아!! 중간고사 때도 필사적으로 공부해서 겨우 턱걸이했다고!!"

"네 인맥이면 예전 기출 문제 정도는 간단히 입수할 수 있을 거잖아. 그걸로도 어떻게 안 되는 거야?"

"……이 학교 교사들은 베테랑이야……. 이쪽의 수를 완벽하게 읽고 있어……."

격렬한 싸움을 거치며 자신감을 얻었지만 새로운 적과의 실력 차를 깨달은 녀석 같은 걸.

"도와줘, 전교 1등! 내가 믿을 사람은 너뿐이야!"

"기분 나쁘니까 싫어."

"네가 좋아하는 걸 뭐든 사줄게!"

"호오."

방금 뭐든, 이라고 말했지?

"가지고 싶은 절판본이 있는데 인터넷에서는 프리미엄이 너무 붙어서 못 사고 있거든……."

"큭……! 뭐, 뭐든 사준다고 말했지만 한도가 있거든? 있다고!"

"근처 중고 서점을 뒤져봐도 없단 말이지……."

"한도! 한도를 고려해달라고! 응?!"

그러고 보니 내가 바란 건 아니지만 이 남자가 내 옷을 사준 적이 있다. 이번에는 동전 한 닢 정도로 봐주도록 할까.

하지만 히가시라한테도 공부를 가르쳐줄 예정인데……. 같은 범위를 두 번이나 가르쳐주는 건 귀찮다.

좋다. 이렇게 하자.

“**다음 주 토요일**, 우리 집에 와. 내가 지닌 모든 예지(叡智)를 전수해주지.”

“감사하옵니다. 사부님!”

“누가 네 사부라는 거야.”

한꺼번에 가르쳐주는 편이 수월할 것이다.

히가시라와 카와나미는 초면이지만 이 남자의 커뮤니케이션 능력은 최강이니 문제없으리라.

이리하여, 토요일이 찾아왔다.

나는 약속장소에서 만난 카와나미를 데리고 우리 집으로 향했다.

“그러고 보니 이리도의 집에 오는 건 처음이네. 이리도 양의 병문안 때도 따돌림당했잖아.”

“나도 남자를 집에 들이는 건 처음이야.”

“여자는 처음이 아니라는 말투네.”

“미나미 양.”

“아하……. 그 녀석을 여자 취급하다니 너도 참 사람이 좋네.”

사람이 좋다는 기준이 낮은걸. 미나미 양의 성별을 파악하고 있을 뿐인데 작품 주인공 취급을 받다니 완전 이득이네.

뭐, 집에 들인 적 있는 여자애는 미나미 양만이 아니지만 말이다.

"일단 들어와. 밖은 덥잖아."

"그래. 으으, 더워~."

7월의 햇살은 강렬했다. 셔츠 안쪽으로 손부채질을 하는 카와나미를 데리고 나는 현관문 안으로 들어갔다.

"실례하겠습니다~. ……부모님은?"

"부모님은 안 계셔."

"부모님은, 안 계신다는 거구나. ……그럼 이건 이리도 양의 신발이겠네."

현관 바닥에 놓인 여성용 스니커를 본 카와나미가 그렇게 말했다.

눈썰미가 좋은 녀석이다. ……하지만 그 스니커는 유메의 신발이 아니다.

"아무래도 이미 왔나 보네."

"응? 누가?"

카와나미가 의아하다는 듯 고개를 갸웃거렸을 때 거실의 문이 소리를 내며 열렸다.

실내복인 롱스커트와 긴 흑발이 흔들렸다. 거실에서 나온 이는 내 못난 의붓동생 이리도 유메였다.

유메는 현관에 있는 나와 카와나미를 보더니 입을 쩍 벌렸다.

“안녕. 실례 좀 할게, 이리도 양.”

카와나미는 가볍게 손을 들며 인사를 했지만 유메는 그 인사를 받아주기는커녕—.

“자…… 자, 자, 자, 자자자자, 잠깐만!”

다급하게 복도를 뛰어오더니 내 팔을 확 잡아끌면서 카와나미와 떼어놓았다.

계단 쪽으로 나를 끌고 간 유메는 소곤소곤, 그것도 비난하는 어조로 말했다. 그러고 보니 전에도 이런 상황이 있지 않았어?”

“(너, 뭐하는 거야?! 카와나미를 왜 데려온 건데?!)”

“아니, 그게…… 공부를 가르쳐달라는 부탁을 받았거든.”

“(설마, 잊은 건 아니지……? 오늘은 그 애가 와있단 말이야……!)”

“아, 무사히 들어왔구나. 최악의 경우 우리가 돌아올 때까지 현관 앞에서 우왕좌왕하고 있을지도 모른다고 생각했어.”

혼자서 남의 집에 들어가다니— 히가시라 녀석도 성장했는걸.

“똑같은 걸 두 번이나 가르쳐주는 건 귀찮잖아. 한꺼번에 가르쳐주는 편이 효율적이지 않겠어?”

매우 날카로운 생각이다. 나는 내 아이디어에 매우 만족했다.

고개를 연신 끄덕이고 있을 때, 유메는 두통이 난 것처럼 이마를 눌렀다.

"(아~ 그래……! 이 남자는 이런 녀석이었어……!)"

"왠지 바보 취급을 당하고 있는 느낌이 드는 걸. 밖에 나갈래?"

"(아무튼! 카와나미를 네 방으로 데려가! 거실에 있는 히가시라 양한테는 내가 공부를 가르쳐줄 테니까.)"

"유메 양~?"

거실에서 히가시라의 목소리가 들려왔다.

"미즈토 씨가 돌아온 거예요~? 유메 양~!"

"자, 잠깐만! 지금은 아직—."

덜컹 하며 거실의 문이 열렸다.

그러자, 일전에 유메와 미나미 양이 골라준 사복을 입은 히가시라 이사나가 모습을 드러냈다.

그리고.

히가시라 이사나의 눈과— 카와나미 코구레의 눈이…….

정면에서 명확하게, 서로의 모습을 포착했다.

눈을 가늘게 뜨고…….

눈썹을 찌푸리며…….

불신감을 드러낸 두 사람이 말했다.

"……당신, 누구죠?"

"……너, 누구야?"

아아……, 유메는 체념한 것처럼 손으로 눈을 가렸다.
나는 고개를 갸웃거렸다.
이 요상한 분위기는 대체 뭐야?

"저는 히가시라 이사나예요. 미즈토 씨의 유일무이한 친구죠."
"나는 카와나미 코구레다. 이리도의 최대이자 최초의 친구지."
"어?"
"응?"
우리 집의 거실에서 초면인 남녀가 나를 사이에 둔 채 서로를 노려보고 있었다.
왼쪽에 있는 히가시라가 내 팔을 잡아당겼다.
"어떻게 된 거예요, 미즈토 씨! 이 경박남은 대체 누구예요? 믿을 수가 없어요! 미즈토 씨의 친구는 저뿐이죠?! 그렇죠?!"
오른쪽에 있는 카와나미가 내 어깨를 흔들었다.
"어떻게 된 거야, 이리도! 저 가슴 큰 여자는 누구야?! 왜 이딴 애가 여기 있는 건데?! 이 집은 너와 이리나 양의 성역 아니었냐고!!"
어쩌다 이렇게 된 거지.
누구 앞에서나 낯을 가리는 히가시라가, 누구한테나 프렌들리한 카와나미가 설마 서로를 처음 보자마자 이렇게 반목할 거라고는 꿈에도 생각 못 했다— 대체 왜 이렇게 된 것일까?

확실히, 히가시라의 성격으로는 카와나미처럼 경박한 녀석을 받아들이기 어려울 테고 카와나미 또한 히가시라 같은 타입과 어울리지는 않겠지만—.

두 사람 사이에서 시달리고 있는 나를 곁눈질하며 유메가 스마트폰을 귀에 댔다.

"(아카츠키 양……! 도와줘……!!)"

아무래도 도움을 받기는 힘들 것 같았기에 나는 한숨을 내쉬면서 두 사람을 떨쳐냈다.

"잠깐만, 일단 진정 좀 해. 아무래도 너희 둘 다 오해를 한 것 같네."

""오해?""

"카와나미. 이 여자애는 히가시라 이사나라고 해. 최근에 만나서 의기투합을 했을 뿐인 친구야."

"……최근에 만나서 의기투합?"

"히가시라. 이 남자애는 카와나미 코구레라고 해. 내 절친을 자칭하며 멋대로 들러붙어 다니는 클래스메이트야."

"……멋대로 들러붙어 다니는?"

히가시라와 카와나미는 상대방을 살피려는 듯 미간을 모으더니 서로의 얼굴을 노려보았다.

이 녀석들이 어떤 오해를 한 건지는 솔직히 모르겠지만 어떤 오해이든 간에 사실만을 차분하게 인식한다면 풀릴 것이다.

그리고 내 냉정한 설명이 빛을 발한 건지 두 사람은 납득한 것처럼 고개를 끄덕였다.

"아하, 미즈토 씨의 스토커군요."

"그래. 이리도를 노리는 꽃뱀이구나."

"왜 그렇게 되는 건데!!"

내 이야기를 제대로 듣긴 한 거냐?!

히가시라가 내 팔을 쑥 잡아당기더니 그대로 꼭 끌어안았다. 내 팔뚝이 그녀의 풍만한 가슴 계곡에 파묻혔지만 히가시라는 전혀 개의치 않으면서 감시견 같은 눈길로 카와나미를 노려보았다.

"다가오지 마세요, 스토커 씨. 미즈토 씨는 제 친구예요. 아무한테도 넘겨주지 않을 거예요!"

"그쪽이야말로 그 더러운 손을 떼, 이 꽃뱀아."

눈빛에 살기가 어린 카와나미는 고압적으로 내려다보며 히가시라의 얼굴을 손가락으로 가리켰다.

"오타쿠라면 간단히 농락할 수 있을 거라고 생각한 거냐. 유감이지만 이리도는 그렇게 가벼운 남자가 아니라고. 자존심에 흠집이 나기 전에 포기하는 게 어때?"

"으윽……! 아직 아물지 않은 상처를 헤집다니……."

"어이쿠! 아무래도 이미 한 방 제대로 먹었나 보네~! 거참 유감인걸! 주제도 모르는 뻔뻔녀가 울상 짓는 모습을 못 봐서 말이지~~~!!"

"으…… 으으으으……!! 미즈토 씨~~~……!!"

울상을 지은 히가시라가 내 뒤편에 숨었다.

아무리 나라도 이 상황에서 입 다물고 있을 수는 없었다.

"카와나미, 미안하지만 히가시라를 더는 괴롭히지 마."

"뭐?! 너, 그쪽에 붙으려는 거냐?!"

"이쪽도 저쪽도 없어. 그녀의 어떤 점이 네 역린을 건드린 건지는 모르겠지만…… 히가시라와는 괴롭힘을 당하게 되면 같이 당하기로 약속했거든."

"미…… 미즈토 씨……."

"히가시라 양이 감동하고 있는데 이런 소리를 해서 미안한데 기왕이면 그냥 도와주는 게 어때?"

성질머리 더러운 여자가 끼어들었지만 무시했다.

"확실히 나는 그녀를 찼지만 고백을 한 용기는 존중받아 마땅해. 하물며 비웃어도 될 리가 없어. 방금 한 말을 취소해, 카와나미."

"어……?! 큰일 났다. 이 녀석, 진짜로 화났잖아……?!"

"카와나미…… 뭐 때문에 이러는 건지 모르겠지만 그냥 사과하는 게 좋을 거야. 저 녀석, 히가시라 양이 얽히면 분노의 끓는점이 확 내려가거든."

당연하잖아. 친구가 비웃음을 산다면 곱절의 분노로 갚아줘야 하는 법이야. 다들 마찬가지 아냐?

"크……."

그런데도 카와나미는 벌레라도 씹은 표정으로 한동안 저항했지만 내가 아무 말 없이 계속 노려보자 결국 고개를 숙였다.

"……미안해……. 좀 과하게 흥분했던 것 같아……."

"들었지? 히가시라, 어떻게 할래?"

"뭐, 용서해 줄게요. 왁스로 떡칠을 한 저 꼴사나운 머리 모양을 봐서요."

"이 자식!! 실은 전혀 상처 입지 않은 거지?!"

"히익! 미, 미즈토 씨~~~……."

"…………이봐, 카와나미."

"…………거, 거듭 잘못했습니다…………."

다시 고개를 숙인 카와나미의 머리를 내려다보며 나는 용서해 주기로 했다. 알았으면 됐어, 알았으면…….

"앗?! 이봐, 이리도! 저 녀석 혀를 내밀고 있어!"

"응?"

그 말을 듣고 히가시라를 쳐다봤지만 겁에 질린 조그마한 동물 같은 오타쿠 여자애가 눈에 들어올 뿐이었다.

나는 다시 카와나미를 쳐다보았다.

"유언비어를 퍼뜨리는 건 좀 그렇지 않을까……."

"어째서야?! 이봐, 이리도 양! 뭐가 어떻게 된 거야?! 내가 모르는 사이에 이리도가 이상해졌어!"

"그, 그게…… 나도 잘 모르겠어……."

정말 무례한 녀석들이다. 나는 당연한 일을 했을 뿐인데 말이다.

"이제 그만 공부하자. 시간이 없다고. 교과서를 펼쳐."

"어~? 미즈토 씨의 방에 안 가나요? 오늘은 안쪽 책장을 뒤지고 싶었는데……."

"시험이 끝나고 나서 해."

"만세~."

히가시라가 거실 테이블에 교과서와 공책을 펼치자, 뒤편에 있는 카와나미가 신음을 흘렸다.

"으그극……! 악몽이야……!"

"카와나미, 왜 그렇게 괴로워하는 거야……?"

다소 문제가 벌어지기는 했지만 그 후로는 원래 예정대로 공부 모임이 시작됐다.

"우리 학교의 현대 국어 시험은 필요 이상으로 깊이 생각하는 정도가 딱 좋아. 이 기출 문제를 보면 이 기술과 이 기술에서—."

"공식을 외우는 게 아니라, 공식을 쓰는 법을 외우는 거야. 얌체처럼 교과서를 암기하려고만 하니까 이해를 못 하는 거야. 칭얼거리지 말고 손을 움직여!"

원래 예정에는 없었지만, 유메가 도와준 덕분에 내 부담이 절반으로 줄었다. 효율을 생각해 두 사람을 동시에 가르치기로 했지만, 익숙하지 않은 짓을 2인분이나 해낼 수 있을지 걱정이었던 만큼 크게 도움이 됐다.

히가시라와 카와나미는 툭하면 앓는 소리를 냈지만, 빈틈없는 2인 체제라 예상보다 스무스하게 진도를 나갈 수 있었다.

"휴우~. 피곤해요……."

내 맞은편에 앉아있던 히가시라가 테이블에 넙죽 엎드렸다.

그러자, 카와나미가 히가시라를 무시하듯 코웃음을 쳤다.

"겨우 이 정도로 앓는 소리를 내서야 전교 1등인 이리도에게 어울리는 사람이라곤 할 수 없을걸~?"

"…………키 차이가 존귀하듯, 학력 차이도 존귀하다고 생각해요."

"헛소리야. 뭐니 뭐니 해도 대등한 관계가 최고거든? 특히 남자의 등 뒤에 숨기만 하는 여자는 거론할 가치도 없어. 요즘은 인기 없다고~."

"뭐라고요?"

"불만 있어?"

히가시라와 카와나미 사이에서 또 불똥이 튀었지만, 나는 무시했다. 이 수십 분 동안 몇 번이나 이런 상황을 봤다. 넘어선 안 되는 선만 지킨다면 내버려 두기로 했다.

"잠시 쉬자. 내가 차 끓여올게."

유메가 자리에서 일어나자 거기에 편승한 나는 그녀와 함께 부엌으로 이동했다.

유메가 도끼눈을 뜨며 나를 노려보았다.

"……왜 따라오는 거야?"

"지금, 저 두 사람과 셋이서 있고 싶지 않아."

"지금, 저 두 사람을 단둘이 있게 하는 건 위험하다고 생각하는데……."

유메가 뒤를 돌아보니 남겨진 히가시라와 카와나미는 아무 말 없이 서로를 노려보고 있었다.

유메가 선반 앞에서 몸을 숙이며 찻주전자를 찾자, 나는 그녀의 머리 위로 몸을 내밀며 선반 위쪽에 있는 찻잎 캔을 꺼냈다.

"히가시라 양은 몰라도, 왜 카와나미까지 저러는 걸까……."

"모르는 편이 나아. 너는 일단 부주의한 행동만 피하면 돼."

나는 유메가 내민 찻주전자를 받은 후, 찻잎 캔의 뚜껑을 열었다.

"뭐? 내가 언제 부주의한 행동을 했다는 거야?"

"나는 히가시라가 왜 저러는 건지 도통 모르겠어."

카와나미는 이제까지의 언동을 통해 어느 정도는 유추할 수 있다— 지금 저 녀석의 행동은 견해 차이가 발생한 오타쿠에 가깝다. 애정캐가 자기 생각과 전혀 다른 행동을 취한 것 같은 상황이다.

하지만 히가시라는 이해가 되지 않았다. 기본적으로 겁 많고 조그마한 동물 같은 히가시라 이사나가, 설마 이렇게 타인을 적대시할 줄은 생각도 못 했다.

“유일한 친구인 너를 빼앗기나 싫어서 저러는 거야.”

유메는 전기 포트에 물을 넣으며 그렇게 말했다. 나는 찻잎을 찻주전자에 넣으면서…….

“지금은 너와 미나미 양도 있잖아?”

“그건…….”

유메는 쉬익~ 하는 소리가 나는 전기 포트를 껐다.

“……이해를 좀 해 주는 게 어때? 배려심이 부족하다니깐.”

“흥. 상냥함이 부족한 여자보다는 나을 텐데?”

“누구 말하는 거야?!”

유메가 전기 포트를 들어 올리자, 나는 일방적으로 그것을 빼앗았다.

찻잎이 들어있는 주전자에 뜨거운 물을 부었다.

“애초에, 나와 히가시라의 관계를 네가 왜 참견하는 거냐고. 히가시라를 과보호하는 건 바로 너야. 혹시 공감하는 부분이라도 있어?”

“……너는 모르나 본데, 친구를 걱정하는 건 인간으로서 당연한 일이야. 공감하는 부분이 있다는 건 부정하지 않겠지만…….”

“흐음. 예를 들자면?”

"예를 들자면……."

"남에게 양말을 신겨달라는 페티시즘을 지닌 점?"

"그건 딱히— 앗!"

반사적으로 한 행동일 것이다.

유메가 손으로 내 팔을 잡자, 결과적으로 내 손이 흔들렸다.

주전자에 붓던 뜨거운 물의 궤도가 어긋나면서 주전자를 잡은 내 손가락에 닿았다.

"—아뜨뜨!"

"미, 미안해! 괜찮아?!"

나는 다급하게 주전자와 전기 포트를 내려놓은 후, 뜨거운 물이 닿은 손을 흔들었다.

검지 끝이 빨갛게 달아올랐다. 하지만, 이 정도는 물로 식히면—.

"보, 보여줘!"

그 직후였다. 내가 어떻게 할지 정하기도 전에 그 일이 발생했다.

뜨거운 물이 닿은 손을 유메가 잡고 잡아당기는 순간—.

오물.

—내 검지가, 유메의 입안에 들어가 있었다.

"—윽?!"

사고 기능이 완전히 정지되고 화상을 입어 민감해진 손가락 끝이 따뜻하고 부드러우며 매끈하면서도 촉촉한 무언가에 감싸였다. 그것이 유메의 혀라고 생각이 미쳤을 때, 나는 이미 5초에 걸쳐 내 손가락을 문 유메의 입술을 응시하고 있었다.

"어…… 이봐!"

"으음?"

내가 허둥지둥 손을 빼자, 내 손가락과 유메의 입술 사이에 타액으로 된 실이 생겨났다.

그것이 끊어지는 모습을 보며 나는 뜨거운 물을 뒤집어쓴 것도 아닌데 뜨겁게 달아오른 볼을 문질렀다.

"너, 너…… 뭐하는 거야……."

"어…… 그, 그게, 다쳤을 때는 이러라고, 옛날에, 엄마가……."

"화상을 입었을 땐 핥는 게 아니라 식혀줘야 해……."

"……아."

유메는 입을 반쯤 멍하니 벌린 채 그대로 굳어버렸다.

아까까지 자기가 그저 남자의 손가락을 핥고 싶어 하는 여자였다는 사실을 그제야 눈치챈 것일까.

이러는 녀석이, 『내가 언제 부주의한 행동을 했다는 거야』 같은 소리를 용케도—.

"—호오~."

"—와우~."

안 그래도 정상 회복에 시간이 걸리던 사고능력이 그 목소리를 듣고 기능 부전을 일으켰다.

카와나미 코구레와 히가시라 이사나가 한쪽은 히죽거리면서 다른 한쪽은 일부러 손으로 입을 가리면서 키친 카운터 너머로 우리를 쳐다보고 있었다.

방금까지 아무 말 없이 눈싸움을 벌이던 두 사람이 완벽하게 같은 톤으로 말했다.

"이리도 양은 의외로 색골이네."

"유메 양은 우등생 행세란 행세는 다 하면서 되게 음란하네요."

"왜 이럴 때만 안 싸운 거야?! 바, 방금은 당황해서—!"

유메가 얼굴을 새빨갛게 붉히며 항변하는 모습을 곁눈질하면서 나는 싱크대에서 손을 씻었다.

화상의 통증과 타액, 그리고 피부에 남아있는 기억도 전부 씻겨나가기를 바랐지만…… 성가시게도 이번에는 증인이 있다. 당사자가 없었던 일로 삼으며 잊으려 하더라도 저 두 사람이 계속 거론할 것이다.

……뭐, 불행 중 다행인 것은 저 두 사람만 봤다는 점일까. 만약 방금 광경을 **그녀**가 봤다면—.

—덜컹, 하며 마당과 연결된 베란다 창문이 열렸다.

"어?", "응?", "엥?", "아?"

시끌벅적하게 떠들던 멤버들이 일제히 입을 다물더니 갑

자기 열린 베란다 창문을 쳐다보았다.

그 창문 너머의 툇마루 위.

그곳에— 조그마한 동물처럼 덩치가 작고 포니테일 모양으로 머리카락을 묶은 불법침입자가 있었다.

"얏호~ 유메♪ 도와주러 왔어~♪"

그녀— 미나미 아카츠키의 미소를 본 순간, 등에서 식은 땀이 콸콸 흘러나왔다.

"카와나미~ 이런데서 뭐~하는 거야~? 그리고 방금~. 유메가 색골이니 음란하니 같은 말이 들렸는데…… 무슨 일이 벌어졌던 건데?"

나와 카와나미의 행동은 재빨랐다.

짐의 회수는 단념했다. 맨몸으로 거실 출입구로 향했고……

"놓칠 리가— 없잖아♪"

"—그렇게 됐으니까, 히가시라 양은 이리도와 아무 사이도 아냐. 그냥 친한 친구일 뿐이거든? 그런 두 사람을 보며 삐뚤어진 생각을 하는 건 그만큼 네 마음이 더러워서야. 알겠어?"

"……그 누구보다 더러운 녀석한테 더럽단 말을 듣고 싶지 않아~."

"뭐?"

"끄어어어엇!!"

바닥에 널브러진 카와나미의 등에 미나미 양의 조그마한 발이 파고들자, 우두둑하는 소리가 났다.

저 가벼워 보이는 체중으로 어떻게 저런 소리를 내는 걸까…….

옆에 앉은 내 등에 몸을 밀착시킨 히가시라가 의기양양한 목소리로 말했다.

"맞아요. 저와 미즈토 씨는 누구보다도 사이가 좋을 뿐이에요. 날라리 같은 꼬락서니로 로맨스 중독자라니 부끄럽지 않은 거예요? 사람 사이의 섬세한 감정을 이해 못 하는 인싸는 이래서 문제라니까요."

"히가시라 양, 히가시라 양. 연인처럼 찰싹 붙어 가지고 그런 소리 해봤자 설득력 없어. 일단 떨어져."

"네에~?"

히가시라가 불만을 드러내자, 유메는 억지로 그녀를 나한테서 떼어냈다. 곧 여름이니 들러붙지 말아줬으면 좋겠다. 네 가슴이 닿으면 쉽게 땀이 찬다고.

미나미 양은 몸을 빙글 돌리더니 꾸짖는 것 같은 시선으로 히가시라를 쳐다보았다.

"히가시라 양도 말이야. 친구가 다른 친구와 사이좋게 지낸다고 불평하지 마. 그렇게 친구에게 의존하는 여자는 엄청나게 미움받거든? 험담 듣기 딱 좋아."

"……미, 미즈토 씨는 험담 같은 거 안 한다고요……."

"그건 모르는 거야. 네가 없는 데서『그 여자, 진짜 짜증나~』하고 말하고 다닐지도 모르거든?"

"네……?!"

히가시라가 매달리는 눈길로 쳐다보자, 나는 그 기대에 부응해 주기로 했다.

"이 여자, 진짜 짜증나~."

"아앗?! ……죄, 죄송해요오오……."

어이쿠, 너무 효과가 강렬했다. 나는 매달리는 히가시라의 등을 부드럽게 두드려주며 위로했다.

"머리도 쓰다듬어 주세요……."

"알았어."

"코도 대신 풀어 주세요……."

"알았어."

"하겐다즈 사 주세요……."

"알았어."

"과보호를 넘어 이 정도면 그냥 심부름꾼이네."

의붓동생이 경멸에 찬 시선을 보내고 있었지만 히가시라의 약해빠진 정신이 무사하다면 그 정도는 아무것도 아니다.

"……친구에게 의존하는 여자는 미움받는다, 라."

갑자기 카와나미가 빈정거리듯 입술을 일그러뜨리며 미나미 양에게 시선을 보냈다.

미나미 양은 도끼눈으로 차가운 눈길을 보냈다.

"……뭐야. 하고 싶은 말이라도 있어?"

"됐어. 말할 필요도 없을 것 같거든."

"…………짜증 나."

미나미 양은 카와나미에게서 고개를 돌리더니 포니테일을 꼬리처럼 흔들었다.

"그리고…… 마지막으로, 이리도."

무릎을 짚으며 몸을 굽힌 미나미 양은 앉아있는 나를 내려다봤다.

"질문 하나 할 테니 답해 주지 않을래?"

"……뭔데?"

"흥분했어?"

그 직접적인 말에 나는 「으극」 하고 괴상한 신음을 흘렸다.

"유메한테 손가락 애무를 당하고 흥분했는지 묻는 거야. 대답 못 하겠어? 대답 못 한다는 걸 보면 흥분했다는 거네? 어때? 어때어때어때어때어때?!"

"저, 저기…… 아카츠키 양? 그만하면 안 돼? 나도 부끄럽단 말이야!"

미나미 양은 유메에게 그대로 끌려가면서 「이리도는 내숭색골~! 나는 알고 있거든?! 왜 이리도만~!」 하고 외쳐댔다.

"확실히 미즈토 씨는 음란하긴 해요~."

"근거도 없는 거짓말 하지 마. 히가시라."

"오물."

그것은 기습적으로 일어났다.

내 옆에 앉은 히가시라가 내 손을 잡더니 내 손가락을 입에 머금었다.

이 자리에 있는 이들 모두가 아연실색하는 가운데, 히가시라는 손가락을 머금은 채 말했다.

"어언까오? 응뿐대요?"

"……아니, 대형견이 애정 표현하는 것 같아."

"너무해요!"

내 손가락을 입에서 뺀 히가시라가 내 어깨를 때렸다. 역시 애완동물이 어리광을 부리는 느낌만 들었다.

"……아하."

바닥에 엎드려 있던 카와나미의 목소리가 들려왔다.

「영차」 하며 카와나미가 몸을 일으켰다. 우두둑하는 소리가 났던 등뼈는 괜찮은 걸까.

나는 그의 얼굴을 올려다보며 물었다.

"돌아갈 거야?"

"이 멤버로는 공부를 못 하잖아. 저 정신병자도 회수해갈 테니 안심해."

"누가 정신병자라는 거야! 정신병자는 너야, 이 변태야~!"

"아, 예~."

유메가 잡고 있던 미나미 양을 카와나미가 공주님 안기로 안아 들었다. 「우왓」, 「오오~」 하고 유메와 히가시라가 탄성을 터뜨렸다.

미나미 양은 그 상태에서도 버둥거렸지만 카와나미는 개의치 않으며 거실을 나섰다. 그리고 집 밖으로 나갈 때, 미나미 양은 버둥거리던 손이 벽에 부딪힌 바람에 괴로워했다.

일단 배웅하러 나가자, 카와나미는 현관문 앞에서 우리를—정확히는 따라 나온 히가시라를 돌아보았다.

"히가시라, 라고 했지— 오늘은 일단 눈감아 주겠어."

"무게 잡지 마!"

미나미 양에게 두들겨 맞으면서 카와나미는 그대로 현관을 나섰다.

히가시라는 내 등 뒤에 숨은 채, 닫힌 현관문을 향해 혀를 쏙 내밀었다.

"제가 할 말이에요. 다음에는 국물도 없을 줄 알라고요."

"하다못해 본인이 듣는 데서 말하는 게 어때?"

히가시라는 고개를 획 돌렸다. ……어떤 인간에게도 궁합이 맞지 않는 녀석이 있는 걸까.

유메는 살며시 팔짱을 끼며 탄식을 터뜨렸다.

"결국, 카와나미는 무엇에 그렇게 집착한 걸까……."

"……그걸 알면, 너는 뭔가 달라지는 거야?"

"뭐?"

유메가 의아한 눈길로 나를 쳐다보자 나는 그제야 입을 잘못 놀렸다는 것을 눈치챘다.

"뭐…… 아무것도 아냐."

나는 고개를 돌리며 히가시라의 등을 밀었다.

"그럼 시험공부를 다시 시작하자."

"네?! 이대로 끝내는 거 아니었어요?!"

"카와나미가 돌아갔으니 이제 장애물이 사라졌잖아."

"싫~어~요~~~!!"

등 뒤에서 유메의 시선이 느껴졌지만 나는 눈치채지 못한 척을 하면서 히가시라를 교과서와 공책 앞에 앉혔다.

◆

그날 밤, 카와나미에게 스마트폰으로 연락이 왔다.

『오늘은 소동을 일으켜서 미안해.』

"그래. 다시는 이런 일이 없도록 해줘."

『그건 약속 못 하겠는걸~. 그 히가시라란 여자애는 내 적이거든. 직감이 그렇게 말하고 있다고.』

정말 성가신 이야기다. 이 성가신 녀석들이, 아무래도 나를 차지하려고 다투고 있다는 점이 특히 성가신 이야기다.

『……뭐, 아무 짓도 안 할 거니까 걱정하지 마. 나는 ROM 전문이거든. 그냥 지켜볼 수만 있으면 그걸로 족해.』

"이해가 안 되네. 우리가 그렇게 재미있는 거야?"

『재미…… 글쎄. 딱히 박장대소하는 건 아냐.』

그때, 미나미 양의 얼굴이 내 뇌리를 스쳤다.

카와나미를 볼 때 카와나미와 이야기를 나눌 때 미나미 양은 한순간 고통을 참는 듯한 표정을 짓는다.

그럴 때…… 카와나미는 빈정거리는 듯한 미소를 머금었다.

"혹시나 해서 묻는 건데 말이야."

나는 말을 할까 말까 고민한 끝에, 결국 입을 열었다.

"—자기 미련을, 우리를 통해 해소하려는 건 아니지?"

『아냐.』

카와나미는 주저 없이 단언했다.

스마트폰 너머에 있어서 표정은 살필 수 없었다. 하지만 이 남자의 목소리에는 처음으로 진지함이 어려 있었다.

『그건, 아냐. 나를 너무…… 깔보지는 말아 달라고…… 이리도.』

"……응, 미안해."

무례한 질문을 한 것을 사과한 후, 나는 통화를 끊었다.

—관찰자 효과, 라는 말이 있다.

관찰한다는 행위 자체가 관찰 대상에게 영향을 끼치는 것을 뜻한다.

물론 이것은 과학 세계의 용어이며 보편적인 진리가 아니다— 하지만, 그렇다. 다수의 인간은 『자신이 어떻게 보이고 있는가』라는 것에 영향을 받고 만다. 『무뚝뚝한 애다』라는 말을 듣는 어린이가 더 말수가 적어지듯— 『커플이다』라고 여겨질수록 그런 관계가 되려고 하듯 말이다.

정말 성가신 일이다. 타인의 시선은 사람을 옭아매는 쇠사슬이나 다름없었다. 그런 것에 얽매이지 않고 살아갈 수 있다면 얼마나 멋진 일일까…….

"…………."

나는 스마트폰을 꺼내서 히가시라에게 LINE을 보냈다.

〈공부 제대로 하고 있어??〉

〈현재, 오다 노부나가가 실은 여자였다는 것을 학습하는 중이에요〉

〈대상 작품이 너무 많아서 뭐로 농땡이 부리는지 감이 안 오네〉

히가시라가 날린 뜬금없는 우쭐 스탬프를 보며 나는 표정을 약간 풀었다.

미나미 아카츠키가 봐주지 않는다
“유메, 화장실 가자~!”

이제 와서는 젊은 날의 치기라고 말할 수밖에 없겠지만, 중학교 2학년 때부터 중학교 3학년 때까지 나에게는 소위 남친이라 부르는 존재가 있었다.

그 관계가 끝을 맞이한 것에는 여러 원인이 관여하고 있지만, 그중에서 직접적인 요소를 하나 꼽으라면 나는 바로 대답할 수 있다.

친구.

그렇다. 내가 친구를 만든 것이 붕괴의 시초였다.

중학교 2학년 여름방학부터 다음 해 3월까지의 반년 동안, 나와 그 남자는 완전히 둘만의 세계에서 살고 있었다. 편안하고 그 안에 있기만 해도 행복해지며 누구도 끼어들 수 없는 폐쇄된 세계. 그것을 나는 부쉈다.

몇 번이든 말할 수 있다.

나는 그 선택을 잘못됐다고 생각하지 않는다.

내가 친구를 만들지 않았다면, 우리는 아직도 연인 사이일 것이다— 다른 누구도 없는 둘 만의 세계에서 몰래 정을 나누고 있을 것이다. 하지만, 연인 이외의 세계를 알게 된 내 눈에는 그것이 건전하지 않아 보였다.

그것이 조금만 더, 조금만 더 건전한 것이었다면.

내가 혹은 그 남자가, 좀 더 넓은 세계에서 살고 있었다면— 좀 더 관용이 있었다면.

—질투 따위, 하지 않았다면—.

……이제 와서, 무슨 말을 해봤자 부질없다.

하지만 단 하나 확실한 것은 나는 이미 알고 말았다는 것이다— 질투하는 감정도 질투 당하는 감정도 양쪽 다 알고 있다.

하다못해 그 감정을 지금이라도 활용하면 된다.

그러면 그 흑역사에도 의미가 있었다는 식의 위로를 할 수 있을 것이다— 밑 빠진 독에 물 붓기지만 말이다.

◆

"—히가시라 양. 거기, 계산이 잘못됐어."

"어? ……아, 진짜네요."

"귀찮아하지 말고 중간식을 다 살펴봐야 해. 시험 날에도 빨리 다 풀었다고 자면 안 돼."

"으으~."

히가시라 양은 불만을 드러내듯 빨대에 입김을 불어서 오렌지 주스가 부글거리게 했다.

우리는 1학기 기말고사에 대비해 패밀리 레스토랑에서 공부 모임을 가지고 있었다.

멤버는 나와 히가시라 양, 그리고—.

"…………."

맞은편에 앉은 아카츠키 양이 나와 히가시라 양을 지그시 쳐다보고 있었다.

빨대로 컵 안의 내용물을 휘젓고 있지만 그 안에는 조그마해진 얼음만 남아 있었다.

내 기억이 정확하다면 아카츠키 양이 손에 쥔 교과서는 공부를 시작한 후로 단 한 페이지도 넘어가지 않았다. 아카츠키 양은 지난 중간고사에서도 50위 안에 들었으니 내가 가르쳐줄 게 거의 없을 것 같아서 히가시라 양을 중점적으로 가르치고 있는데…….

"아카츠키 양……? 음료수 바닥났는데……."

"응~? 아, 진짜네~."

"……저기. 혹시 물어보고 싶은 거라도 있어?"

"딱히 없거든~? 아무것도 아니니까 신경 쓰지 마~."

「음료수 떠올게. 뭐 마실래?」 하고 우리에게 물은 후, 아카츠키 양은 드링크바로 향했다. 나는 그런 그녀의 조그마한 등을 아무 말 없이 쳐다보았다.

"으음……."

"유메 양, 왜 그래요? 배 아파요?"

"아…… 왠지, 어딘가 좀 이상해 보인달까……."

표면적으로는 평소와 똑같다. 밝고 활기찬 미나미 아카츠키다.

하지만 그 이면에, 딱딱한 무언가가 미세하게 느껴진달까—가시가 느껴진다고나 할까…….

이 분위기, 전에도 어딘가에서……?

내가 고개를 갸웃거리고 있을 때 옆에 있는 히가시라 양이 천천히 스마트폰을 꺼냈다.

"휴우~ 휴식 타임~."

"몰수."

"아앗~?! 여고생의 생명선이~!"

게임은 공부가 끝난 후에 해.

다음 날의 일이었다.

"유메, 화장실 가자~!"

1교시가 끝나자마자 내 자리로 온 아카츠키 양이 싱글벙글 웃으면서 그렇게 말했다.

그렇게 큰 소리로 말할 건 없지 않냐는 생각이 들었지만 내 의붓동생은 이미 책의 세계에 빠져들어 있었다. 뭐, 한집에서 살고 있으니 이제 와서 화장실에 가는 걸 숨길 필요도 없겠지만 말이다.

"응. 나도 마침 가려던 참이었어."

중학생 때는 화장실에 함께 가는 여자애들의 마음을 이해할 수 없었지만 이제는 그 이유를 알 수 있다.

남자의 눈과 귀를 걱정 안 해도 되는 장소가 여자 화장실뿐인 것이다.

나는 중3 때 친구가 생긴 후로, 여자라는 생물이 하루에 어느 정도의 화제를 소비하는지 알았다. 그중에는 이성에게 들려주고 싶지 않은 것도 있으며 남들 앞에서 이야기하기 힘든 것도 있다. 그런 화제도 폐쇄된 환경에 속하는 여자 화장실 안에서라면 소비할 수 있는 것이다.

"—그래서~ 체육 때—."

"응."

"—같은 일이 있어져서~—."

"정말~?!"

"—말도 안 된다니깐~—."

"좀 그렇긴 하네~."

볼일을 보고 거울 앞에서 몸가짐을 단정히 하면서 아카츠키 양과 잡담을 나눴다. 뭐, 나는 맞장구를 칠 뿐이지만 말이다. 용케도 이야깃거리를 끝도 없이 떠올리는구나.

종소리를 듣고 교실에 돌아가자 2교시 수업이 시작됐고 그것이 끝났다.

"유메 양, 화장실 가자~!"

아카츠키 양이 또 찾아왔다.

아, 아까 다녀왔는데? 아직 할 이야기가 있는 걸까……?

쉬는 시간에 공부하고 싶은데…… 그래도 거부하는 것도 좀 그렇기에 따라가기로 했다.

"—그래서~—."

"응."

"—같은 일이~—."

"정말~?!"

"—말도 안~—."

"좀 그렇긴 하네~."

그리고 3교시가 끝났다.

"유메 양, 화장실 가자~!"

아무리 빈뇨라도 좀 심한 것 아닐까.

물론 목적은 나와 잡담을 나누는 거겠지만 그래도 좀 너무하다 싶었다. 게다가 아카츠키 양은 원래 이렇게 화장실에서 노닥거리고 싶어 하는 사람이었나……?

"미안한데…… 공부를 좀 해야 해서……."

복습해두고 싶은 부분이 있어서 미안한 투로 거절하자, 아카츠키 양은 웃으면서 손을 내저었다.

"아~ 그렇구나. 나야말로 미안해! 괜찮으니까 공부 열심히 해!"

그렇게 말하더니 다른 친구에게 갔다.

한동안 지켜봤지만…… 아카츠키 양은 나 이외의 누구에

게도 같이 화장실에 가자고 말하지 않았다.

“아카츠키 양이 이상해.”

그날 밤, 나는 내 방에서 스마트폰을 향해 그렇게 말했다.

스마트폰으로 통화하고 있는 상대는 바로 벽 하나 너머에 둥지를 틀고 있는 의붓동생이다. 부모님에게 의심을 사지 않도록 밤에 이야기를 나눌 일이 있다면 스마트폰을 이용하기로 한 것이다.

미즈토는 지긋지긋하다는 투로 말했다.

『웬일로 전화를 줬나 했더니 무슨 소리를 하는 거야. 미나미 양이 이상한 건 어제오늘 일이 아니잖아.』

“무슨 소리를 하는 거야. 그렇게 따지자면 너와 히가시라 양, 카와나미야말로 이상하거든?”

『가치관의 차이인가…….』

나는 베개를 꼭 끌어안은 후, 오늘 느꼈던 위화감을 말로 표현했다.

“기말고사 공부를 시작한 후부터일 거야. 계속 나한테 들러붙는다고 할까…….”

『전부터 그러지 않아?』

“평소와는 완전히 달라!”

『하나도 이해가 안 되네.』

미간을 찌푸린 모습이 눈앞에 어른거리는 목소리였다.

『그것보다, 왜 그걸 나와 상의하는 건데?』

"카와나미는 아카츠키 양과 소꿉친구잖아? 뭔가 아는 게 없나 싶어서 말이야."

『말을 전해달라는 거구나. ……뭐, 그 녀석이라면 아는 게 있을지도 몰라.』

"그렇지?"

『하지만…… 으음.』

"왜 그래?"

『아니…… 그 녀석은 기말고사 때문에 죽으려고 하거든.』

"아."

『괜한 일에 머리를 쓰게 하고 싶지 않아.』

"그래…… 그럴 거야."

그렇다면 방해할 수도 없다……. 원래 아무런 근거나 증거도 없는 사소한 위화감에 지나지 않는 것이다. 시험공부를 방해하면서까지 상의할 일은 아니다.

『뭐, 미나미 양이 눈에 띄게 이상해지면 보고해 줘. 한밤중에 너한테 귀찮게 전화를 해댄다거나 하면 말이지.』

"……누가 귀찮게 전화를 해댔다는 거야."

『가치관의 차이구나.』

이 인간은 심술궂은 소리를 안 하면 숨도 못 쉬는 거 아냐?

확 한 마디 쏘아붙여 주자고 생각한 바로 그때, 문뜩 생각난 것이 있다.

나는 빙긋 웃음을 흘렸다.

"한밤중에 전화라고 하니 생각났는데…… 그러고 보니~ 어디 사는 누구 씨가~ 한때, 끈질길 정도로 매일 밤에 스마트폰으로—."

—뚝. 통화가 끊겼다.

나는 『통화 종료』라고 표시된 화면을 보면서 승리의 미소를 지었다.

그때는, 분명…… 나한테 친구가 생겨서 함께 있는 시간이 준 탓에 질투했던 걸까? 지금 생각해보면 참 귀여운 일이다.

"……질투?"

문뜩, 생각이 미쳤다.

아카츠키 양이 이상해진 건 시험공부를 시작한 후— 즉, 내가 히가시라 양의 공부를 봐주게 된 후부터다.

"……에이, 아닐 거야."

나는 실소를 터뜨리며 스마트폰을 충전 스탠드에 뒀다.

나 말고도 많은 친구가 있는 아카츠키 양이 나 때문에 질투심을 느끼다니— 자의식 과잉에도 정도라는 게 있잖아.

—그렇게 생각했는데 말이다.

아카츠키 양의 행동은 그로부터 날이 갈수록 점점 이상

했다.

"……미나미 양."

"왜? 유메."

"더운데……."

"아, 미안해~."

아카츠키 양은 그제야 내 팔에서 떨어졌다. ……하지만 드링크바에서 찬물을 가져와 벌컥벌컥 들이킨 후 또 팔짱을 꼈다.

"체온 내렸어. 이제 괜찮지?"

"……아니……."

그런 문제가 아니다.

결단코 그런 문제가 아니다.

공부를 하려고 패밀리 레스토랑에 왔는데 이래선 샤프도 제대로 놀릴 수 없다는 문제다.

친구끼리 이러는 게 과연 정상일까. 이래서야 미즈토와 히가시라 양이나 다름없다. ……어라? 그럼 괜찮은 걸까? 친구 경험이 적어서 잘 모르겠다.

"흐음. 아하. 백합 영업인가요. 역시 선생님은 최첨단을 달리고 계시군요."

느긋한 어조로 그렇게 말한 사람은 물론 히가시라 이사나다. 오늘은 내 맞은편에 앉아있다.

"하지만 개인적으로는 그렇게 찰싹 들러붙는 것보단 좀 더

미묘하며 복잡한 거리를 유지하는 게 더 꼴리는데 말이죠."

"그건 무리야! 나와 유메는 괜히 거리를 잴 필요도 없을 만큼 사이가 좋거든! 맞지?"

"그……래?"

뭐, 사이가 좋은 건 맞다.

아카츠키 양이 그렇게 말해 주니 나로서도 기쁘기는 했다.

하지만, 내 인식과 아카츠키 양의 인식 사이에 다소 오차가 존재하는 듯한—.

"아무리 사이가 좋아도 그렇지, 그렇게 들러붙어 있으면 성가시지 않을까요?"

별것 아닌 한 마디였다.

빨대로 주스를 홀짝이면서 한 말이었다.

나와 아카츠키 양의 눈이 일제히 히가시라 양의 무표정한 얼굴로 향했다.

하고 싶은 말이 세 가지 정도 있었다.

성가시다 같은 민감한 말을 함부로 쓰지 마, 가 첫 번째.

자신이 미즈토와 얼마나 들러붙어 다녔는지 알긴 하는 거야, 가 두 번째.

그리고 그런 말 할 때는 주스 좀 마시지 마, 가 마지막 세 번째다.

—하지만, 그 말들이 내 입에서 나오기도 전에 아카츠키 양은 튕겨나듯 내 팔에서 떨어졌다.

"……어라……? 거짓말, 혹시……."

거동 수상자처럼 시선이 흔들리는 가운데 아카츠키 양이 자기 두 손을 쥐락펴락했다.

변호해 줘야 한다.

그런 생각이 바로 들었지만 말을 고르는데 시간이 너무 걸린 탓에 실행에 옮길 수가 없었다.

"유, 유메…… 나 요즘 화장실 같이 가자는 소리를 엄청 해대지 않았어……?"

"뭐? 응…… 수업이 끝날 때마다 그랬어."

"같이 걸을 때, 들러붙지는 않았어……?"

"응, 뭐…… 항상 그랬지."

"LINE을…… 평소보다, 엄청 많이 보내지 않았어?"

"……그랬을걸?"

평소를 모르니 『평소보다』라는 말을 들어도 감이 오지 않았지만 예전과 비교해 요즘 들어 많아진 느낌이 들었다.

"아…… 아…… 아하하."

아카츠키 양은 뭔가를 얼버무리려는 듯 웃더니 필기도구와 교과서를 후다닥 가방에 집어넣고 자리에서 일어났다.

"미안해, 유메! 오늘은 먼저 돌아갈게! 정말…… 미안해."

마지막 한 마디는 마치 기어 들어가는 것처럼 작았다.

아카츠키 양은 우리 몫의 드링크바 비용까지 테이블에 둔 후 서둘러 돌아갔다.

히가시라 양은 여전히 주스를 홀짝이며 그 뒷모습을 쳐다보더니…… 불쑥 입을 열었다.

"……제가 또 사고를 쳤나요?"

"……아무래도 그런 것 같아."

"…………잘못했어요…………."

히가시라 양은 눈에 띌 정도로 풀이 죽은 것 같았기에 일단 주스를 가져다줬다.

그 후, 아카츠키 양은 나에게 좀처럼 들러붙지 않게 됐다.

물론 갑자기 나와 말을 섞지 않게 됐거나 같은 게 아니었다. 다음날에는 평범하게 인사를 나눴고 점심도 같이 먹었으며 하교도 같이 했다— 예전 같은 관계로 되돌아갔을 뿐이다.

패밀리 레스토랑에게 히가시라 양이 한 짓에 관해서는…….

"어제는 미안했어! 히가시라 양한테도 사과해뒀어!"

……라는 말로 정리됐다— 아카츠키 양이 일방적으로 두고 갔던 우리 몫의 드링크바 비용 또한 순순히 받아줬다.

전부 원래대로 되돌아갔다. 아무 일도 없었던 것만 같았다.

하지만, 어째서일까— 응어리 같은 위화감이 아직도 가슴

속에 존재했다.

마음 같아서는 이 위화감의 정체를 캐내고 싶지만 상황이 그것을 허락하지 않았다.

기말고사 기간이 본격적으로 시작된 것이다.

"여어, 전교 2등."

"……뭐야, 전교 1등."

밤. 집안. 복도에서 엇갈릴 때 말을 걸어온 미즈토에게 나는 날선 목소리로 대꾸했다.

"이번에는 여유가 넘치는걸. 눈 밑에 다크 서클이 없어."

"전에도 없었거든? 너야말로 카와나미에게 공부를 가르쳐 줄 여유가 있어?"

"나는 무슨 일에도 여유 있게 행동하려고 하거든. 무리할 줄밖에 모르는 누구누구 씨와 다르게 말이지."

"걱정해 줘서 감사합니다만, 계획을 세워서 행동하고 있답니다. 시험 직전에 괜한 생각으로 자기 점수를 갉아 먹는 누구누구 씨와는 다르게 말이죠."

"…………."

"…………."

날카로운 시선을 교환한 후, 나는 계단 위로 미즈토는 세면장으로 향했다.

……정말. 『전처럼 무리하지는 마』 하고, 왜 솔직하게 말하지 못하는 거야?

이번에야말로 저 남자의 숨통을 끊어주기 위해 나는 무리하지 않는 스케줄을 짜서 공부에 전념했다.

그리고 찾아온 기말고사.

중간 때처럼 수면 부족에 처하지 않으며 완벽한 컨디션으로 시험지와 마주했고—.

“아…….”

기말고사의 순위가 붙어 있는 게시판 앞에 나는 섰다.

가장 아래편에서부터 내 이름이 있는지 한 칸 한 칸 확인했지만— 없어…… 없어…… 없어…… 발견할 수 없었다.

그리고 마지막에 가서야— 가장 윗칸에서 내 이름을 확인할 수 있었다.

『1위 이리도 유메』

『2위 이리도 미즈토』

“해냈네~!!”, “전교 1등 탈환이야~!!”

주위에 있던 친구들이 나에게 찬사를 보냈다.

한편, 나는 아직 믿기지 않았다.

내 이름이 그 남자 위에 있다.

그 광경이 왠지 신기루인 것만 같았다…….

……아아.

나는…… 아직도— 그 남자에게 이길 수 없다고 생각하고 있었던 걸까.

문뜩, 시선을 옆으로 돌렸다. 무의식적으로 찾아봤다.

내가 찾던 이는, 인파 밖에 있었다.

옆에 있는 카와나미가 위로하듯 옅은 미소를 지으며 그의 어깨에 손을 올렸다.

그 녀석은 그 손을 성가시다는 듯 쳐냈다.

그리고 그 남자는 뒤돌아섰고— 난처하다는 듯 어깨를 으쓱하는 카와나미를 내버려 둔 채, 아무 말 없이 이 자리를 벗어났다.

그 보폭은— 평소보다 아주 약간, 넓었다.

……해냈어.

해냈어— 해냈어!

"해내애애앴—어엇……!!"

이겼어! 이겼어! 이겼어! 이겼어……!! 내가, 저 남자에게!!

가슴 속에서 샘솟은 기쁨을 곱씹듯 나는 두 손을 꼭 말아 쥐었다.

봤지? 봤지? 봤지……?! 나는 이제 너한테 눌려 지내던 예전의 내가 아냐!!

자신을 한계까지 몰아붙였던 지난번에는 졌고 히가시라 양의 공부를 봐준 이번에는 이겼다는 게 아이러니하지만— 결국은 무리한다고 좋은 결과를 낼 수 있는 건 아니라는 것이리라.

그러고 보니 히가시라 양의 성적은 어떨까? 50위 안에 들었을까……?

아까는 내 이름을 찾아봤기에 다시 순위표를 봤다.

하지만, 히가시라 양의 이름은 보이지 않았다. 역시 이 안에 들 만큼 성적이 좋아지진 않은 건가……. 다음 목표는 50위권 진입이네—.

"—어라?"

순위표를 둘러본 나는, 위화감을 느꼈다.

중간고사 때는 있었던 아카츠키 양의 이름이 없었다.

"유메 양~~~!! 덕분에 살았어요~~~~~~!!"

순위가 발표되고 얼마 후, 히가시라 양이 답안용지를 승소 판결문처럼 치켜들며 뛰어왔다.

히가시라 양은 울먹이며…….

"이걸로 여름방학을 보충수업으로 날리지 않아도 돼요~. 정말 고마워요~~~!!"

정말 기뻐하는데 그렇게 좋은 점수를 받은 걸까.

그렇게 생각하며 점수를 살펴보니 하나같이 평균점을 살짝 밑도는 수준이었다.

"……다음에는 평균 점수를 20점 올리도록 하자."

"네? ……에, 에이~. 몇 번이나 신세를 지는 것도 좀 미안한데……."

"사양하지 마."

"더는 공부하고 싶지 않아요~!!"

히가시라 양이 투덜댔지만 이렇게 낙제를 겨우 면하는 점수여서야 매번 고생할 게 뻔하고 1학년 성적표는 부모님에게 보여드리기 힘든 상태일 거라고 생각한다.

"저기, 히가시라 양. 실례일지도 모르지만……."

"어어. 이번에는 또 무슨 소리를 하려는 거예요? 저란 애는 괴롭혀 주고 싶게 생긴 거예요……?"

"굳이 따지자면 그렇기는 해."

"정말요?!"

"내가 하려는 말은 그게 아니라, 이렇게 아슬아슬한 성적으로 용케 이 학교로 진학하려고 마음먹었다 싶어서 말이야. 수험 때 꽤 무리한 거 아냐?"

무리한 것으로 치자면 딱히 명문도 아닌 공립 출신이면서 이 학교에 특기생으로 들어가려 한 나도 마찬가지겠지만…… 히가시라 양은 나보다도 성적이 낮았다. 수험 때는 꽤 고생하지 않았을까— 이 게으른 성격으로 용케 합격했다는 생각이 들었다.

"아…… 그거 말이군요……."

히가시라 양은 살짝 고개를 숙이더니 양손의 손가락을 포갰다.

"말하기 힘들면 굳이 안 해도 되는데……."

"아뇨…… 저기, 그런 시기였다고나 할까요……. 이른바 중2병이었다고나 할까요……."

"응?"

"……똑똑한 사람이 가는 학교에서라면 말이 통하는 사람을 찾을 수 있을 거라고 생각했어요."

에헤헤, 하고 히가시라 양은 얼버무리듯 배시시 웃었다.

"제가 주위 사람들에게 섞이지 못하는 건 환경 탓 아닐까…… 생각했어요. 뭐, 입학하자마자 『아~ 그냥 내가 커뮤니케이션 장애였구나』 하고 눈치챘지만요. ……한심한 이유라 죄송해요……."

"아냐."

나는 곧 고개를 저었다.

"한심하지 않아. ……나도 이해할 수 있어. 이 세상 어딘가에는 나를 알아주는 사람이 있지 않을까— 하고 기대하는 그 마음 말이야."

"정말인가요……?"

"물론이지. ……그리고 틀리지 않았잖아."

"네?"

"고생고생해서 이 학교에 붙은 덕분에 아카츠키 양은 그 남자와도— 그리고 나와도 만났는걸?"

히가시라 양은 눈을 몇 번 깜빡이더니—.

입가를 헤실거리면서 몸을 배배 꼬기 시작했다.

"에헤. 우헤헤. 에헤헤헤헤헤……."

"잠깐만! 아무 말 없이 멋쩍어하지 마! 나까지 부끄럽잖아!"

달아오른 얼굴에 손부채질을 하고 있을 때, 히가시라 양이 「어라?」 하며 고개를 갸웃거렸다. 먼저 멋쩍어했으면서 부활이 너무 빠른 거 아냐?!

"그러고 보니 오늘은 미나미 양이 안 보이네요?"

"우리는 항상 세트로 다니진 않아."

"그런가요? 저와 미즈토 씨 못지않은 세트라고 생각하는데요."

"그 정도면 상당하네……."

어느새 그렇게 인식된 걸까. 하지만 나는 가장 사이좋은 친구가 누구인지 남이 묻는다면 아카츠키 양이라고 답할 것이다.

"실은 아까 LINE을 보냈는데 답장이 없어. 읽음 표시도 안 뜨네……."

"혹시…… 일전에 제가 한 짓 때문에 아직 화난 걸까요……?"

"그렇진 않을 거라고 생각하는데 말이야. 너한테도 연락 왔지?"

"그렇긴 한데…… 괜찮을까요? 괜찮을까요?"

과한 걱정—이라고 말하고 싶지만 원래 낯가림이 심하던 그녀의 심정은 이해가 된다. 남과 대화를 나누며 저지른 사소한 실수를 계속 신경 쓰는 것이다.

그녀를 위해서라도 오늘 안에 아카츠키 양의 얼굴을 보고 싶지만—.

"—뭐야뭐야~? 내 험담하는 거야?"

"우와앗!"

히가시라 양이 화들짝 놀라더니 그 자리에서 펄쩍 뛰었다.

그런 그녀의 뒤편에서 고개를 빼꼼 내민 이는 다름 아닌 아카츠키 양이었다.

"아카츠키 양, 이제까지 어디 있었어? LINE도 보냈었단 말이야."

"정말? 미안~ 배가 좀 찌리릿~ 해서 말이야."

히가시라 양은 그 말을 듣고 안도했다.

"아, 그런 거군요……. 저는 틀림없이……."

"틀림없이?"

"아, 아무것도 아니니까 신경 쓰지 마세요!"

"신경 쓰이네~."

아카츠키 양은 장난스러운 투로 그렇게 말하면서 히가시라 양에게 들러붙었다. 음란하게 꾸물거리는 손을 히가시라 양의 풍만한 가슴 쪽으로 내밀며 장난쳤다.

그 모습은 평소와 똑같아 보였다.

아카츠키 양은 만족한 건지 히가시라 양한테서 떨어지더니 손뼉을 쳤다.

"맞다! 들었어, 유메! 전교 1등을 탈환했다며? 축하해~!!"
"고마워. 아카츠키 양은—."
나는 최대한 아무렇지 않은 투로 질문을 던졌다.
"—기말고사, 어땠어?"
"나? 나는 말이지……."
아카츠키 양은 아하하, 하고 얼버무리듯 웃었다.
"이번에는 좀 방심했던 것 같아. 낙제점은 피했지만 말이야."
"어라? 혹시 동지예요?"
히가시라 양은 눈을 반짝이며 몸을 쑥 내밀었다.
"히가시라 양보다는 낫지 않으려나~. 그래도 이럴 거면 나도 유메한테 공부를 봐달라고 할 걸 그랬어."
그렇게 말한 아카츠키 양은 나를 힐끔 쳐다보더니…….
"아, 그래도 폐가 된다면 괜찮아."
그것은 아카츠키 양이 유일하게 보인 빈틈이었다.
튼튼하게 쌓아 올린 『평소 모습』. 그것에 어렴풋이 존재하는 미세한 틈새.
진짜로 평소와 다름없는 아카츠키 양이라면 이렇게 도망갈 구멍을 만들지 않을 것이다.
나한테서 동의를 얻어내 약속을 잡으려고 들었으리라.
하지만 지금은 뭔가를 두려워하며 보험을 들었다. 무엇을 두려워하는 것일까? 나에게 거절당하는 것을? 아니, 그렇지 않다. 의도하지 않은 빈틈이기에 그것은 방금 그녀가 한 말에서 드러났다.

그렇다— 폐, 다.

……아아, 오래간만에 생각했다.

중학생 때, 남친을 만들기 정말 잘했다.

그 경험이 없었다면— 나는 이 빈틈을 눈치채지 못했을 것이다.

"……아냐."

나는 당당히 고개를 끄덕였다.

"폐라니? 말도 안 돼. 2학기에는 함께 10위권 안에 들어가자. 아카츠키 양."

"정말? 고마워~! 아, 그래도 10위권은 무리 아니려나~."

아카츠키 양은 아하하, 하고 평소처럼 웃었다.

그녀는 이야기해 주지 않는다. 아무리 이야기를 나눠도 이야기해 주지 않는다.

그렇다면 내가 멋대로 추측하자.

괜찮아— 지금의 나라면, 할 수 있어.

그 후로 한동안 이야기를 나눈 후, 히가시라 양이 이렇게 말했다.

"그럼 저는 전교 1등을 함락당한 미즈토 씨를 놀리고 올게요."

"관둬. 진짜로 화낼 거야."

"그것도 괜찮을 것 같네요! 그럼 이만~!"

히가시라 양은 도서실 쪽으로 휘잉~ 하고 사라졌다.

여전히 자기주장이 적은 것 같지만 고집은 강한 애다. 주눅 든 것처럼 보이다가도 눈치 없이 할 말을 다하는— 그녀 같은 사람을 얌전이 아니라 마이페이스라고 말할 것이다.

단둘이 남게 되자, 아카츠키 양은 나를 힐끔 올려다보며 몸을 배배 꼬았다.

"……둘 뿐이네."

"그래. 그럼 내일 봐."

"둔탱이냐!"

아카츠키 양이 웃으며 내 어깨를 때리자 나도 웃음을 흘렸다.

1학기 석 달이란 시간으로 쌓아 올린 우리의 대화 리듬이다.

딱히 아무것도 안 하더라도 이 기분 좋은 시간은 계속 이어질 것이다. 아카츠키 양은 나와 그 남자처럼 커뮤니케이션이 서툴지 않다. 내가 다소 무례를 저지르더라도 자기가 다소 실수를 범하더라도 잘 추스르고 숨기면서 다음 날에는 『평소 모습』으로 되돌아갈 것이다.

하지만— 그렇기 때문에.

오늘은 내가, 용기를 내야 한다고 생각했다.

"그럼 돌아가자. 마키와 나스카도 오늘 부활동을 한다고—."

"—아카츠키 양!"

"우왓?! 왜 그래?"

아카츠키 양이 놀란 표정으로 나를 돌아보았다.

나는 마음을 다진 후— 태어나서 처음으로 하는 말을 입에 담았다.

"……노래방, ……안 갈래……?"

"오~. 나, 단둘이서 와보는 건 처음일지도 몰라."

"으, 응. 나도……."

"혹시 긴장한 거야?"

아카츠키 양은 놀리듯 웃으면서 노래방 부스의 입구에 서 있었다.

내가 앉기를 기다리듯 말이다.

내가 입구에서 안쪽의 소파 오른편에 앉자 아카츠키 양은 한 사람이 앉아도 될 만큼 떨어진 자리에 조그마한 엉덩이를 대며 앉았다.

패밀리 레스토랑에서 나한테 들러붙었던 것을 떠올려보면 명백하게 거리를 두고 있었다.

히가시라 양에게 지적을 받고 그녀의 마음에서 어떤 작업이 이뤄진 것일까—.

무엇에 정신이 팔려서 시험을 망친 것일까—.

—이제는 너무나도 명백했다.

스읍, 하고 심호흡을 했다.

나는 말주변이 좋지 않다. 말로 전하려 해봤자, 내 마음의 1할도 전할 수 없다. 그렇다. 그래서 내 인생을 통틀어 가장 전하고 싶었던 마음을 편지에 담아 건넸다.

그러니, 내 마음을 전하기 위해선— 아카츠키 양의 마음을 전해 받기 위해선…….

말이 아니라…… 행동으로 표현하는 수밖에 없다.

"나 말이야…… 아카츠키 양."

용기를 내서 고백했다.

"실은, 남 앞에서 혼자 노래한 적…… 거의 없어."

"그래? ……아~ 그래. 다 같이 노래하거나 나와 듀엣하거나…… 그러고 보니 항상 그랬잖아."

"응……."

나는 단말을 조작해 곡을 넣었다.

마이크를 손에 쥐자, 아카츠키 양이 「오~」 하며 박수를 쳤다.

—중학생 시절, 합창 콩쿠르 연습 등을 할 때의 나는 최대한 눈에 띄지 않으려고 신경 썼다.

능숙해지는 것이 아니다.

그것은 실패해서 나쁜 이유로 주목을 받지 않기 위한 수단에 지나지 않는다— 능숙해지더라도 괜히 눈길을 끌 것이다.

소외당하는 게 싫었다.

사람들 사이에서 튀는 게 싫었다.

사람들 사이에 숨어 있지 않으면 항상 불안했다.

이렇게 못났고 서투르며 꼴사나운 내 목소리를…… 가능하면 아무에게도 들려주고 싶지 않았다.

하지만.

아아— 몇 번이나 있었다. 몇 번이나…… 몇 번이나…… 몇 번이나 있었다.

뜻대로 안 되어서 안타까워서 슬퍼서 괴로워서 쓸쓸해서…… 무엇에게든 좋으니까, 누구에게든 좋으니 이 마음을…… 나라는 존재를— 그저 드러내고 싶었다.

그렇다. ……나도, 고함을 지르고 싶을 때가 있다.

촌스러운 수수녀라든가 재색을 겸비한 우등생이라든가 그런 캐릭터는 전부 내던져버리고— 울부짖고 싶을 때가 있는 것이다.

그럴 때, 나는 누가 곁에 있어 주기를 바랄까?

이리도 미즈토? 히가시라 이사나?

아니…… 두 사람 모두 확 와닿지 않았다.

그렇다.

그럴 때, 내 고함을 들어줬으면 하는 사람은—.

"———! ————————!!!!!!!!"

나는 배에서부터 목소리를 쥐어 짜내 들고 있는 마이크에 쏟아부었다.

내 감정이 좁은 노래방 부스를 가득 채웠다.

그것은 짜증이었다. 과거, 질투를 받으면서도 그 이유를 눈치채지 못해 그 남자가 사과하게 만든 나에 대한 짜증.

그것은 결의였다. 안경을 벗고 머리카락을 풀면서 맹세한— 그때와 같은 일은 두 번 다시 벌이지 않겠다는 결의.

말은 하지 않았다.

내가 부르는 노래의 가사 또한 내 마음과는 전혀 상관없다.

그래도, 그래도…… 그것은 내 마음을 폭로하는 노래였다.

"—하아…… 하앗……!!"

노래를 마친 후, 어깨를 들썩였다.

목도 좀 아팠다. 평소에 고함 같은 건 전혀 지르지 않으면서 갑자기 무리를 했다.

하지만…… 왠지, 청소기로 머릿속을 민 것처럼 기분이 개운했다…….

"……유메……."

아연실색하며 나를 올려다보는 아카츠키 양에게 나는 옅은 미소를 지었다.

"아카츠— 콜록콜록! 자, 잠깐만 기다려……."

"괘, 괜찮아? 물 마셔!"

아카츠키 양이 건네준 물을 단숨에 들이켰다.

휴우 하고 숨을 내쉰 후, 실이 끊어진 것처럼 아카츠키 양의 옆에 앉고서야 겨우 안정이 됐다.

"고마워……."

"아, 아냐. 괜찮아. 그런데 무슨 일 있어? 오늘은 왠지……."

"완전 별로였지?"

"어."

한순간 입을 벌린 채 굳어버린 아카츠키 양을 보며 나는 웃음을 흘렸다.

"괜히 감싸주지 않아도 되거든? **평소처럼** 말이야."

"으…… 음……."

머뭇거리듯 애매모호한 표정을 짓고 있는 아카츠키 양을 보면서 나는 손에 쥔 마이크를 내려다봤다.

잘 부를 리가 없다. 노래를 불러본 적도 거의 없으니 말이다.

아무 말도 하지 않았다면 아카츠키 양이 감싸줬을 것이다. 얼버무려줬을 것이다. 이 자리에 누군가가 있더라도 적당히 분위기를 띄워줬을 게 틀림없다.

하지만…….

"아카츠키 양, 나는 말이야— 친구니까 비밀이 있으면 안 된다는 소리를 할 생각은 없어. 누구라도 그 어떤 관계라도 잘못한 일이 한두 개쯤은 있을 테니까…… 오히려 뭐든 다 털어놓으면 곤란할 거야."

"……응. 그럴 거야."

"하지만 말이지?"

나는 아카츠키 양의 얼굴을 응시했다.

"나는 아카츠키 양이 혼자 노래 부르는 모습도 본 적 없어."

노래방에 왔을 때, 아카츠키 양은 항상 누군가와 함께 노래를 불렀다.

무드메이커에 솔선해서 분위기를 훈훈하게 만들어주기 때문에 눈치채기 어렵지만…… 같은 짓을 하는 내 눈까지는 속이지 못했다.

굳은 채 대답하지 못하는 아카츠키 양에게 나는 말을 이어갔다.

"이유는 묻지 않을게. 나도 말하지 않을 거야. 하지만—."

나에게 있어, 미나미 아카츠키가 어떤 존재인지를 똑똑히 전하기 위해.

"—적어도 지금. 나는, 그 남자에게도 히가시라 양에게도 들려준 적 없는 내 노래를 너한테 들려줬어."

나는 아카츠키 양에게 마이크를 내밀었다.

물론, 의도는 명백했다.

남의 속내를 알기 위해선 우선 자신의 속내를 드러내야 한다.

그것이 내 인생 최대의 성공 체험이자 인생 최악의 실패 체험에서 배운 가장 큰 교훈이다.

아카츠키 양은 몇 초 동안 내가 내민 마이크를 아무 말 없이 내려다봤다.

하지만, 갑자기…….

난처하다는 듯, 어이없다는 듯 평소와 전혀 다른 미소를 머금었다.

"……약았네. 이건 협박이나 다름없잖아."

"미안해."

"유메니까, 괜찮아."

조금도 주저하지 않으며 쾌활하게 말한 아카츠키 양이— 마이크를 쥐었다.

그리고 자리에서 일어나더니 마이크를 자기 입에 대면서 나를 돌아보았다.

"묻지 않겠다고 했지만, 내가 남들 앞에서 노래를 안 하는 이유를 알려줄게."

에코가 들어간 목소리로 그렇게 말한 아카츠키 양이 자신만만한 미소를 지었다.

"우쭐댄다고 오해받거든. —참고해둬, 유메."

그리고 선보인 아카츠키 양의 노랫소리는— 끝없이 펼쳐진 푸른 하늘처럼 말문이 막힐 만큼 아름다웠다.

◆

"푸핫! 푸하하하하하!! 그, 그건 아니잖아~ 유메! 팬티를 훔친 거지?! 벼, 변태네……! 아하하!"

"후, 훔친 게 아냐! 주운 거야! 나, 남자 속옷은 본 적도 없어서…… 아카츠키 양도 마찬가지 아냐?!"

"뭐~? 에이, 나는 그 녀석이 있는걸. 언제 털이 났는지도 아는데 속옷 정도는 아무것도 아니랄까? 요즘에도 서로의 집에서 세탁하거든."

"뭐? 그 녀석이라면 카와나미? ……어, 그런 사이야?"

"아냐아냐아냐! 옛날에 같이 목욕을 했을 뿐이거든?! 옛날이라고 해봤자 중학생 때까지지만 말이야."

"중학생 때까지?! 그런 건 보통 초등학생 때까지 아냐?! 괘, 괜찮았어……?"

"아~ 뭐~ 괜찮았다면 괜찮았다고나 할까 괜찮지 않았다고 하면…… 같은 느낌?"

"의, 의미심장……!"

아카츠키 양은 심술궂은 미소를 머금었다. 소, 소꿉친구는 그런 사이구나……. 흐음…… 흐으음…….

노래하다 지친 우리는 노래방 시간을 연장한 후, 잡담으로 이야기꽃을 피웠다. 처음에는 서로가 가깝게 지내는 남자에 대한 푸념만 했지만 밀실에서 여자끼리 있다는 상황인지라 어느새 외설적인 이야기로 넘어갔고…… 무심결에 무덤까지 가져갈 생각이었던 속옷 사건까지 늘어놓고 말았다. 비밀로 해달라고 해야지…….

"이리도가 바로 옆방을 쓰지? 이상한 소리 같은 게 들리진 않아?"

"……이상한 소리?"

"완곡하게 말하자면…… AV의 신음 같은 거 말이야."

"하나도 완곡하지 않거든?!"

"아하하! 실은 중학생 때, 그 녀석의 집에 몰래 들어간 적이 있는데—."

아카츠키 양의 생생한 경험담에 내 가슴이 콩닥콩닥 뛰는 사이, 시간이 순식간에 흘러갔다.

노래방에서 나와보니 한여름의 태양이 어느새 지고 말았다.

"아차~. 완전히 밤이 됐네. 유메, 집에서 걱정 안 하겠어?"

"아마 괜찮을 거야……. 엄마한테는 연락해뒀거든. 그래도 저녁도 먹어야 하니, 슬슬 돌아가 봐야겠어."

"그렇구나……."

한숨 섞인 어조로 그렇게 말한 아카츠키 양이 어둠이 드리워진 마을을 쳐다봤다.

무엇을 떠올리고 있는 걸까. 오늘 일? 아니면—.

그런 내 생각을 방해하듯 스마트폰이 울렸다.

화면을 보지 않아도 알 수 있다. 미즈토한테서 전화가 온 것이다.

평소 같으면 무시한다는 선택지도 있겠지만 귀가가 늦어진 만큼 안 받을 수도 없다— 나는 통화 상태인 스마트폰을 귀에 댔다.

"여보세요?"

『……지금, 어디야?』

익숙한 목소리가 평소보다 약간 굳어 있었다.

"아카츠키 양과 노래방에서 나오는 길이야. 이제부터 돌아갈게."

『흐음…….』

자기가 물어놓고 왜 관심 없는 듯한 반응을 보이는 거야?

그래도 아까 푸념을 실컷 늘어놓은 덕분인지 딱히 열을 받지 않은 내가 슬며시 웃으며 이렇게 말했다.

"혹시, 걱정했어?"

『……아냐.』

"아니면…… 내가, 누군가와 데이트하는 줄 알았어?"

『…………………….』

어머나. 반응이 있네.

나는 그렇게 생각했지만…….

『그렇다면, 그 상대방이 걱정되는걸.』

"뭐?"

『네가 그 상대방에게 폐를 끼치지 않았나 싶어서 말이지.』

……진짜 한 마디도 안 진다니깐.

평소 같으면 나도 발끈했을 것이다. 하지만— 나는, 옆에 있는 아카츠키 양을 쳐다봤다.

"……그런 걱정은 안 해도 돼."

『응?』

"조금은 폐를 끼쳐도 되는 상대거든."

아카츠키 양은 내 말을 듣고 눈을 깜빡거리더니— 곧 기쁘다는 듯 환하게 웃었다.

그리고 껑충 뛰며 내 목을 끌어안더니 스마트폰을 향해 이렇게 외쳤다.

"그렇게 됐어! 미안해, 이리도!"

바로 그 타이밍에 마치 짜기라도 한 것처럼 나는 통화를 끊었다.

나는 아카츠키 양의 얼굴을 쳐다봤다.

아카츠키 양도 내 얼굴을 쳐다봤다.

몇 초 동안, 서로를 응시한 후— 동시에 웃음을 터뜨렸다.

"아하!"

"아하하하!"

"아하하하하하하하하핫!!"

"아하하하하하하하하하하하하하하하하하핫!!"

왠지 우스워서 한참을 웃은 후, 우리는 집으로 향했다.

밝은 밤길에 우리는 단둘뿐.

두 사람 다 교복 차림이니 어쩌면 비행 청소년으로 의심한 경찰에게 잡힐지도 모른다.

그건 좀 큰일 같지만— 뭐, 그때는 아카츠키 양이 어떻게 해 줄 것이다.

"곧 여름방학인데, 어디 갈래?"

"글쎄~. 일단, 유메가 헌팅 당할 만한 곳은 제외야!"

전 소꿉친구는 지켜보고 싶다
"앗!!!!!!"

아무리 돌이켜봐도 소름 돋는 사실이지만, 중학교 3학년 때의 나에게는 한때 소위 여친이라 부르는 존재가 있었다.

가정적이고 헌신적이며 체격은 작지만 외모는 미인에 속하기에— 만약 100명에게 자랑한다면 그 중 70명은 부러워할 것이다. 그런 연인이 과거에 분명 존재했다.

이 녀석이 왜 갑자기 자랑질을 해대는 거야, 하고 생각했지?

뭐, 잠시만 기다려줬으면 한다. 이제부터 하는 이야기를 끝까지 듣고도 과연 그렇게 생각할 수 있을까?

예언을 하나 하겠다.

분명 너는 손바닥 뒤집듯 태도를 바꿀 것이다.

그러지 않는다면— 과거의 나는, 편히 눈감지 못한다.

—코~. 냉장고에 넣어놨던 푸딩 먹었어?

하품이 날 정도로 평범하기 그지없는 일상의 한순간이었다.

사귀기 시작하고 얼마 되지 않았던 시절. 딱히 생활에 변화도 없던 우리가 평소처럼 방과 후에 우리 집에서 시간을 보내고 있을 때, 그 녀석이 그런 말을 했다.

푸딩을 냉장고에 넣어놨던 것 같았다.

그리고 내 머릿속에는 어느새 냉장고 안에 있던 푸딩을 먹어 치운 기억이 있다.

아직 기운이 있던 당시의 나는 허둥지둥 소파에서 벌떡 일어났다.

—미안해! 금방 새 걸 사올게……!

—괜찮아……. 내 몫은 있거든.

그렇게 말한 그 녀석은 냉장고 안에서 뜯지 않은 푸딩을 꺼냈다.

그러고 보니 내가 발견했을 때도 한 개 더 있었나?

—뭐야. 두 개 있었잖아.

—응…….

그 녀석은 식탁에 앉더니 거칠게 푸딩을 뜯은 후, 우걱우걱 먹기 시작했다.

나와는 결코 시선을 마주하지 않았다. 뾰로통해 보이는 건 푸딩이 입안에 들어 있기 때문만은 아닐 것이다.

—그럼…… 왜 그렇게 화가 난 건데?

—화 안 났어.

명백하게 목소리가 딱딱했지만 결국 그때는 왜 화를 내는 건지 알 수 없었다.

그리고 그날 밤, 저녁 식사 때의 일이다.

—에잇!

그 녀석이 내 접시에 놓인 닭튀김을 채갔다.

—어, 이봐! 뭐 하는 거야!

—왜 화내는 거야~? 먹을 것에 되게 집착하네~. 그렇게 먹고 싶어?

젓가락으로 쥔 닭튀김을 가볍게 흔들면서 그 여자는 심술궂게 웃었다.

혹시 이건 푸딩의 복수인 걸까?

느낌이 온 나는 약간 언짢은 듯 고개를 돌렸다.

—남한테 자기 걸 빼앗기면 누구라도 열받을 거라고.

—그럼, 돌려줄게.

그 여자는 들고 있던 닭튀김을 내 입을 향해 쑥 내밀었다.

—아~♥

—나는 그 모습을 보고 진실을 눈치챘다…….

—낮의 푸딩…….

—응~?

—혹시…… 이걸 하고 싶어서 산 거였어?

그래서 내가 먼저 먹은 것 때문에 화낸 거야?

그 여자는— 아카츠키는…….

고양이 같은 미소를 머금더니 놀리듯 말했다.

—글쎄, 어떨까?

아아…… 떠올릴 때마다 등골이 서늘해졌다.

몸의 털이 쭈뼛했다. 피부에 닭살이 돋았다.

이게, 분명 첫 계기였을 것이다.

이때까지는 아직 훈훈한 연인 간의 애정행각이었다.

하지만 어느새, 그 녀석은 나에게 음식을 먹이는 것을 당연시했고…….

내가 직접 음식을 먹는 게 뜸해졌으며…….

결국— 내 앞에는, 젓가락이 놓이지 않았다.

카와나미 코구레는 한 번 죽었다.

하지만 왜 이 추억이 머릿속에 아직도 끈질기게 남아있을까?

◆

"—으으윽……………………!!"

온몸이 기분 나쁜 진땀으로 범벅이 된 채, 나는 잠에서 깨어났다.

……또, 그 시절의 꿈이냐.

커튼 틈새로 쏟아져 들어오는 빛을 손으로 가렸다. 맑은 햇살이 악몽 같은 기억을 씻겨주길 기대했지만 질 나쁜 악몽은 카레 얼룩처럼 끈질기게 남아있었다.

정말, 최악의 아침이다.

기분이 가라앉은 채로 방을 나서자 식탁에는 달걀프라이 한 개가 랩이 씌워진 채 놓여 있었다. 『늦게 귀가할 것 같아요. 저녁은 적당히 해결하세요. 엄마』라는 손때가 탄 종이와 함께 말이다.

평소와 다름없는 아침 풍경이었다.

악몽 덕분에 잠은 확 달아났다. 나는 식빵을 토스트기에 넣은 후 일단 방에 가서 재빨리 교복을 입었다.

구워진 빵과 차갑게 식은 달걀프라이를 입에 욱여넣고 우유로 위장에 밀어 넘긴 후 세면장에 가서 옷차림을 살폈다.

가방을 들고 현관을 나선 것은 오전 8시 40분 경이었다.

맨션 복도에 나선 순간, 옆집의 문이 열렸다.

안에서 나온 이는 나와 같은 학교의 교복을 입은 여자애였다.

키가 150센티미터도 안 되는 그 꼬맹이는 나를 발견하자마자 날카로운 눈빛을 보내왔다.

나도 날카로운 눈빛을 보내며 대항했다.

"…………."

"…………."

인사는 향신료 정도의 적의가 섞인 그 시선이 전부다.

포니테일이 휙 흩날렸다.

그와 동시에 나도 시선을 돌렸다.

투박한 맨션 복도를 앞뒤로 서서 나란히 걸었다. 엘리베이터 홀에 도착하자 두 대 중 하나가 우리를 맞이하듯 열렸다.

내가 그 엘리베이터에 탔다.

땅딸보 여자애는 타지 않았다.

몇 초 후에 열린 또 하나의 엘리베이터에 타더니 모습을 감췄다.

엘리베이터의 문이 닫히면서 완전한 밀실이 되자, 나는 그제야 한숨 돌렸다.

새하얀 빛을 뿜는 낮은 천장을 올려다보며 무거운 한숨을 내쉬었다.

—러브코미디를 동경하는 전국 1천만 남자들이여. 만약 내 목소리가 들린다면 이것만은 명심해둬라.

옆집에 사는 소꿉친구와 사귀는 건 절대 관둬.

옆집에 사는 미나미 아카츠키는 나에게 남매나 다름없다.

이 시대의 일본인은 대부분 그러하듯 우리 부모님은 일 때문에 툭하면 집을 비웠다. 아침에 일찍 나갔고 밤에 늦게 들어왔다. 어느 정도 자립심이 싹튼 초등학생 시절부터는 혼자서 집을 보게 됐다.

그런 상황에서 옆집에 비슷한 또래 어린애가 있다—.

친해지지 말라는 게 무리일 것이다.

부모님이 안 계신 동안 우리는 서로의 집에 모여서 놀거나 잡담을 나누거나 요리나 세탁 같은 집안일을 하거나 혹은 아무것도 하지 않는— 그런 생활을 몇 년이나 보냈다.

그리고 중학생이 됐다.

사춘기란 녀석이 찾아왔다.

연애 감정을 가지지 말라는 것이 오히려 어려울 것이다.

중학교 3학년 때, 우리의 관계는 소꿉친구에서 연인으로 변화했다.

처음에는 즐거웠거든? 인생 첫 여친이야. 그것도 어릴 적부터 쭉 함께 해오며 몰래 좋아해왔던 여친이라고.

물리적인 거리가 가까워서 그런지, 우리는 온종일 꽁냥거렸다. 집에 있을 때는 1초도 떨어지지 않으며 붙어 있었고 『화장실 가고 싶으니까 떨어져도 될까?』 하고 말하면 『싫어. 같이 갈래』 라고 말할 만큼 구역질이 날 정도의 바보 커플이었다.

하지만 그런 게 오래 이어질 리가 없잖아?

그렇게 찰싹 달라붙어 있는 게 즐거웠던 건 첫 한 달 정도였을까? 화장실에 간다고 연인이 칭얼댄다면 성가실 거잖아? 시간이 좀 흘러서 머리가 식으면 적당히 거리를 조절하면서 사생활의 선을 긋고 절도 있게 연인 관계를 즐기면 될 뿐이잖아?

하지만 미나미 아카츠키의 사전에 『절도』라는 두 글자는 없었다.

그 여자는 한 달이 지나도 두 달이 지나도 반년이 지나도 온종일 나한테 들러붙어 있었다. 밖을 돌아다닐 때면 팔짱을 꼈고 집에 돌아가면 내 무릎 위에 앉았다.

게다가 전에는 분담해서 했던 집안일을 혼자 하게 됐다.

내 식사는 전부 이 녀석이 준비해 주게 됐다.

내 식생활의 0.1칼로리마저도 저 여자에게 장악당했다.

내가 입는 옷은 매일 저 녀석이 골랐다.

머리카락 길이를 1밀리미터 단위로 손봤다.

욕실에서 등뿐만 아니라 내 온몸을 씻겨줬다.

아침에는 그 녀석의 『좋은 아침』이란 말을 들으며 깼고 밤에는 『잘 자』란 말을 들으며 잠들었다.

극진하기 그지없는 꽁냥 러브 생활? 헛소리 마.

이래서야 나는 애완동물이나 다름없다.

그 녀석에게 있어 나는 남친이지만 인간은 아니었다.

결과적으로 나는 건강을 해쳤다.

위에 구멍이 나서 입원했다. 그 원인은 스트레스였다.

병문안을 온 그 녀석에게 내가 독설을 퍼붓자 그 녀석은 쓰러져서 울었다.

그리하여 우리는 연인이 아니게 됐다.

소꿉친구도 아니게 됐다.

옆집에 살고 있다는 지리 조건만 남았다.

알고 있어? 일본어에는 이 상황을 단적으로 가리키는 말이 있어.

그래— 생지옥이야.

"아…… 카와나미, 좋은 아침!"

교실에 들어서자 클래스메이트인 니시무라가 말을 걸어왔다.

나는 스스로가 생각하기에도 꽤 처세가 능숙한 편이라 이 사립 라쿠로 고교에서도 상당수의 지인을 만들었다. 그중에는 여자애도 다수 포함되어 있으며 니시무라는 이야기를 나눌 기회가 많은 편에 속했다.

"아, 니시무라. 안녕. ……응? 오늘은 평소와 다른 샴푸를 썼나 보네."

"어엇?! 누, 눈치챘어?!"

"뭐, 항상 맡으니까 말이야."

"아하하! 징그러~!"

니시무라는 밝게 웃으면서 내 어깨를 때렸다. 나도 그에 맞춰 웃었다.

바로 그때였다.

니시무라가 자기 머리카락 끝을 손가락으로 만지작거렸다.

"……그래도 조금은 기쁘네."

대각선 반대 방향으로 피한 시선.

사랑스럽다는 듯 자기 머리카락을 매만지는 손가락.

배시시 웃고 있는 입술.

무엇보다 희미하게 붉히고 있는 귀.

그것들을 본 순간 오한이 엄습하며 온몸이 떨렸다.

"미, 미안한데…… 볼일 좀 보고 올게."

"뭐~? 집에서 보고 오지 그랬어~."

그 허물없는 웃음소리에 오한이 더욱 밀려왔다.

나는 그것을 억지로 숨기며 서둘러 교실을 나선 후 남자 화장실로 뛰어 들어갔다.

이른 아침이라 그런지 다른 사람은 없었다. 나는 세면대 앞에 서서 머뭇거리며 자기 팔을 비춰봤다.

거기에는 예상대로 대량의 두드러기가 나 있었다.

……젠장.

수도꼭지를 돌려 물을 틀어서 첨벙첨벙 세수한 후 입을 헹궜다. 단순한 기분전환에 불과하지만 충분히 효과가 있었다. 물의 차가운 기운이 오한과 두드러기를 씻겨냈다.

중학생 때의 경험은 내 마음에 깊디깊은 상처를 남겼다.

그 상처는『연애 감정 알레르기』라고 하는 체질로 모습을 바꿨고 그것은 여전히 나를 괴롭히고 있다. 전장에서 귀환한 인간이 커다란 소리를 듣고 착각하는 것과 비슷하며 여자애에게서 약간의 호의라도 느끼면 몸에 문제가 발생하는 것이다.

나는 아마, 두 번 다시 연애를 할 수 없으리라.

하지만 그 점에 관해서는 딱히 원망하지 않는다.

오히려 감사했다. 그 경험과 이 체질 덕분에 나는 일찌감치 인생에 있어 하나의 진리에 도달한 것이다.
바로— 연애는 하는 것이 아닌 보는 것이라는 진리에 말이다.

"자."
점심시간. 그 일은 갑자기 일어났다.
내 클래스메이트이자 친구인 이리도 미즈토가 자신의 의붓남매인 이리도 유메의 책상에 홍차 종이팩을 올려놨다.
"이제 불만 없지?"
시비조의 목소리에 이리도 양이 상대방을 노려보았다.
"……네가 왜 그렇게 불만스러운 표정을 짓는 건데? 기분 나쁘거든?"
"안 마실 거면 됐어. 이것도 내가 마시지, 뭐."
그렇게 말한 이리도 미즈토가 홍차를 향해 손을 뻗었지만 그 전에 이리도 양이 허둥지둥 종이팩을 움켜잡았다.
"나는, 말 한 마디가 부족하다는 소리를 하는 거야!"
"……성의를 보였으니 된 거 아냐?"
"말로 보이란 말이야, 말로!"
"말로 납득하지 않은 건 너잖아."
이리도는 교복 호주머니를 뒤지더니 동전 세 닢을 책상 위에 뒀다.

50엔 짜리 동전 한 닢과 10엔짜리 동전 두 닢. 총 70엔이다.

"자, 이자야."

"뭐?! 잠깐만—."

말을 이으려는 이리도 양을 무시한 이리도는 자기 자리에 앉으며 도시락을 펼쳤다.

특기인 교섭 거부 배리어다.

이러자 이리도 양이라도 아무 말도 못 하겠는지…….

"가자!"

거칠게 긴 흑발을 휘날리며 친구들과 함께 교실을 나갔다.

"어라? 무슨 일이야?", "글쎄……?"

교실 안에서 당혹스러운 목소리가 흘렀다.

이리도 미즈토와 이리도 유메가 남매라는 점에 대해서는 입학 직후의 소동 때문인지 언터처블하게 된 분위기가 있다. 특히 미즈토 쪽은 고독을 즐기는 타입이니 말이야. 두 사람 다 성적이 비정상적일 정도로 좋은 만큼 괜히 캐묻지 않는 것도 이해가 됐다.

뭐, 그런 분위기는 반쯤 내가 만든 거지만 말이다.

그러니 외야의 녀석들은 방금 대화가 의미하는 바를 모를 것이다— 하지만, 나쯤 되면 쉬이 유추할 수 있다.

나는 아무 말 없이 밥을 먹고 있는 이리도에게 다가갔다.

"너 말이야……. 말 좀 가려서 하면 덧나냐?"

"……무슨 소리야?"

이리도는 퉁명한 어조로 대꾸했다.

『이것도 내가 마시지, 뭐』, 『이자야』— 그 말들로 유추해볼 때 아마 이리도 양이 사온 홍차를 이 녀석이 마셔버린 것이리라. 한 지붕 아래에서 살다 보면 흔히 있는 일이다. 그리고 방금 이자를 더해서 갚아준 것이다.

"70엔이라……."

"……뭐야. 성가시게 굴지 좀 마, 카와나미."

나는 무심코 히죽거리는 입을 손으로 가렸다.

이자 70엔— 이것은 이자다.

그 홍차를 교내 매점에서 사면 130엔— 200엔을 주면 잔돈이 70엔이다.

이 선이 가는 문학 미소년은 점심시간이 시작되자마자 홍차가 다 팔리기 전에 서둘러 매점에 뛰어간 것이다. 이리도 양에게 사과하려고 말이다.

그 홍차라면 편의점에서도 파니까 등굣길에 사 와도 됐을 텐데 말이지. 그러지 않았다는 건 오전 동안 사과를 할지 고집을 부릴지 망설이고 있었던 거야. 그래서 사과를 하는 순간에 그런 태도를— 크크큭!

가슴 속에서 샘솟는 행복한 감정에 젖어 들며 나는 점심인 빵을 우걱우걱 먹었다.

나는 연애 ROM 전문.

타인의 연애, 그리고 그 미만의 미묘한 관계성을 관찰하는 것을 삶의 보람으로 삼는 남자다.

역사는 아직 짧지만 이제까지 다양한 2인조를 ROM해왔다— 현실 친구부터 스트리머까지 구별 없이 말이다. 그중에서도 이 두 사람— 이리도 미즈토와 이리도 유메는 특히 내 심금을 울렸다.

이 두 사람을 지켜보며 죽을 수 있다면 나는 소원이 없을 것이다. 알바비를 투자하는 것도 전혀 아깝지 않아~. 내 옷을 사는 것보다 이리도의 옷을 사줘서 이리도 양의 반응을 구경하는 게 몇억 배는 즐겁거든.

아, 오늘도 밥이 참 맛있네!

"……어?"

도시락 뚜껑을 덮은 이리도가 갑자기 뭔가를 보고 자리에서 일어났다.

왜 저러지? 평소 같으면 이대로 독서 타임일 텐데…….

이리도가 향하는 교실 입구를 쳐다보았다. 그러자…….

"아니……?!"

훈훈한 마음이 급속도로 식더니 나는 무심코 엉덩이를 반쯤 자리에서 들었다.

문 뒤편에서 고개를 내밀어 교실 안을 살펴보고 있는 한 여자애가 눈에 들어왔다.

잘못 봤을 리가 없다. 저 쓸데없이 커다란 가슴은— 히가시라 이사나!

지난달부터 이리도에게 접근하고 있는 방해꾼…… 왜 여기 나타난 거지? 너는 방과 후에 도서실에서만 이리도를 만나는 게 아니었냐고!

미즈토×유메를 지지하는 나로서는 슬프기 그지없는 일이지만 이리도는 방과 후에 히가시라를 만나는 것이 이미 습관화된 것 같았다.

아무리 나라도 일상 습관을 방해할 수는 없고 이리도 본인이 화낼 것 같았기에 방과 후의 일은 눈감아주고 있다—방과 후의 교류 정도로 교실과 집에서 항상 같이 지내는 이리도 양에게 이길 수 있을 리 없거든.

그랬을 텐데— 점심시간에 무슨 일로 온 거지?

"히가시라, 무슨 일이야?"

이리도 양을 대할 때보다 부드러운 어조로 이리도가 히가시라에게 말을 건넸다. 그것은 연인이나 친구라기보다 여동생이나 친척을 대하는 목소리에 가깝게 느껴지는 건 내 바람인 걸까?

"어, 이리도의 여친인가?", "우와, 가슴 되게 커…….", "엥? 이리도 양과 같이 사는 거로 모자라 여친도 있는 거야?!", "흐음~ 꽤 어울리는 것 같지 않아?", "가슴 되게 크네."

시끄러워, 제삼자들아!! 여친 아냐!! 멋대로 지껄이지 말라고!!

당사자들은 교실 안에서 오가는 유언비어가 들리지 않는 것 같았다.

히가시라가 이리도의 얼굴을 힐끔 올려다보더니 치마 앞으로 모은 손을 비비며 말했다.

"아, 저기~…… 미즈토 씨가 풀이 죽어 있단 말을 들어서요."

"내가? 누구한테 들은 거야?"

"비밀로 해달라고 했어요."

"……네 교우관계가 있는 이들 중에서 그런 말을 할 사람은 한 명뿐이거든?"

그렇다. 맞는 말이다.

내 머릿속에 한 여자애의 모습이 떠올랐다.

"딱히 풀이 죽은 건 아니지만…… 뭐, 마침 점심을 다 먹었거든. 도서실이라도 갈까?"

"네!"

두 사람은 즐겁게 이야기를 나누며 도서실을 향해 걸어갔다.

나는 복도로 나가서 그 뒷모습을 멍하니 쳐다보았다.

맙소사……. 오늘 점심시간은 아까 전의 홍차 건으로 충분하거든? 이런 군더더기는 필요 없단 말이야!

갑자기 등골을 타고 소름이 돋는 느낌이 들었다.

그것에 이끌리듯 나는 등 뒤를 돌아보았다.

미나미 아카츠키가, 내 뒤편에 서 있었다.

마치 자기가 이겼다는 듯 입가를 씰룩거리면서…….

"인마……! 무슨 속셈이야……!"

인적 없는 건물 뒤편으로 미나미 아카츠키를 데려간 나는 체구가 작은 그녀를 건물 쪽으로 몰아넣으며 코앞에서 노려보았다.

평범한 여자애라면 두려움을 느끼겠지만 아카츠키는 미간을 찌푸리며 코웃음을 쳤다.

"입에서 구린내 나니까 좀 떨어져 줄래?"

"하아……!"

"우왓! 진짜 최악이야!"

입 냄새는 항상 신경 쓰고 있다. 그러니 구린내가 날 리가 없지만 아카츠키는 내 가슴을 밀어냈다. 물론 물러나지는 않았다.

"취지를 바꾼 거냐? 이리도와 결혼해서 이리도 양의 올케가 되려는 거 아니었어?"

"그 작전을 버린 건 아냐. 하지만 히가시라 양이 더 가능성이 있을 것 같거든? 이미 차였다고는 해도 고백을 하고서야 비로소 의식하게 되는 케이스도 있잖아? ……게다가 이미 너한테 들키기도 했으니 말이야."

"이 자식! 히가시라에 관한 일을 들켰다고 그냥 나를 괴롭히는 데 써먹는 거냐! 남을 장기 말처럼 이용하지 말라고!"

"타인을 인형처럼 보는 사람한테 그런 말 듣고 싶진 않거든~?"

아카츠키는 나를 조롱하듯 웃으며 차가운 눈길로 응시했다.

"정말 징그럽다니깐. 남을 쳐다보며 히죽히죽히죽히죽……. 남의 연애의 어떤 부분이 그렇게 재미있는 건데?"

"전부 재미있거든?"

"연애는 보는 게 아니라 하는 거야."

"다른 사람도 아니고 네가 그딴 소리를 하는 거냐."

"……하아. 일단 좀 떨어져. 히가시라 양을 도우러 가야 한단 말이야."

"그 말을 듣고 내가 떨어질 거라고 생각해?"

"그럼 어쩔 수 없네."

뭐가 말이야— 하고 묻기 전, 아카츠키는 헤어밴드를 풀어서 포니테일 스타일로 묶고 있던 머리카락을 늘어뜨렸다. 그리고 머리카락을 어깨 언저리에서 두 갈래로 땋아 머리 모양을 바꿨다. 그리고 치마 호주머니에서 꺼낸 안경을 쓰자 아까와 전혀 다른 분위기가 됐다. 도서 위원이 어울릴 것 같은…….

대체, 뭘— 불길한 예감이 든 그 순간 아카츠키의 입술이 히죽거렸다.

"—죄송해요!!"

꽤나 큰 목소리로 그렇게 외친 아카츠키가 힘차게 고개를 숙였다.

……죄송해요? 뭐가?

혼란에 빠진 내 귀에 불길한 목소리가 흘러들어왔다.

"아아~.", "틀렸나 보네~.", "저 애 누구야? 처음 봐."

고개를 든 내 눈에 창문을 통해 이쪽을 쳐다보고 있는 수많은 이들의 얼굴이 들어왔다.

나는 깨달았다.

함정이다— 이건 함정이다!

아카츠키는 재빨리 내 품속에서 빠져나오더니 서둘러 이 자리를 벗어났다.

그런 그녀의 오른손에는 스마트폰이 쥐어져 있었다.

이 청중은 저 여자가 모은 것이다. 기정사실을 만들기 위해!

저 여자— 나한테 고백 폭사남이란 오명을 씌웠어!!

이대로 쫓아가려고 하면 나는『자기를 찬 여자를 계속 쫓아다니는 위험한 녀석』이 되고 만다. 그렇게 되면 내 고교생활은 암흑으로 뒤덮인다. 은근슬쩍 이리도 남매에게 시추에이션을 제공하는 것도 어려워지며 두 사람에게 집적거리려고 하는 괘씸한 놈들을 사전에 처리할 수도 없게 된다!

어쩌지? 어쩌면 좋지? 이대로 보내줄 수밖에 없나?

뇌세포 안에서 시냅스가 마구 반응을 일으켰다. 뉴런 사이에서 무수한 전기 신호가 오가더니 나에게 하늘의 계시가 하나 내려졌다.

"이봐!"

나는 아카츠키를 불러세웠다. 건물 안에서 가시 돋친 시선이 날아왔지만 아카츠키를 돌아보게 했다.

……이 방법만큼은 가능하면 쓰고 싶지 않았다.

나도 멀쩡하게 끝나지 않는다. 아니, 대미지는 내가 더 심하게 받을지도 모른다.

하지만, 그래도……!

나는 호주머니에서 꺼낸 스마트폰을 아카츠키에게 보여주며 입술을 일그러뜨렸다.

"……그럼, 이건 지우는 편이 좋겠지?"

나는 손가락으로 재생 버튼을 터치했다.

그 직후— 스마트폰에서 목소리가 흘러나왔다.

『좋은 아침이야, 코~♥ 오늘도 학교 가야하잖아♥ 안 일어나면 확 장난칠 거다~?』

"우와아아!!!!!!"

스마트폰에서 흘러나온 초콜릿에 벌꿀을 떡칠한 것 같은 목소리를 아카츠키는 자신의 절규로 가리려 했다.

아까와 다른 술렁임이 건물 안에서 넘쳐흘러 나왔다.

우리의 관계를 의아해하고 있는 것이리라.

내가 고백을 하고 이 여자는 거절했다. 그 뿐인 관계라면 이런 보이스가— 사귀던 시절에 이 여자가 직접 만든 자명종 보이스가 내 스마트폰에 들어 있을 리가 없다!

『정말, 코~는 어리광쟁이♥ 그렇게 장난이 치고 싶은 거야? 어쩔 수 없네…… 쪽♥』

학교 건물 뒤편에서 울려 퍼지는 흑역사.

귀까지 새빨갛게 달아오른 아카츠키.

기이한 시선이 나에게서 아카츠키에게 이동하자, 이 땅딸보 여자애는 거친 발걸음으로 나에게 다가왔다.

나는 히죽 웃었다.

아카츠키는 확 째려봤다.

스마트폰을 들고 있는 손목을 잡힌 나는 연행되듯 그 자리를 벗어났다.

"말도 안 돼! 말도 안 돼! 말도 안 돼……! 아직도 그걸 안 지운 거야?!"

"혹시 이런 일이 있을까 해서 말이지!"

"죽어버려!!"

심플한 독설을 듣고 나는 오히려 의기양양한 표정을 지었다.

이곳은 1학년 교실이 없는 건물이다. 아까 소동은 이곳까지 전해지지 않은 건지 호기심 어린 눈길로 우리를 쳐다보는 사람은 없었다.

"그리 쉽게 나를 앞지를 수 있을 거라고 생각하지 마. 그 두 사람의 감질나는 관계를 지켜보기 위해서라면 얼마든지 내 살을 깎아낼 수 있다고."

"……커플충은 진짜 징그럽다니깐."

"연애 ROM 전문이라고 불러."

"애초에 살을 깎아낸 건 나뿐이거든?!"

"그렇지 않아~."

나는 반소매 아래로 드러난 팔을 아카츠키에게 내밀었다.

새빨간 두드러기가 내 팔을 뒤덮고 있었다.

"……그건……."

"네 어리광 보이스를 들었으니 이렇게 되는 게 당연하잖아~. 실은 금방이라도 토할 것 같아."

"윽, 안색도 나쁘네!"

"우읍……!"

"으앗~ 스톱! 스톱!! 삼켜!"

아카츠키는 조그마한 손으로 내 입을 막았다. 차가운 손바닥의 감촉이 입술에서 느껴지면서 더 구역질이 났지만 어찌어찌 삼켰다. 세이프.

"하아……."

아카츠키는 체념한 것처럼 한숨을 내쉬더니 내 옆으로 이동했다.

"진짜…… 어쩔 수 없네……. 자, 내 어깨를 잡아. 양호실까지 부축해 줄게."

"우으으으으으읍."

"구토하려고 하지 마! 연애 감정 제로란 말이야!"

"오~ 그렇구나…… 그럼 고마워……."

"정말…… 병약이 어울리는 캐릭터도 아니면서……."

"인마, 누구 탓에 이렇게 된 건지 알긴 하냐."

"아, 네~. 잘못했습니다~."

나보다 30센티미터 정도 키가 작은 아카츠키는 지팡이 대용으로 쓰기에 나쁘지 않았다. 가녀린 어깨를 잡자, 아카츠키는 내 허리에 팔을 둘렀다. 우리는 그대로 양호실을 향해 걸음을 옮겼다.

두드러기가 가라앉을 기색은 아직 없다.

"……너 말이야……."

"왜? 구토물 냄새 나니까 지껄이지 마."

"확 네 머리에 토해버린다…… 인마. 너, 이리도와 히가시라를 이어준 다음에는 어쩔 건데?"

"……어쩌냐니?"

"아무리 너라도 이리도 양 본인과 결혼할 생각은 아닐 거 아냐. 이리도 양을 완전히 프리하게 만들어도 너 자신은 행복해질 수 없어."

아카츠키는 빈정거리듯 웃더니 나를 흘겨봤다.

"뭐야? 걱정해 주는 거야?"

"아니거든? 아무 데서나 확 뒈져버려. ……하지만 말이지."

나는 말을 골랐다. 자기 감정을 정확히 오해하는 일 없게 전하려 했다.

"이리도를 농락하는 건 무리 같고 히가시라와 이어줘봤자 너한테는 득 될 게 없어. ……그렇다면 네가 하는 짓은 완전히 무의미한 거잖아…… 란 생각이 들었거든."

걱정하는 게 아니다.

동정하는 것도 아니다.

그저…… 뭐랄까. 입맛이 씁쓸하다…… 고나 할까.

원인을 만든 게 이 녀석일지라도 그런 결말을 선택한 사람은 나다. ……다소는 책임을 느끼고 있는 걸까…….

"……말주변 없으면서 어려운 이야기 하려고 안 해도 돼."

"아앙? 내가 왜 말주변이 없다는 거야?"

"나는 그냥 혀가 잘 돌아갈 뿐이야. ……그건, 나도 마찬가지네."

나는 무심코 입을 다물었다.

……혀가 잘 돌아갈 뿐. 실속 없이, 허무하게.

때로는 괜찮은 말을 늘어놓기도 하는걸.

"저기."

"……응?"

"두드러기, 이미 가라앉았어."

아카츠키가 가리킨 팔을 보니 어느새 붉은 두드러기가 완전히 사라졌다. 그러고 보니 구역질도 잦아들었다.

"오오…… 아무래도 상관없는 이야기를 나누다 보니 좋아졌나 보네. 그만 떨어져."

"그게 부축해 준 사람한테 할 소리야?"

"아무튼 마음대로 하라고 패배 히로인. 어차피 이리도는 너한테 안 넘어갈 테고 히가시라도 네 뜻대로 되지 않을 거야~."

"누가 누구한테 패배했다는 거야!!"

아카츠키의 보디블로를 아슬아슬하게 피하면서 겸사겸사 몸을 뗐다.

아카츠키는 퉁명한 표정을 지으며 나를 쳐다보았다. 왜 삐친 표정으로 쳐다보는 거야. 그런 표정 지어봤자 이제는 귀여워 보이지 않는다고~.

바로 그때, 아카츠키의 조그마한 몸이 내 품속으로 뛰어들었다.

"……코~."

그것은, 나를 소꿉친구로서 부를 때의 호칭이다.

30센티미터나 키가 작은 이 녀석의 머리가, 나에게 다가왔다. 한껏 발돋움을 하며 최대한 입술을 내민 아카츠키가—작은 목소리로 속삭였다.

"(만약 진짜로 진다면— 나를, 행복하게 해 줄래?)"

두근, 하며 심장 박동이 흐트러졌다.

그건. 대체. 무슨—.

의문을 입에 담기도 전에 온몸이 오한에 휩싸였다.

"우웨에에에에에에에에에에에엑!!"

"뭐, 그런 줄 알아."

치밀어 오르는 구역질을 필사적으로 참는 나를 내버려둔 채 아카츠키는 저벅저벅 걸음을 옮겼다.

입을 막은 채 고개를 들자 멀어져가는 조그마한 그 등에서는 한때 소꿉친구였던 나만이 알 수 있는 감정이 어려 있었다.

—저 녀석, 화났네.

아무래도 나는 어느새 역린을 건드리고 만 것 같았다.

……뭐, 이제 와서는 아무래도 상관없지만 말이야.

◆

5교시를 양호실에서 허무하게 보낸 나는 6교시가 되어서야 겨우 교실로 돌아왔다.

나는 교실에 돌아오자마자 『해도 되는 짓과 안 되는 짓이 있어』란 의미의 시선을 클래스메이트 중에서도 눈에 띄게 쪼끄마한 여자에게 보냈다. 하지만 상대는 눈길 한 번 주지 않으며 그대로 무시했다.

그리고 방과 후가 되자 이리도는 가방을 들고 자리에서 일어났다.

오늘도 도서실에 가서 히가시라 이사나와 만나려는 것이다. 정말 인정하고 싶지 않지만 그걸 가지고 불평을 했다간 이리도가 발끈하기 때문에 어찌할 수가 없다.

하아…… 오늘은 이리 치이고 저리 치이네.

한숨을 삼키기— 바로 직전이었다.

자리에서 일어난 미즈토가 이리도 양의 옆을 지나치던 순간 작게 뭐라고 중얼거렸다.

내용은 들리지 않았다.

내 귀가 겨우 포착한 것은…… 이어서 들려온, 이리도 양의 대꾸였다.

"……처음부터 그렇게 말하면 됐잖아."

—앗!!!!!!

반쯤 뗐던 엉덩이를 다시 의자에 올려놨다.

그리고 그대로 책상에 엎드렸다.

노도처럼 몸속에서 휘몰아치는 감정을 정리하느라 버거웠다.

사과했구나!! 깜빡했을 때에!! 너 인마!! 나이스!!!!

"……진짜 징그러워."

찬물을 끼얹는 것 같은 차가운 목소리가 들려오자 나는 고개를 들었다.

미나미 아카츠키가 차가운 시선을 옆에서 보내오고 있었다.

아앙? 방해하지 말라고~! 지금은 너 따위와 얽히고 싶지 않단 말이다~!!

그렇게 말해주고 싶었지만 그 전에 아카츠키가 고개를 휙 돌리면서 손가락으로 자기 포니테일의 끝을 만졌다.

"하지만…… 뭐랄까, 5교시 수업을 빼먹게 만들고 그냥 모른 체 하면 꿈자리가 뒤숭숭할 것 같으니까……."
손에 쥔 포니테일을 자기 입가로 가져갔다.
"(……아까는 좀, 심했던 것…… 같아.)"
입술 움직임마저 남들에게 숨기며 나에게만 들리도록 말한 속삭임.
평소 그렇게 잘 놀리던 혀가 갑자기 움직임을 멈췄다.
그 사이, 아카츠키는 가버렸다.
나는 그저 개가 자기 꼬리를 쫓듯 본능적으로 그녀의 등을 쳐다볼 뿐이었다.
—우리는 이제 화해하거나 할 사이가 아니다.
왜냐하면 우리는 상대방의 푸딩을 멋대로 먹어도 싸우지 않고 아마 이제는 잘못했다고 생각하지도 않을 것이다— 그것이 우리에게는 당연한 일이 됐다. 이리도 남매는 아직 가지고 있지만 우리는 이미 그것을 잃어버렸다.
아아, 그래.
역시, 무의미하지는 않았던 건가.
설령, 최종적으로 행복해지지는 못했더라도…… 무의미하지는 않았다.
왜냐하면—.
"……사과할 사람은 나라고, 멍청아."
—서로가, 반성이라는 것을 할 수 있게 됐으니 말이다.

전 소꿉친구는 쓸쓸하다

"……이제 와선, 너 따위는 필요 없거든?"

아무리 돌이켜봐도 소름이 돋는 사실이지만, 중학교 3학년 때의 나에게는 한때 소위 남친이라 부르는 존재가 있었다.

상대는 철이 들었을 때부터 알고 지낸 소꿉친구— 남매나 다름없는 함께 있는 게 당연한 녀석이었다.

저기, 오빠를 사랑한 적 있어? 동생을 좋아해 본 적은?

세상을 뒤져보면 그런 사람도 있겠지만 굳이 따지자면 드물게 만나는 친척이 첫사랑인 사람이 훨씬 많을 것이다— 그렇다. 사람은 항상 같이 있는 인간보다 때때로 만나는 누군가를 사랑하게 되는 경우가 훨씬 많다.

그래서 나한테도 그 녀석은 연애 대상 같은 게 아니었다.

—그때까지는 말이다.

열쇠 아이, 라는 말이 옛날에는 있었다고 한다.

자기 집 열쇠를 가지고 다니는 학교에 다녀왔을 때 집에 아무도 없는 아이를 말한다.

어린애가 집 열쇠를 가지고 있는 건 당연한 일이며 집에 아무도 없는 것도 당연한 일이다. 하지만 옛날에는 일부러 그렇게 부를 만큼 소수파였던 것 같다.

당시에 초등학생이던 나는 평소처럼 열쇠로 문을 열고 자택 현관 안으로 들어갔다.

『다녀왔습니다』를 말하지는 않았다.

그 말을 들어줄 상대가 없으니 당연했다.

『잘 가』라는 말조차 이날은 하지 않았다.

말할 상대가 없으니 그것도 당연했다.

자백을 하자면 나는 의존심이 강한 타입이다.

한번 남과 친해지면 한사코 들러붙으려 하고 한사코 떨어지지 않으려 한다. 조금만 거리가 벌어져도 불안을 느끼며 성가시게 느껴질 만큼 귀찮게 군다. 얼마 전에 유메한테 했던 것처럼 말이다.

이 시기에는 그걸 자각하지 못해서 억누르지 못했고…… 그래서 다들 나를 멀리하는 바람에 함께 하교할 친구도 없었다.

가방을 거실 소파에 내려놓고 식탁을 보니 『저녁은 냉장고 안에 있어요』라는 종이가 있었다. 그래서 냉장고를 열어보니 산더미 같은 냉동식품이 나를 맞이했다. 평소와 마찬가지로 마음대로 골라 먹으면 된다.

이 생활을 슬프게 느끼지는 않았다.

이미 익숙해졌고 이게 당연하다 느꼈다.

하지만…… 때때로.

—오늘은…… 뭘, 먹을까~.

그 혼잣말에 누구도 대답해 주지 않는다는 사실에…… 왠지 울고 싶어질 때가 있을 뿐이다.

나는 소파에 털썩 앉은 후, 거실 테이블에 놓인 태블릿 PC로 동영상 사이트에 접속했다. 선호하는 투고자의 신작 영상을 보면서 다리를 흔들며 깔깔 웃었다.

이것이 내 평소의 방과 후였다.

—……합니다.

—실례합니다~!

바로 그때, 옆집에서 시끄러운 소리가 들려왔다.

코~의 집이다.

코~는 인기가 많아서 친구가 잔뜩 있으니까 자주 집에 친구를 데려온다. 부모님이 좀처럼 집에 없고 Wi-Fi가 되며 게임기도 잔뜩 있는 코~의 집은 남자들에게 딱 좋은 놀이터였다.

딱히 이 시기에 나와 그 녀석이 소원한 사이였던 건 아니다. 이 시절에도 저녁을 같이 먹을 때가 있었고…… 그저, 그 녀석은 타고난 인싸라 친구가 넘쳐나기 때문에 나와 같이 있는 시간이 줄었을 뿐이다.

나는 그저, 어쩔 수 없다고 생각했다.

왜냐하면 새로운 친구와 노는 그 녀석은 즐거워 보였고 다른 친구처럼 코~한테까지 성가신 애라 여겨지고 싶지 않았다.

코~처럼 많은 친구를 집에 부르면 즐거울까?

나는 한번 상상해봤다. 나는 눈치가 없어서 분위기를 망치니까 어쩌면 혼자인 편이 즐거울지도 모른다. 이렇게 스트리머가 고양이와 노는 걸 몇 번이나 보더라도 혼자라면 아무도 이상하게 여기지 않을 테니까—.

—카와나미는 미나미와 사귀는 거야~?

갑작스러운 일이었다.

놀리는 것 같은 큰 목소리가 벽 너머에서 들려오자 심장이 화들짝 놀랐다.

그런 시기였으리라.

지식을 얻고 발랑 까지기 시작하면서 남자와 여자가 같이 있기만 해도 놀림의 대상으로 삼는 시기에 접어든 것이다.

하지만 코~가 나와 예전처럼 계속 지내니 그런 질문을 받는 것도 필연적이었다. 어쩌면 내가 들은 게 처음일 뿐, 코~는 몇 번이나 이런 질문을 받았을지도 모른다.

뭐라고 대답할지, 나는 신경 쓰였다.

나는 딱히 코~의 여친이 아니다. 농담으로라도 그렇게 여겨지면 곤란하다. 왜냐하면 코~는 인기가 많으니까, 나는 우쭐거린다면서 괴롭힘을 당할지도…….

지금 생각해보면 참 생각이 짧았다.

자기 생각만 했다. 자기 사정만 신경 썼다.

코~는— 그렇게 진지하게 나를 생각해 주고 있었는데…….

—뭐~? 그런 게 아니랬잖아.

—여친 같은 것보다 그 녀석이 훨씬 재미있다고~.

그 말을 들은 순간, 온몸이 딱딱하게 굳었다.

아무 생각도 못하게 된 채, 심장 뛰는 소리만이 귓속을 가득 채웠다.

—그럼 사랑하는 거 아냐~?

—아니랬잖아! 그딴 걸로 넘겨짚지 마!

그런 목소리가 내 몸을 꿰뚫고 지나갔다.

동영상은 어느새 전혀 모르는 것으로 바뀌어 있었다.

태블릿 PC가 바닥에 떨어졌다.

나는 그것을 줍지도 않으며 그대로 방에 들어간 후—.

침대에 털썩 쓰러졌다.

—으으~~~~~!!!!

베개를 꼭 끌어안은 채, 발을 버둥거렸다.

달리기를 한 것처럼 뜨거워진 얼굴을 여전히 두근거리고 있는 가슴을 온몸을 휘감고 있는 열기를 어떻게 가라앉히면 될지 알 수가 없었다.

놀림을 받는 게 당연했다. 성가신 게 당연했다. 거짓말로 얼버무리더라도 불평 한마디 할 수 없다.

하지만, 코~는 내가 낫다고 말해줬다.

무심코 입에서 나온 말일지도 모른다. 그저 반사적으로 입을 잘못 놀렸을 뿐일지도 모른다. 곰곰이 생각해 보니 무슨 의미인지도 알 수 없었다. 여친보다 재미있다는 게 대체 무슨 소리야?

……하지만. 하지만. 그래도.

당시의 나는, 어찌할 수가 없을 만큼 **이상해질 만큼** 기뻐고 기뻐서…….

아아…… 그렇다.

아마 이 때, 내 안의 중요한 부품이 망가진 것이다.

—아, 그래도 문제네. 문제야.

—이래선, 코~한테 여친이 안 생길 거야.

—나 때문에 말이야. 불쌍하네…….

—……아, 그래.

—만약 코~가 여친을 원한다면…….

—그때는, 내가 되어줄 수밖에 없겠어.

이리하여 지옥의 씨앗이 싹트고 말았다.

◆

"으아아아아아아아~~~~~~~~~~~."

여름방학이 시작됐다.

그래서 나는 내 방 침대에서 베개를 끌어안은 채 데굴데굴했다.

"유메에에에에에에에~~~~~~~~~."

나는 아무 걱정도 하지 않았다.

학교에 안 가게 되더라도 같이 놀자는 약속을 잡으면 유메와 언제든 만날 수 있다— 그렇게 넘겨짚고 있었다.

하지만 유메는 내가 생각한 것보다 훨씬 성실한 애였다.

숙제를 일찌감치 다 할 거라면서 7월에는 같이 놀 수 없다고 한 것이다.

그런 면도 좋아하지만 결과적으로 나는 피가 마르는 상태가 됐다. 유메 결핍증에 빠진 것이다.

이럴 때는 유메와 한 지붕 아래에서 사는 이리도가 샘난다. 아니, 났다. 그래서 오늘도 LINE으로 괴롭혀 주기로 했다. 에잇에잇. 읽음 표시도 안 뜨지만 나는 안 져~.

그렇게 오전을 보냈지만, 점심이 되자 딩동~ 하고 인터폰이 울렸다.

맨션 홀과 연결된 게 아니다. 문 앞에 있는 인터폰이다. 이 맨션은 오토 록이니까 같은 층에 사는 이웃이 찾아왔을 것이다. 솔직히 말해 엄청 귀찮지만 일단 이 집을 보고 있는 사람으로서 그냥 확 무시해버릴 수도 없다.

"네, 가요~."

나는 아무렇게나 벗어둔 옷을 넘어서 현관으로 이동한 후 문밖에 누가 있는지 살피지도 않고 그냥 열었다.

문밖에는 이웃이 있었다.

그것도 가장 낯익은, 그리고 가장 보고 싶지 않은 이웃이다.

"여어."

그렇게 말하며 손을 들어 보인 이는 옆집에 사는 동갑내기 남자애다.

바로 카와나미 코구레다.

"…………."

나는 아무 말 없이 문을 닫으려 했다.

"어이쿠. 그렇겐 안 되지."

하지만 카와나미는 외판원처럼 문틈에 발을 밀어 넣었다.

나는 녀석의 기분 나쁘게 히죽대는 얼굴을 시체 같은 눈빛으로 올려다보았다.

"……무슨 일이야. 여자 집에 멋대로 들어오지 말아 줄래? 확 경찰 부른다?"

"나도 오고 싶어서 온 게 아니라고~. 아줌마의 부탁으로 찾아온 거야. 한동안 집에 돌아가지 않았으니 어쩌고 있는지 봐달라고 했어. 너, 집안일을 잘하지만 도통 안 하니까. 방학 때면 생활이 엉망이잖아."

"……딱히 엉망은 아니거든?"

"그 꼬락서니로 그런 소리 해봤자 설득력 없어. 머리는 퍼석퍼석하고 셔츠는 다 구겨진데다 유심히 보니 브래지어도 안 했네~. 아, 마지막 그건 딱히 필요 없나~."

"꺄아~!! 누가 좀 도와—."

"시끄러워~ 이웃한테 민폐 끼치지 마! 그리고 이웃들한테는 네 거짓말이 훤히 들통났다고!!"

"우으으으읍!"

카와나미는 내 입을 손으로 막더니 그대로 현관 안으로 들어왔다. 완전 범죄자네. 일단 사타구니를 걷어차야지.

퍼억! 딱딱한 감촉이 발에서 느껴졌다.

"미안하지만 이미 손을 써뒀지."

"으그그극……!"

같은 수는 몇 번이나 통하지 않는다는 건가. 건방져~.

문밖으로 밀어내는 것도 귀찮기에 나는 현관에서 거실로 향했다.

"어떻게 지내는지 보러 온 거지? 자, 보고 싶으면 멋대로 살펴봐."

"그렇게 하겠어. ……우왓."

내 뒤를 이어 거실에 들어온 순간, 카와나미는 고양이 사체를 발견한 것 같은 반응을 보였다.

"완전 엉망진창이네. 컵라면 용기 정도는 버려."

"시끄러워……."

나는 바닥에 굴러다니는 과자 상자를 발로 걷어차며 소파에 벌러덩 드러누웠다.

옛날에는 내가 돌봐줬는데 말이야. 진짜 기어오르네…….

뭐…… 이용할 수 있는 건 이용하도록 할까. 지금은 청소할 기력도 없잖아. 카와나미는 쓰레기봉투를 가지고 오더니 바닥에 있는 쓰레기를 집어넣었다. 이 남자, 쓰레기봉투가 어디 있는지 알려주지 않아도 이미 알고 있었다.

내가 소파에 벌러덩 드러누워서 맨발을 흔들며 스마트폰을 만지작거리자 카와나미는 어이없다는 표정으로 나를 쳐다보았다.

"인마, 남의 시선 좀 신경 써."

나는 현재 오버사이즈의 셔츠 한 장만 입고 있었다. 그렇다. 셔츠 한 장만 말이다. 그 안에는 팬티만 입은 상태다. 헐렁헐렁한 셔츠를 원피스처럼 걸치고 있으니 방 안에서는 그걸로 충분했다. 편하거든. 시원하거든. 이 녀석 상태로 옷차림을 신경 쓸 필요도 없거든.

하지만 카와나미 코구레 군은 셔츠 아래로 뻗은 허벅지와 보일락 말락 하는 옷자락 안의 내용물이 신경 쓰이는 것 같았다. 아하~?

"미안하네~. 내 예쁜 다리를 보고 발정 난 거야? 힘들면 빨리 돌아가서 한 발 빼도 돼."

"흥, 그래. 오늘은 글래머가 땡기는걸."

"죽고 싶냐!!"

쿠션을 던졌다. 카와나미는 간단히 받아내서 소파 위에 던져둔 후, 내가 벗어둔 옷을 줍기 시작했다.

"으윽. 거실에 팬티 벗어두지 말라고~."

"훔치지 마. 지금 팬티가 부족하단 말이야."

"살쪘냐?"

"세탁 안 해서 부족한 거야!"

"어느 쪽이든 간에 칭찬받을 일은 아니네~."

스마트폰을 가지고 노는 데도 질린 나는 옆으로 돌아누우면서 집을 치우고 있는 카와나미를 쳐다봤다.

"너 말이야~."

"응?"

"자기 자신한테는 무심하면서 남한테는 엄청나게 참견하네."

"사돈 남 말 하네. 이 무심을 구현한 방이 안 보이는 거냐?"

"이리도한테도 그러잖아."

"그러는 너도 히가시라한테 그러지 않아? 들었다고. 네가 이것저것 가르쳐줬다면서~?"

"……역시 같은 환경에서 자란 바람에 성격도 비슷해진 걸까?"

"뭐? 너와 내가?"

카와나미는 코웃음을 쳤다.

"비아냥 삼아서 한 말이라면 대성공이네."

……뭐, 사실 나와 이 녀석은 그다지 닮지 않았다. 남매처럼 자란 것치고는 아이러니할 정도로 말이다. 나는 타고난 아싸이고 이 녀석은 타고난 인싸다.

"하아~ 열받네."

"투덜거리지 말라고~. 조금은 봐줄 만해지면 나갈 거야. 오늘은 볼일이 있거든."

"어~? 뭐야. 여친이라도 생겼어?"

나는 훗 하고 웃었다.

이 녀석이 여친을 못 만드는 체질로 만든 건…… 다름 아닌 바로 나다.

"낮에 손님이 오기로 했어. 뭐, 소란은 안 피울 테니까 안심해. 손님 성격을 생각하면 그럴 일 없겠지만 말이야."

"흐음~. 얌전한 애인가 보네."

"그래. 너도 알고 있는 사람이지."

카와나미는 의미심장하게 입술을 일그러뜨리더니 이렇게 말했다.

"이리도 미즈토 군이야."

나도 카와나미의 집에 가겠다고 말했지만 거부당했다.

정말 재미없다. 내가 눈앞에서 이리도를 덮치면 이 녀석이 어떤 표정을 지을지 보고 싶은데 말이다. 뭐, 이리도는 낯빛 하나 바꾸지 않으며 나를 밀어내겠지만 말이다. 너무 밋밋해서 눈물이 다 날 것 같다. 거짓말이지만 말이다.

역시 히가시라 양을 밀어주는 편이 좋을까. 그래서 유메가 완전히 자유로워진다면 나는 어떻게 하지. 아~ 유메와 같이 자고 싶어…….

그런 생각이나 하고 있을 때, 집 앞 복도에서 목소리가 들려왔다.

아무래도 이리도가 온 것 같았다.

목소리의 주인공은 옆집으로 이동했지만 벽 때문에 잘 들리지 않았다. 뭐, 옛날에 비해 방음 면에서 조금은 좋아졌으니 말이야.

이리도가 놀러 오다니 신기한 일도 다 있다. 목적이 신경 쓰이지만 그 녀석은 가르쳐주지 않았다. 나 같으면 유메가 있는 집을 나와서 저딴 녀석의 집에 절대 가지 않을 것이다. 분명 목적이 있는 게 틀림없다.

"———, ——."

"——, ———."

귀를 쫑긋 세워봤지만 목소리는 어렴풋이 들릴 뿐이었다. 무슨 이야기를 나누는 걸까? 어중간하게 목소리만 들리니 더 신경이 쓰였다.

"……으음, 분명히……."

나는 몸을 일으킨 후, 내 방의 벽장을 뒤졌다. 여기는 쓰지 않는 물건을 처박아두는 잡동사니 창고지만 그것은 분명 여기에—.

"아, 찾았다."

창고 밑바닥에서 꺼낸 것은 상자 모양 기계에 이어폰과 청진기 같은 부품이 붙어 있는 물건이었다.

콘크리트 마이크다.

벽에 가해진 진동을 읽어 벽 너머의 소리를 정밀하게 캐치하는 장치다. 중학생 때, 용돈으로 산 싸구려다.

나는 가볍게 먼지를 턴 후, 그것을 거실 벽 쪽으로 가져가서 본체 스위치를 켰다. 장치가 제대로 작동하자 나는 귀에 이어폰을 꽂은 후에 청진기 같은 형태의 마이크를 벽에 댔다.

『—정말 복에 겨운 이야기야. 우리 학교의 모든 남학생이 부러워할 처지잖아.』

『남의 떡이 더 커 보인다잖아. 나는 네 떡이 더 커 보여. 느긋해 보이는 게 참 부럽네.』

목소리가 또렷하게 들렸다.

……그런데, 무슨 이야기를 나누는 거지?

『하하. 그래. 사람은 남의 부러운 부분만 보인다는 거구나. 나는 바꿀 수만 있다면 바꾸고 싶다고.』

『……뭐, 나는 그럴 생각은 안 드네.』

『…………………….』

『이봐, 기분 나쁘니까 히죽거리지 마. 그런 의미가 아니라고. 비아냥녀와 한 지붕 아래에서 사는 고통을 남에게 떠넘기면 마음에 걸릴 것 같아서야.』

『알아, 안다고.』

『알긴 뭘 알아…….』

으음~.

혹시, 이리도는 집에 있기 싫어서 카와나미의 집에 온 걸까?

여름방학이라 온종일 유메와 얼굴을 맞대게 되니 심적으로 힘들어서 피난 왔다……?

복에 겨웠네! 그렇게 싫으면 나와 바꿔!

그렇게 말한다면 인상 쓸 게 뻔하지만 말이야! 나도 알아! 으으, 성가셔!

『그럼 슬슬 대실 비용을 받도록 할까~.』

카와나미의 목소리가 커졌다. 마이크 너머로 듣고 있는 나한테도 또렷하게 들릴 정도다.

『표현이 기분 나빠. ……뭐, 계약은 계약이니 어쩔 수 없나.』

『여름방학이잖아. 에피소드가 꽤나 쌓였겠는걸~!』

『딱히 없거든? 되게 징그럽네. 그리고 동거를 시작하고 넉 달이 지났다고. 웬만해선 해프닝 같은 건 안 일어나.』

『해프닝이 아니라도 돼. 내가 원하는 건 흔하디흔한 일상 에피소드거든. 예를 들자면…… 점심은 어떻게 해? 학교라면 도시락을 먹을 거 아냐.』

『아, 그래. 점심 관련으로 하나 있네. 일전에 그 여자가 어리석게도 점심을 만들려고 한 적이 있어.』

유메의 수제 요리?!

『그 녀석 손가락이 볶음밥 재료가 될 것 같아서 결국 칼질은 내가 담당했지.』

게다가…… 어? 잠깐만 있어 봐. 그럼…….

『혹시…… 이리도…… 부엌에 단둘이 서서, 요리를 했다는 거야……?』

『응? 뭐, 맞아.』

드드드드득!!!

손톱으로 힘껏 벽을 긁었다. 그 소리가 콘크리트 마이크를 통해 들려오자 의도치 않게 자해를 한 격이 됐다.

『차…… 참고로, 맛은 어땠어?』

『별로였어. 당연하잖아? 살짝 타서 쓴맛이 났다니깐.』

이 복에 겨운 노오오오오오오오오오옴!!

그런 소리를 할 거면 나한테나—.

『……그래도, 전에 먹었을 때보다는 꽤 나아졌어.』

어딘가 퉁명하면서 분한 감정이 묻어나는 목소리였다.

듣자마자 눈치챘다.

—실은, 꽤 맛있었던 거잖아!!

『이리도…… 일단 물어보는 건데 말이야.』

『응?』

『방금 말한……「전보다는 나아졌다」는 말, 이리도 양한테도 해줬지?』

『뭐? 내가 왜? 그 말 듣고 기어오르면 곤란하다고.』

『"말해."』

벽 너머의 목소리와 내 목소리가 포개졌다. 도저히 참을 수가 없었다.

이리도의 호감도가 내려가는 건 대환영이지만 유메가 불

쌍하단 말이야!

『……응? 방금 어딘가에서 목소리가…….』

『으, 음~ 옆집에서 튼 동영상 소리가 들린 거 아닐까? 그것보다 다른 건 없어? 다른 건!』

『다른 거라면…… 7월에 접어들고 그 녀석 방의 에어컨이 고장 난 적이 있거든. 수리될 때까지 그 녀석은 거실로 피난했는데 내가 지나가다 보니 소파에서 졸고 있어서—.』

이리도가 별것 아니라는 듯 들려주는 에피소드 하나하나에 나는 이를 갈아댔다.

이리도가 아니라 내가 당사자라면 얼마나 좋을까! 만약 내가 그런 상황에 부닥친다면 한 달은 방긋방긋 웃으며 살 수 있을 거야!

피눈물이 날 것만 같았지만 유메 결핍증인 상태인 나는 이 귀중한 집에서의 유메 에피소드를 놓칠 수 없었다.

질투심에 가슴이 터질 것 같고 두근거림에 가슴이 뛰면서 쉴 새 없이 변하는 마음에 취할 것만 같았다.

『좋아~ 바로 그거야! 다른 건? 다른 건!』

『……피곤해. 나 혼자만 계속 떠들고 있잖아. 때로는 카와나미, 네 이야기도 해봐.』

『응?』

『옆집에 미나미 양이 살지? 그럴듯한 에피소드가 한두 개쯤은 있을 거 아냐. 흥미는 없지만, 그녀가 무슨 짓을 할지 잘 모르겠거든. 조금은 행동 패턴을 파악해두고 싶어.』

뭐…… 혹시 아까 전의 유메 에피소드처럼 내 이야기를 하라는 소리일까?

질투와 행복 사이에 끼어 있던 내 마음이 급속도로 냉각됐다.

『이리도 양을 위해서야? 진짜 과보호하네, 의붓오빠.』

『그런 말로 얼버무리려 해봤자 소용없어.』

『……아…….』

아…… 안 돼~! 거절해! 말하면 어떻게 될지 알고 있지?!

『뭐, 있긴 해. ……미리 말해두겠는데 이리도 양의 에피소드처럼 훈훈한 건 아냐. 그 녀석은 장난 아니거든. 솔직히 말해 법에 저촉될 만한 것도 있다고.』

『알아. 그래서 묻는 거야. 네가 이야기하지 않는다면 나도 이야기 안 해—「대실 비용」은 아까 이야기로 충분하잖아?』

『……하아, 너는 진짜 손해 볼 줄 모르는 녀석이라니깐.』

벽을 때릴까도 했지만 그랬다간 이야기를 엿듣고 있다는 사실을 들키고 만다. 지금 이 순간이 에피소드가 되고 만다. 그렇다고 이제 와서 모르는 척을 할 수도 없고…… 으으으윽!

『그래……. 그건, 초등학생 때의 일일 거야.』

내가 이러지도 저러지도 못하는 사이, 카와나미가 이야기를 시작했다.

『우리 둘은 한 자리에서 부모님에게 스마트폰을 선물 받았어.』

『초등학생 때? 빠르네.』

『부모님이 집을 비울 때가 잦거든. 항상 연락을 취할 수 있게 해두고 싶었던 걸 거야. 그리고 스마트폰을 같이 받은 김에, 그 녀석과 전화번호와 LINE ID 같은 걸 교환했어.』

『그랬구나.』

『그랬더니, 그날부터 폭격이 시작됐어.』

『그럴 거야. 요즘 나도 당하고 있어. 읽지는 않지만 말이야.』

아…… 그건 처음으로 스마트폰이 생긴 게 기뻐서 그랬을 뿐이다. 딱히 매일 이 녀석과 수다를 떨고 싶었던 건 아니고 전화기 너머로 들리는 이 녀석의 목소리에 빠진 것도 아니다. 새 장난감이 생겨서 좀 들떴을 뿐이다.

『나도 스마트폰을 가지고 노는 게 즐거웠거든. 그래서 처음에는 어울려줬지만…… 점점 귀찮아지더라고. 좀 자제해 달라고 직접 말했어. 그랬더니 LINE 폭격과 통화 폭격은 잦아들었는데…… 문제는 그때부터 시작됐어.』

『이미 지뢰가 폭발한 상태인데, 폭발할 게 더 남아있는 거야?』

『그래. 어느 날, 부모님이 늦게 돌아오시는 날이라서 그 녀석과 같이 밥을 먹으려고 전화를 했어. 그랬더니— 무슨 일이 일어났을 것 같아?』

잠깐…… 그걸 이야기하려는 거야?!

『응? 전화를 안 받은 거야?』

『뭐, 안 받기는 했어. 왜냐하면— 그 녀석의 스마트폰이 내 베개 밑에 있었거든.』

『…………뭐?』

이리도의 영문을 모르겠다는 목소리가 내 귀를 찔렀다.

『착신 진동이 베개 밑에서 들려왔어. 어느새, 거기에 두고 간 거지.』

『깜빡……한 건 아니겠지?』

『당시의 나는 그렇게 생각해서 돌려주러 갔어. 어린애니까 말이야— 설마 자기가 소꿉친구에게 도청을 당했을 거라고는 생각도 못했거든.』

『…………』

벼…… 변명…… 변명하게 해줘…….

그건, 우발적으로 한 거랄까…… 가능하겠다 싶으니 관둘 수가 없었다고나 할까…… 목소리를 녹음해두면 통화 안 해도 되니까…….

으으으으! 나, 그때 이후로 전혀 성장하지 않았어! 유메네 집에 몰래 들어갔을 때와 사고회로가 똑같네!

『결국, 당시에는 눈치채지 못했어. 하지만 중학생 때도 비슷한 일이 일어나서야 「그게 이런 의미였구나」 하고 생각한 거야. 그 후로 우리 집에는 도청기 발견용 전파 탐지기가 상비됐어. 지금도 정기적으로 검사하는 습관이 있지.』

『……뭐랄까…….』

이리도는 말을 골랐다. 쟤가 저러니 더 괴롭다.

『너…… 그런 녀석이 옆집에 사는데 용케도 멀쩡하네…….』

『지옥의 밑바닥을 경험했거든. 그것에 비하면 지금 상황은 얕은 여울 찰랑찰랑이라고.』

『참고로, 오늘은 괜찮은 거야?』

『당연하지. 고등학교에 들어간 후로는 쭉 괜찮아. 뭐, 전파탐지기로도 발견 못 하는 도청기도 있어. 예를 들자면—.』

카와나미는 말을 멈추며 잠시 뜸을 들였다.

『—콘크리트 마이크라던가?』

심장이 덜컥 내려앉았다.

……혹시, 들킨 걸까? 알면서 들려주는 걸까?

설마, 이리도가 온다는 사실을 일부러 알려준 것도…… 어쩌면 전부 나를 골려주려고 그런 거야?!

다, 당했어……! 왜 이렇게 성가신 짓을 하는 거야?! 그렇게 내가 싫어?! 아니…… 싫긴 할 거야. 나도 알아. 그럼 무시하면 되잖아. 내 쪽에서라면 몰라도 왜 네 쪽에서…….

일단 눈치를 챘으니 더는 저 녀석의 꿍꿍이에 놀아날 필요는 없다.

마이크를 벽에서 떼기 직전이었다.

『……하지만 말이야.』

약간 부드러운 목소리를 마이크가 포착했다.

『그렇게 경계할 필요는 없을 거야. 그 녀석은…… 남들보다 쓸쓸함을 조금 더 탈 뿐이거든.』

『방금 에피소드는 조금이라는 말로 넘어갈 수준이 아니거든?』

『저래 봬도 그나마 나아진 거야. 일전의 이리도네 침입 사건도 마음속으로는 꽤 반성하고 있는 것 같거든. 폭주만 안 하면 괜찮아.』

『그럼, 만약 폭주하면 어쩔 건데?』

『그때는—.』

카와나미는 농담을 하듯 웃음기 섞인 어조로 말했다.

『—내가, 말리면 될 뿐이잖아?』

나는 마이크를 벽에서 살며시 뗐다.

……분명, 방금 그건 나에게 들려줄 생각이 없는 말이다. 도청을 눈치챘다는 것을 밝혔을 때 내가 마이크를 뗐을 거라고 생각해서—.

—내가, 말리면 될 뿐이잖아?

확실히 나는 쓸쓸함을 많이 탄다.

누군가의 온기를 느끼지 못하면 금방 얼어붙어 버리는 약해빠진 인간이다.

하지만—.

"……이제 와선, 너 따위는 필요 없거든?"

◆

"이봐, 왔어. 아침부터 사람을 왜 부른 거야?"

다음날 아침, 나는 카와나미를 집으로 불렀다.

이 녀석을 일부러 부를 이유라고는 이제 와선 하나뿐이다.

"청소, 도와줘."

"또? 내가 가고 직접 안 한 거야? 혹시 아줌마한테 혼났—"

그렇게 말하며 거실에 들어온 카와나미는 미심쩍다는 듯 미간을 찌푸렸다.

"—제대로 했잖아. 대체 어디를 치우라는 거냐고……."

설거짓거리가 잔뜩 쌓여 있던 부엌과 쓰레기랑 벗어놓은 옷이 굴러다니던 바닥도 직접 다 치웠다. 할 마음이 안 들었을 뿐, 하려고 마음먹으면 스스로 할 수 있다.

그러니 오늘 청소하고 싶은 건 집이 아니다.

"치우고 싶은 건, 이거야."

내가 그렇게 말하며 두드린 건 청진기 형태의 마이크와 이어폰이 달린 상자 형태의 기계다.

바로 콘크리트 마이크다.

"버려주지 않을래?"

내가 가벼운 투로 그렇게 말하자 카와나미는 아무 말 없이 마이크를 쳐다보았다.

"……뭐, 나로선 대환영이긴 해. 그래도 괜찮겠어?"

"당연하잖아. 이걸로는 유메의 목소리를 못 듣는 걸."

"그럼 직접 버려. 나는 이런 걸 어떻게 버려야 하는지 모른다고."

"……나, 자기 물건을 잘 못 버려. 이런저런 변명을 붙이며…… 남겨놓거든."

버려야 할 것. 이미 버린 것.

나는 그런 것을 계속 남겨뒀다.

"어떻게 버리면 되는지 조사해뒀으니까…… 부탁할게."

이번만큼은 순순히 부탁해야겠다고 생각했다.

잠시 후 고개를 들자, 카와나미는 깊은 한숨을 내쉬며 머리를 긁적였다.

"알았어. ……단, 교환조건이 있어."

"응?"

"오늘 저녁, 네가 만들어줘. 패밀리 레스토랑도 질렸거든."

카와나미는 그렇게 말하면서 마이크를 들었다.

그의 얼굴을 올려다보며 나는 놀리듯 미소를 지었다.

"쓸쓸함을 타는 건 내가 아니라 너 아냐?"

"뭐?"

카와나미는 뒤를 돌아보더니…….

"……앗?!"

뒤늦게야 눈치를 챘다.

"너, 들은—."

그리고 투웅, 하고 마이크를 놓쳤다.

나는 그런 그에게서 돌아섰다.

귀찮은 일을 떠넘겼으니까 유메와 통화나 해야지~♪

"여보세요~? 유메~? 숙제 다 했어~?"

"내 말 들어! 너, 그 이야기를 들은 거냐?!"

싫어.

이제 와서 얼굴 붉힌 너를 봐봤자, 하나도 재미없거든.

소꿉친구는 관둬 〈전〉

그것은 나와 그 녀석이 아직 남자와 여자가 아니었던 시절의 이야기다.

내가 기억하는 처음이자 마지막 가족여행을 떠났다. 가족끼리 친분이 있던 우리 집과 그 녀석이 함께 어느 관광지로 여행을 간 것이다. 초등학교 저학년 때였을까— 너무 옛날 일이라 구체적으로는 기억이 나지 않았다.

낮 동안 나와 그 녀석은 놀았고 떠들어댔으며 관심이 가는 것을 발견하면 부모님에게 사달라고 졸랐다. 어쩌면 그 여행은 잘 챙겨주지 못하는 우리에게 속죄란 의미가 있었던 건지 그때는 평소보다 부모님의 지갑이 쉽게 열렸던 것 같다.

그리고 밤에는 여관 호텔에 묵었다.

태어나서 처음으로 묵는 호텔이었다.

부모님들은 피곤했는지 금세 잠들었지만 익숙하지 않은 베개와 익숙하지 않은 이불— 그리고 처음 겪는 상황에 대한 흥분이 더해지면서 나는 좀처럼 잠들지 못했다.

—심심해.

그런 생각을 했을 때였다.

내 이부자리 안으로 따뜻한 무언가가 들어왔다.

—우왓……?!

—쉿.

이불 안에서 얼굴을 내밀더니 히죽거리는 입술에 검지를 댄 이는 바로 **아~**였다.

—코~ 조용.

학교 선생님 같은 어조로 그렇게 말하며 웃음을 흘리는 아~의 얼굴을 나는 뚫어지게 쳐다봤다.

—뭐하는 거야……?

—좀, 심심해서 말이야.

—그랬구나. 나도 잠이 안 와~.

—그렇지?

하지만 부모님은 이미 잠들었으니 불을 켜고 놀 수는 없다. 어쩌면 좋을까?

그런 생각을 하는 내 머리에 떠오른 것은 지극히 단순한 아이디어였다.

—그래~. 밖에 나가볼까?

—뭐? 밖? 아, 안 돼…….

—금방 돌아오면 돼. 들키지 않을 거야~.

당시의 나는 어린애라서 생각이 물러터졌다.

나에 비해 아~는 얌심적인 애였지만 당시에는 내가 주도권을 쥐고 있었기에 아~도 끝까지 반대하지는 못했다.

부모님들이 깨지 않게 몰래 유카타에서 평상복으로 갈아입고 몰래 방 밖으로 나갔다. 프런트에 사람이 있어서 카운터 아래를 살금살금 나왔다.

—오오……!

그곳에는 내가 모르는 세계가 존재했다.

항상 맨션 창문을 통해서만 봤던 밤의 세계다.

눈부신 마을 불빛에 가슴이 뛰었다. 게임에서 새로운 맵에 도착한 것처럼 여기저기 다 가보고 싶었다.

밤에 잠들 때, 나는 항상 생각했다— 내가 잠든 사이에도 세상은 존재하는 걸까.

그 세상은 어떤 곳일까. 무엇이 있고, 어떤 사람이 있을까. 나는 왜 그 세상을 볼 수 없는 걸까.

그렇게 꿈꾸던 세상이 지금 내 눈앞에 펼쳐져 있었다.

좀이 쑤시는 표정으로 뛰어가려 하는 내 손을 꼭 움켜잡는 이가 있었다.

내가 고개를 돌려보니 불안한 듯 몸을 움츠린 아~가 눈에 들어왔다.

—무서워?

—…………………….

—어쩔래? 돌아갈까?

아~가 싫어한다면 바로 돌아갈 생각이었다. 나는 망할 꼬맹이지만 아~가 싫어하는 짓은 하지 말자고 어릴 적부터 정해뒀다.

하지만 아~는 고개를 저었다.

—코~가 있으니까…… 괜찮아.

그렇게 말하며 의연하게 웃는 아~를 본 순간에 가슴 속에서 생겨난 것의 이름을 당시의 나는 몰랐다.

그리고 우리는 처음 와보는 밤의 마을을 모험했다.

물론 아무 가게에도 들어갈 수 없다. 그저 마을 안을 걸어 다닐 뿐인 모험이다. 그래도 당시의 우리에게는 끝내주게 재미있었다.

어느 가게의 아저씨가 『다 먹으면 빨리 돌아가렴』 하면서 과자를 줬다. 주정뱅이 집단을 피해 몸을 숨기기도 했다. 길거리 음악가의 연주를 듣고 걸음을 멈추기도 했다. 나는 마치 미개척 던전을 나아가는 모험가가 된 기분이었다.

걷다 지쳤을 때 가지고 있던 용돈으로 자판기에서 주스를 샀다. 둘이서 화단 가장자리에 나란히 걸터앉아서 머나먼 밤하늘을 올려다보았다.

—달이 아름다워.

—정말이네.

보름달이었는지 초승달이었는지 형태는 기억나지 않는다.

하지만 밤하늘에 뜬 달이 아름답다고— 그렇게 생각한 건 태어나서 처음이었다.

……뭐, 이 이야기에는 반전이 있다.

그 직후에 경찰에게 걸린 우리는 부모님에게 혼쭐이 났다.

지금 생각해보면 아무 일도 없어서 다행이다— 그러니 이렇게 아름다운 추억으로 남아있는 것이다.

그 추억의 끝은, 이런 이야기로 마무리됐다.

그것은 분별없고 뒷일은 전혀 생각하지 않았지만…… 지금도 이 가슴에 남아있는, 한 약속—.

—쭉, 코~와 함께 있을 수 있으면 좋겠어.

—응, 당연히 그렇게 될 거야.

알다시피, 나는 이 약속을 깼다.

◆

여름방학이 시작되고 일주일가량 흘러 7월 말에 접어든 이 시기, 한창 장기 휴가 중인 우리 학교에서는 어떤 행사가 열린다.

2박 3일간의 공부 합숙이다.

수학여행이나 수련회가 아니다. 그저 호텔에 통조림을 당해 수업을 들을 뿐인 행사다. 유일한 즐거움은 행사장인 호텔이 꽤 고급이라 나오는 밥이 꽤 맛있다는 점뿐이다—라는 것은 친분이 있는 선배에게서 들은 정보다.

하아, 여름방학에 왜 일부러 공부를 해야 하는 거냐고.

이래서 진학고는 문제라니깐.

마음 같아서는 그렇게 투덜대고 싶지만 매사는 생각하기 나름이다— 모처럼의 이벤트, 모처럼의 외박. 이것을 이용하지 않는다는 선택지는 없다.

"여어~. 졸려 보이네, 이리도."

"……응……."

집합 장소인 학교 앞에서 합류한 이리도 미즈토는 낮디낮은 목소리로 그렇게 중얼거렸다.

"여름방학이라…… 생활 리듬이……."

"아…… 너는 아침에 약한 타입이구나. 용케 일어났네."

"……억지로…… 깨우더라고……."

"어머니가?"

"아냐……."

아직 졸음기와 싸우고 있는 것처럼 갈피를 못 잡는 눈동자가 조금 떨어진 곳에서 친구와 이야기를 나누고 있는 여학생을 향했다.

아침햇살을 받아 아름답게 빛나는 긴 흑발. 이리도와는 반대로 이른 아침부터 깔끔하게 꾸미고 나온 이지적인 사람은 바로 이리도 유메였다.

"……설마……."

나는 주위의 시선을 살피며 소곤소곤 이리도에게 물었다.

"(……매일 아침, 이리도 양이 깨워주는 거야……?)"

"……매일은 아냐."

이리도는 불만 섞인 목소리로 부정하듯 대답했지만 내 질문을 철저하게 부정하지는 않았다.

때로는 이리도 양이 깨워주는 거냐.

때로는 이리도 양이 깨워주는 거냐고!!

나는 손으로 입을 막았다. 아침부터 강렬한 한 방을 맞았다! 이건 거의 부부 아냐?!

"시간이 됐습니다! 반별로 버스에 타세요~!"

내가 가슴 속에서 치밀어 오르는 무언가를 어찌어찌 삼키고 있을 때, 인솔 교사가 소리쳤다.

교토의 호텔은 1년 365일 붐비기 때문에 공부 합숙은 버스로 다른 현에 가서 한다. 시가 현에 있는 비와 호수가 보이는 호텔이라고 한다. 비와 호수는 교토의 어린이가 소풍 삼아 가는 장소 넘버 2니까(넘버 1은 히에이 산), 딱히 기대되지도 않지만—.

출발 전부터 이러기냐.

이제부터 2박 3일 동안 과연 얼마나 많은 에피소드가 나를 덮칠까…….

이리도와 나란히 버스 좌석에 앉으며 나는 다시 결심했다.

이번 합숙 때 꼭 이리도 남매가 단둘이 있는 시간을 만들어주고 말겠다.

답답할 정도로 감질나게 하는 이 두 사람을 음란한 분위기로 만들어주는 거다!

공부 합숙은 호텔에서 수업을 듣기만 하는 거라고 말했지만 사실 1학년 때는 혹독하지 않다고 한다.

감시도 느슨하고 자유 시간도 많다. 2학년 이후로는 최종일에 시험을 치는 것 같지만 1학년은 없다. 합숙의 분위기에 익숙해지는 것을 우선하는 것이리라.

불편한 점을 꼽자면 스마트폰을 빼앗겼다는 점이다. 가져오는 것이 금지되는 게 아니라 가지고 온 후에 걷어갔다. 몰래 가지고 오는 녀석이 많고 긴급한 연락이 있을 때에 대비하는 방책 같았다.

낮에 호텔에 도착한 우리는 배정된 객실로 가서 짐을 뒀다. 레이크 뷰라고 하는 건지 창밖에는 수평선까지 이어져 있는 비와 호수가 펼쳐져 있었다. 여전히 참 커다란 물웅덩이인걸. 하지만 밤의 호반은 괜찮은 로케이션일 거야.

“이제부터는 뭐하지?”

룸메이트— 버스 안에서 푹 잔 덕분에 안색이 좋아진 이리도가 가방에서 책을 꺼내며 물었다. 이럴 때 스마트폰과 게임 이외의 취미를 지닌 녀석은 이득이라니깐.

“식당에서 점심을 먹은 후, 오리엔테이션이야. 일단 책은 넣어둬.”

"으……."

이 녀석, 내버려뒀다간 자유 시간 동안 계속 책이나 보겠는걸. 내가 적극적으로 밖에 데려가지 않았다간 이리도 양과 둘만의 시간을 보내게 만드는 건 무리야.

불만을 드러내는 이리도한테서 책을 빼앗아 가방 안에 넣고 객실을 나섰다. 식당— 아니, 레스토랑은 1층에 있었을 것이다.

나는 발소리가 전혀 나지 않는 융단을 내려다보고 눈부신 천장 조명을 올려다보며 말했다.

"역시 학비가 비쌀 만해. 우리 학교는 대체 돈이 얼마나 많은 거야?"

"나는 특기생이라 한 푼도 안 내."

"그 자랑, 나한테는 크리티컬하게 먹히니까 하지 말라고."

엘리베이터를 타고 1층에 도착한 직후였다.

"찾았다~~~!! 미즈토 씨~~~~~!!"

한심한 목소리로 그렇게 말하며 뛰어온 여자애 한 명이 이리도의 품에 안겼다.

이리도는 「우왓」하면서 비틀거렸지만 상냥한 손길로 그 여자애를 안아줬다.

"히가시라? 무슨 일이야? 울상이네."

"으, 흑……! 버스에서도 방에서도 모르는 사람 천지라서 너무 불안했어요~……."

“양쪽 다 클래스메이트잖아.”

“그럼 미즈토 씨는 같은 반 사람들의 얼굴과 이름을 외우고 있나요?”

“…………………….”

“거봐요!!”

이리도에게 들러붙어서 칭얼거리는 히가시라 이사나에게 나는 적의에 찬 시선을 보냈다.

“췟…….”

“우와~. 경박남이 무시무시한 눈길로 저를 쳐다봐요~. 미즈토 씨, 도와줘요~.”

그러자 히가시라는 교과서 읽는 말투로 말하면서 이리도의 등 뒤에 숨었다.

이 여자, 완전히 맛들였어……! 언젠가 꼭! 이리도한테서 떼어내고 말 거야!

내 째려보기 공격을 고개를 돌려서 피한 히가시라는 아무 일도 없었다는 듯 이리도를 뻔뻔하게 올려다보며 시선을 보냈다.

“미즈토 씨, 미즈토 씨. 봤어요? 이 호텔은 지하에 게임 코너가 있어요. 밤에 같이 가요.”

“게임? 거의 한 적이 없는데…….”

“부탁이에요……. 방에 있으면 바늘방석에 앉은 것 같거든요…….”

"네가 무슨 가족과 잘 지내지 못하는 가장이냐."

게임 코너라……. 물론 존재 자체는 미리 리서치를 해둔 나도 알고 있다. 호텔 게임 코너치고는 설비가 잘 되어 있어서 크레임 게임과 레이싱 게임, 리듬 게임, 댄스 게임 등 인기 있는 것들은 얼추 갖춰져 있—.

"—괜찮겠는걸."

"네? 당신한테 한 말이 아닌데요."

"기왕이면 여럿이서 가자는 이야기야. 이리도 양도 부르는 게 어때? 게임은 거의 해본 적 없을 테니까, 네가 이길 수 있는 몇 안 되는 분야일지도 모르거든?"

"정말 불쾌하네요! ……하지만 생각해볼 여지는 있겠어요."

히가시라는 으음, 하고 신음을 흘렸다. 쉬운 녀석인걸.

"하지만 유메 양은 다른 친구들과 노느라 바쁘지 않을까요……?"

"일단 말이라도 해보는 게 어때?"

뜻밖에도 이리도가 지원 사격을 해 줬다.

"그 여자도 의외로 너한테 무르거든."

"……그 말을 네가 하는 거냐?"

"응?"

이리도는 의아하다는 듯 고개를 갸웃거렸다. 히가시라에게 가장 물러터진 건 이 녀석이지만 자각이 없나 보네…….

수업을 마치고 저녁을 먹은 후에 방의 욕실에서 개운하게 씻고 나니 이리도의 모습이 보이지 않았다.

이제부터 게임 코너에 갈 예정이었는데 대체 어디 간 거야?

잠옷 대신인 트레이닝복으로 갈아입고 복도로 나가봤다. 이 층의 방 대부분은 우리 학교 남학생들이 쓰고 있지만 몇몇 문 너머에서는 여자애의 목소리가 들려왔다. 좋을 때다~.

물론 그런 집단에 이리도가 끼어 있을 리가 없다.

복도를 얼추 둘러봤지만 이리도의 모습은 보이지 않았다— 그렇다면 먼저 지하에 갔거나 1층의 휴게 스페이스, 아니면…….

거기까지 생각이 미친 나는 서둘러 엘리베이터를 타고 위층으로 향했다. 목적지는 바로 여자애들의 방이 있는 층이다.

열린 엘리베이터 밖으로 고개를 내밀어서 교사가 없는지 확인 후, 소리 없이 엘리베이터 홀로 나섰다.

객실의 문 하나하나에 귀를 대며 내부를 살핀다— 같은 변태적인 행동을 범할 필요는 없었다.

복도 끝에서 이리도의 목소리가 들려왔기 때문이다.

여기까지는 예상대로다. 하지만 이 앞에서 벌어지고 있는 일이 뭘지— 나는 살금살금 발소리를 죽인 채, 이리도의 목소리가 들려오는 쪽으로 다가갔다.

그것도 그럴 것이 이 층에는 이리도 양만이 아니라 히가시라 이사나도 있다. 이리도가 일부러 내가 목욕하고 있을 때 만나러 간 상대…… 그건 과연—.

"————거야?"

맑은 목소리가 들려오자 나는 숨을 삼켰다. 이 목소리는……!

쿵쾅거리는 가슴을 억누르며 복도 모퉁이 너머를 쳐다보았다.

그러자 의자 두 개가 마주 보고 놓여 있을 뿐인 휴게 스페이스에서 낯익은 두 사람을 발견했다.

이리도 미즈토와— 이리도 유메였다.

나는 조용히 주먹을 말아 쥐었다. 눈치를 발휘했구나, 히가시라~!

"————맡겨."

"알았————."

두 사람은 목소리가 작아서 나는 무슨 이야기를 나누는지 알 수 없었다. 그 점이 내 상상력을 자극했다.

한밤의 호텔, 그것도 인적이 없는 곳에서 밀회를 나눈다면 이상한 의심을 사도 이상할 게 없다고……! 둘이서 데이트 약속이라도 잡고 있는 거냐? 하긴, 스마트폰이 없잖아! 몰래 만날 수밖에 없겠지~!

이야기가 끝난 건지 두 사람은 자리에서 일어나며 돌아섰다. 이리도가 이쪽으로 걸어왔기에 나는 허둥지둥 이 자리를 벗어나 다급히 방으로 돌아갔다.

거칠어진 숨을 고르고 있을 때, 이리도도 방으로 돌아왔다.

"—여어. 어디 갔던 거야?"

내가 생각해도 정말 자연스럽게 그렇게 물었다. ……아무리 생각해도 나는 표정 관리를 잘한다니깐.

"목이 좀 말라서 말이야."

이리도 또한 안색 하나 바꾸지 않으면서 오른손에 쥔 캔커피를 가볍게 흔들었다.

아까는 그런 걸 들고 있지 않았잖아. 돌아오는 길에 사 온 거지? 이리도 양을 만나러 간 걸 숨기려고 말이야. 크크큭!

물론 나는 태클을 걸지 않았다. 비밀로 하는 게 즐겁거든.

베갯머리의 디지털시계를 보면서…….

"히가시라와의 약속 시간이 다 된 거 아냐~? 목욕 안 해도 되겠어?"

"됐어. 나중에 할래. 다시 씻고 싶어질지도 모르거든."

"응?"

어떤 의미지?

"빨리 가자. 히가시라도 먼저 와있을 테니 말이야. 어차피 너도 따라올 거지?"

이리도와 함께 지하로 내려갔다. 그곳에는 호텔 설비로 보이지 않을 만큼 멋진 오락실이 있었고 라쿠로 고교의 학생

들로 붐비고 있었다.

"—앗! 미즈토 씨~!"

계단을 내려가자마자 빨간색 트레이닝복 차림의 여자애가 대형견처럼 쪼르르 뛰어왔다.

히가시라 이사나는 또 이리도에게 안기려 했다.

그렇게는 안 돼. 내가 보디가드처럼 이리도의 앞에 서자, 히가시라는 급브레이크를 밟으며 나를 노려봤다.

"……방해되거든요?!"

"일부러 방해하는 거야."

"으그그~~~~~!!"

괴상한 신음을 내면서 돌파를 시도하는 히가시라를 나는 팔을 펼쳐서 제지했다. 디펜스! 디펜스~!

"그만해, 멍청아!"

"끄어억!!"

갑자기 내 엉덩이가 누군가에게 걷어차였다.

작은 발에 비해 강렬한 이 발차기는 틀림없다— 나는 대미지 받은 부분을 손으로 누르면서 땅딸보 여자애를 노려보았다.

"야, 미나미! 뭐하는 거야. 짜샤!"

"양아치처럼 굴지 마. 네가 히가시라 양을 괴롭혔으니까 자업자득이거든?"

헐렁헐렁한 트레이닝복 차림인 미나미 아카츠키가 포니테

일을 흔들었다.

나는 이 여자애의 트레이닝복이 왜 저렇게 헐렁한지 알고 있다. 아직 키가 크지 않을까 하는 헛된 희망을 품고 있기 때문이다. 나는 확 그걸 폭로해버릴까 했지만 그 전에 검은 머리카락의 미소녀가 왔다. 이리도 양이다. 마찬가지로 트레이닝복 차림이었다.

"다짜고짜 걷어차면 안 돼, 아카츠키 양."

"이 녀석한테는 그래도 돼, 유메! 차여도 괜찮은 타입의 인간이거든!"

"하다못해 발을 밟는 게 어떨까?"

"이 녀석의 발은 밟히는 데 익숙하거든!"

익숙하지 않아~. 이리도 양도 폭력 행위을 근절하는 방향으로 달래줬으면 좋겠는데 말이지.

이리도의 등 뒤에 숨어 있던 히가시라가 혀를 내밀었다.

"꼴좋다~ 예요. 세상은 제 편이거든요?"

"설령 세상이 적으로 돌아서더라도 나는 너를 인정 못 해……!"

"사람을 사이에 두고 장대한 싸움을 시작하지 말아 주겠어?"

즉, 이 다섯 명이 이번 멤버인 것 같았다.

아카츠키 녀석은 부른 적이 없지만 이리도 양이 있는 자리에 이 녀석이 얼굴을 들이밀지 않을 리가 없다. 이 정도는 예측했던 바다.

"……………………."

"……………………."

게임 코너로 이동하면서 나는 아카츠키와 시선을 한순간 마주했다. ……저 녀석도 뭔가 속셈이 있는 것 같네.

나는 아카츠키의 수상한 시선을 눈치채지 못한 척하며 이리도 남매에게 말을 건넸다.

"이리도는 이런 오락실에 자주 와?"

"그게…… 거의 안 와."

"이리도 양은 어때?"

"……나도 와본 적이 거의 없어."

남매는 『처음』이라고 말하지는 않았다.

이 녀석들은 거짓말을 너무 못하는 거 아냐? 용케 부모님에게도 비밀로 해왔네.

아카츠키가 게임 코너 안으로 쏙 들어갔다.

"저기, 뭐부터 할래~? 히가시라 양은 게임을 잘할 것 같네."

"방금, 저를 오타쿠라고 돌려서 말한 거죠?"

"돌려서 말한 게 아니라, 대놓고 말한 거야."

"저는 대전 게임은 완전 젬병이라서…… 혼자서 하는 리듬 게임 같은 걸 주로 해요."

"호오~ 괜찮네. 그럼 저거 안 할래?"

아카츠키가 그렇게 말하며 손가락으로 가리킨 것은 댄스 게임이었다. 발치의 컨트롤러를 음악에 맞춰 밟는 타입이다.

확실히 손가락을 섬세하게 놀려야 하는 게임— 격투 게임 같은 건 게임 경험이 풍부한 인간에게 유리하겠지만 저것이라면 의외로 평등할 것 같았다. 불가사의하게도 운동신경이 미묘하거나 음치인 녀석도 리듬 게임을 잘하기도 하니까— 딱 적당할지도 모른다.

"그럼 말이야."

나는 주저 없이 속내를 내비쳤다.

"그냥 차례차례 하는 것도 재미없으니까 벌칙 게임이라도 하자."

"벌칙 게임~?"

아카츠키가 가장 먼저 미심쩍은 반응을 보였지만 나는 전 소꿉친구 특유의 감각으로 눈치챘다.

방금 그건 일부러 보인 반응— 겉으로만 반대하고 있을 뿐이다. 마음속으로는 이 방향으로 가라고 나에게 말하고 있다. 이해가 일치한 것이다.

"벌칙 게임이라고 해도 심한 짓을 시키려는 건 아냐. 으음……."

뭐가 좋을까. 거부당하지 않을 만큼 무난하면서 이리도 남매가 가까워지는…….

"……애칭, 은 어때?"

답을 내놓은 건 뜻밖에도 이리도 양이었다.

이리도 양에게 시선이 몰리자 그녀는 허둥지둥 말했다.

"저기, 그게…… 우리는 이 멤버로 자주 모이지만 애칭으로 부르는 사람이 없다 싶어서 말이야!"

……뭐, 확실히 지금은 이 전 소꿉친구와도 성으로 서로를 부르고 있긴 했다.

이리도는 인상을 찡그렸다.

"마치 미팅 때 할 만한 벌칙 게임이네."

"흐…… 흥! 미, 미팅 같은 건 해본 적 없거든?!"

"제 생각엔 괜찮은 것 같은데요?"

히가시라는 고개를 약간 갸웃거리며 말했다.

"저는 『미즈토 씨』라고 부르는데 미즈토 씨는 아직도 저를 성으로 부르는 게 좀 신경 쓰이긴 했거든요. 이참에 이름 앞 자를 따서 『이~』 하고 불러줬으면 해요!"

"그건 벌칙이 아니라 상이잖아……. 아무튼 호칭을 바꾼다면 이 자리 한정의 벌칙 게임 범위를 벗어나."

"그럼 기한을 정하자!"

아카츠키는 지금이 기회라는 듯 끼어들었다.

"진 두 사람은 합숙 동안 애칭으로 부를 것! 은, 어때? 이러면 실질적인 피해도 없으니 적당하지 않겠어?"

이리도는 잠시 침묵에 잠긴 후, 다른 멤버의 얼굴을 차례차례 살피더니…….

"……알았어. 그렇게 하자."

"좋~았어!"

혀로 입술을 핥는 아카츠키와 마찬가지로 나 또한 마음속으로 쾌재를 불렀다. 재미있다 싶을 만큼 뜻대로 됐다. 남은 건 이리도 남매에게 벌칙 게임을 시키기만 하면 된다……!

사실 나는 이 게임을 해본 경험이 있다. 아카츠키도 마찬가지다. 즉, 우리 둘은 상위 확정이다. 그렇다면 게임을 잘할 것 같지 않은 이리도 남매가 벌칙 게임을 하게 될 가능성이 꽤 컸다. 남은 근심거리는 아카츠키 녀석이 어떻게 나올지다…….

"그럼 히가시라 양부터 해~."

"어, 저 혼자 말인가요? 두 대나 있는데……."

댄스 게임 머신은 두 대가 나란히 있었다. 게임을 하려고 기다리는 사람도 없으니 두 명씩 플레이할 수 있는 것이다.

"시범을 보여줘~. 히가시라 양이 가장 익숙할 것 같으니까 우리는 네가 하는 걸 보면서 어떻게 하는 건지 익히고 싶어."

"그런 거라면……."

아카츠키는 절묘한 말솜씨로 히가시라 양이 혼자 게임을 하게 만들었다. 무슨 속셈이지? 방해해야 할까—.

내가 망설이는 사이, 음악이 시작되고 말았다.

"얍! 하앗!"

모니터에 나오는 마크에 맞춰 히가시라는 껑충껑충 뛰며 발판을 밟았다.

얼마나 둔하고 굼뜬지 느껴지는 움직임이지만 역시 게임과 체육은 다른 건지 미스는 손으로 꼽을 수 있는 정도였다. 이 실력이라면 초보자인 이리도 남매보다 점수를 잘 받겠는걸—.

“히가시라 양~.”

어느새 아카츠키가 춤추고 있는 히가시라의 앞으로 이동했다.

“가슴이 엄청 출렁대~.”

“네에에엣?!”

“뭐엇?!”

나는 반사적으로 이리도에게 다가가서 손으로 그의 눈을 가렸다. 등 뒤에 있어서 눈치채지 못했지만 설마 이런 함정이……! 지켜야 해. 이리도의 망막을 수호해야 한다고!

내가 왼쪽 눈을 가렸을 때, 이미 오른쪽 눈도 가려져 있었다. 그걸 가린 건 내 손이 아니다. 이리도 양의 손이었다.

“……이봐. 안 보이거든?”

“안 봐도 돼!”, “안 봐도 된다고!”

이리도 양은 참 갸륵하네. 다른 여자 걸 보여주고 싶지 않은 거구나. 그럼 내가 나설 필요는 없겠지!

내가 이리도의 왼쪽 눈에서 손을 떼자, 이리도 양은 허둥지둥 다른 손으로 그 눈도 가렸다. 그러자 『누구게~?』 포즈가 됐다. 음……. 여기에는 내가 없어도 되겠는걸.

“흔들흔들~. 출렁~출렁~.”

“효과음 붙이지 마세요오~~~~~~!!”

아차. 내가 그러는 사이, 아카츠키의 언어폭력에 당한 히가시라가 미스를 연발하고 있었다.

크…… 이걸 노린 거냐. 아카츠키는 이리도와 히가시라가 벌칙 게임을 하게 만들려는 거다! 그래서 이런 식의 방해를……! 크윽! 내가 이리도 남매의 『누구게~?』 상태에 정신에 팔린 바람에……!

히가시라는 어찌어찌 곡이 끝날 때까지 버티기는 했지만 두 팔로 가슴을 가린 그녀는 얼굴을 새빨갛게 붉힌 채 기기에서 내려왔다.

"으윽……. 다시는 이 게임을 못 하겠어요……."

"그런 소리 하다간 아무런 운동도 못 할걸? 그래! 확 가슴을 떼어버리자!"

"웃는 얼굴로 무시무시한 소리 하지 마세요!"

쪼르르르 뛰어온 히가시라가 이리도의 등 뒤에 숨어서 떨었다. 이리도는 그녀의 머리를 쓰다듬어주면서 말했다.

"그만해, 미나미 양. 이 녀석의 유일한 자랑거리를 빼앗지 마."

"미즈토 씨…… 저는 자랑거리라고는 큰 가슴뿐인 여자인가요……?"

"네가 항상 하는 말이잖아."

"참, 그랬죠."

그런 거냐. 그럼 떼어버리자는 소리를 들어도 불평 못 하겠는걸.

농담이야~ 하며 웃는 아카츠키를 이리도 양이 힐끔 쳐다보았다.

"그럼 다음은 아카츠키 양과 카와나미 차례야."

"어? 왜?"

"나 때도 효과음을 붙일 것 같으니까 미리 해서 좀 지치게 해둘까 싶거든."

"나는 모든 바스트 모핑에 효과음을 붙이려고 하는 요괴 같은 게 아니거든?"

"……펑펑~ 펑펑~."

"다 들린다고 히가시라~!"

히가시라를 덮치려 하는 맹수(단신&절벽 가슴)를 잡아 기계 위로 연행했다.

히가시라가 저런 성적을 냈으니 우리의 승부는 이리도 남매가 히가시라의 점수를 넘어서는 지로 결정된다. 그렇다면 그 전에 본경기 이전의 시범경기를 맡는 것도 나쁘지 않을 것 같았다.

"(……실수하지 마.)"

"(너나 하지 말라고.)"

두 대의 기계 위에 나란히 선 우리는 낮은 목소리로 속삭였다.

뭐, 그런 걱정은 안 해도 될 것이다. 히가시라의 참담한 점수를 넘지 못하는 사태 같은 건 갑자기 실신이라도 하지 않는 한 일어나지 않을 테니 말이다.

곡이 시작됐다.

우리는 익숙한 움직임을 선보이며 미스 없이 마크를 밟았다.

"오~ 잘하네요~."

히가시라의 느긋한 목소리가 등 뒤에서 들려왔다. 당연했다. 우리는 옛날부터 둘이서 자주 오락실에 와서 이런 종류의 게임을 했— 어?

이리도 남매의 목소리가 들리지 않았다.

목소리만이 아니다. 등 뒤에 있는데 기척 자체가 사라졌다. 어디 간 거지—?

그 의문은 두 사람이 시야 안에 들어오면서 해소됐다.

모니터 너머, 댄스 게임 기기 앞으로 미즈토가 이리도 양의 팔을 잡아끌며 나타난 것이다.

"잠깐만! 대체 뭘—."

"나한테 맡기라고 했잖아."

게임에서 그 두 사람에게로 의식이 쏠린, 바로 그 순간—.

"우냣?!", "아앗?!", "푸웁!!"

이리도 양은 놀랐고 아카츠키는 비탄했으며 나는 사레가 들렸다.

아…… 아니…… 갑자기…… 어깨를…… 끌어안…… 아, 아아아아아아아아아아아아아아아아아아아아아아아아아아

아아아아아아아아아——————————————————————————————.

——————————————어라?

나, 뭘 한 거지?

정신을 차려보니 눈앞의 모니터에는 큼지막하게 『탈락』이란 문자가 표시되어 있었다.

이리도 남매 중 이리도 양은 얼굴을 새빨갛게 붉히고 있었지만 두 사람은 현재 1미터나 떨어져 있었다.

시간이 날아간 것만 같았다.

나는, 크나큰 감동에 망연자실하고 만 것일까.

"……아……."

그 조그마한 목소리를 듣고 고개를 돌려보니 옆에 있는 모니터에도 『탈락』이 표시되어 있었다.

나도 아카츠키도 탈락?

즉…… 히가시라보다 못했다는 거야……?

"…………후후후."

기분 나쁜 웃음소리에 뒤를 돌아보니 히가시라가 음흉한 웃음을 흘리고 있었다.

"훗……", "후후후후훗!"

또 다른 웃음소리에 고개를 돌려보니 이리도 남매가 입가를 말아 올리고 있었다.

뭐, 야……? 무슨 일이 일어난 거지?

“하위 두 사람이, 벌칙 게임—.”

“합숙하는 동안 애칭으로 부르기, 로 했지?”

확인하듯 그렇게 말한 이리도 남매가 우리와 교대하며 기기 위에 섰다.

그리고 시작된 두 사람의 플레이는 능숙하다고 할 정도는 아니었지만— 선택한 곡을 클리어했다.

이리하여 벌칙 게임의 대상이 결정됐다.

나와 아카츠키를 이리도 양이 씨익 웃으면서 쳐다봤다.

“너희가 말을 꺼냈으니까— 당연히, 불만은 없지?”

소꿉친구는 관둬 〈후〉

◆ 이리도 미즈토 ◆

카와나미와 미나미 양을 깔끔하게 함락시킨 후, 하루가 지났다.

합숙 아침 식사는 뷔페 형식이었다. 빵과 과일, 햄, 비엔나 같은 음식이 레스토랑에 줄지어 놓여 있었다.

나는 하품을 곱씹으면서 크루아상을 쟁반에 놓자 비엔나를 왕창 챙기던 카와나미가 갑자기 딱딱하게 굳어버렸다.

그의 시선이 향하고 있는 곳을 쳐다보았다.

그곳에는 유메 녀석과 함께 아침을 먹으러 온 미나미 아카츠키가 있었다.

미나미 양도 카와나미를 보더니 그대로 경직됐다.

하지만— 역시 머리 회전이 빠른 건지 금방 경직에서 풀려난 두 사람은 은근슬쩍 다른 방향으로 향하려 했다.

하지만 보내줄 수야 없지.

"어디—.", "—가는 거야?"

내가 카와나미의 팔을, 유메가 미나미 양의 팔을 잡았다.

카와나미는 애원하는 눈길로 나를 돌아봤지만 나는 당연히 봐주지 않았다. 그대로 테이블 쪽으로 질질 끌고 갔다. 유메도 미나미 양을 잡더니 같은 테이블로 향했다.

그곳에는 히가시라가 이미 자리하고 있었으며 나는 카와나미를 근처에 앉힌 후에 히가시라의 옆에 앉았다.

유메도 미나미 양을 카와나미의 맞은편에 앉힌 후 히가시라의 앞에 앉았다.

유메는 만족한 것처럼 웃었다.

"뒷일은 두 젊은이에게 맡기죠."

"맡기죠~."

히가시라는 그렇게 말하더니 비엔나를 우걱우걱 먹기 시작했다.

나도 크루아상을 찢어서 입에 넣으며 소꿉친구 사이인 두 사람을 곁눈질했다.

두 사람 사이에서는 대화가 전혀 없었으며 시선조차 맞추지 않으려 하는 분위기였다. 아침을 먹는 속도가 빠른 것을 보면 빨리 이 자리를 벗어날 심산인 것 같았다.

하지만 엿장수 마음대로는 안되지.

"인사 안 해?"

내가 그렇게 말하자, 카와나미와 미나미 양은 입술 가장자리를 부르르 떨며 서로를 힐끔 쳐다보았다.

"……좋은 아침이야."

"……좋은 아침."
"누가 누구에게 하는 인사야?"
유메가 이어서 두 사람을 몰아붙였다. 그 입가에는 호기심에 찬 미소가 어려 있었다.
카와나미와 미나미 양은 벌레라도 씹은 표정을 지었지만— 몇 초 후, 사람이 바뀐 것처럼 환하게 웃으면서 밝은 목소리로 이렇게 말했다.
"—좋은 아침이야, 아~!"
"—좋은 아침, 코~♪"
"푸흡!"
옆에 있던 히가시라가 웃음을 터뜨리더니 부들부들 떨었다.
유메도 양손으로 입을 막더니 웃음을 필사적으로 참았다.
소꿉친구인 두 사람은 한동안 환한 미소를 유지했지만 곧 미나미 양의 얼굴이 질리더니— 결국 테이블에 넙죽 엎드렸다.
"좀 봐줘~!! 진짜로 봐줘!! 무슨 짓이야?! 복수야?! 일전에 마구 참견한 걸 복수하는 거야?!"
유메와 히가시라가 깔깔 웃었다.
물론 복수는 아니다— 순수 100퍼센트 선의다. 뭐, 누군가의 선의가 다른 사람에게는 악의로 느껴지는 건 흔한 일이지만 말이다.
나는 이 일이 어떻게 시작됐는지 떠올렸다.
그것은 여름방학이 시작되고 얼마 되지 않았을 때— 해가 서

쪽에서 뜨려는 건지 유메가 나에게 상의할 게 있다고 말했다.

"아카츠키 양과 카와나미를…… 어떻게 생각해?"

"……뭐?"

유메가 대낮에 거실에서 그렇게 말하자 나는 한껏 미간을 찌푸렸다.

어떻게 생각하느냐니 정신 나간 여자와 정신 나간 남자라고밖에 생각하지 않았다. 하지만 이 여자가 원하는 답은 그것이 아니리라.

나는 잠시 생각에 잠긴 후, 이렇게 대답했다.

"정신 나간 여자와 정신 나간 남자지."

"그걸 물은 게 아니거든?! 그리고 왜 그렇게 생각하는데?!"

잠시 생각해봤는데도 그런 결론밖에 안 나왔으니 어쩔 수 없잖아— 대체 이 녀석은 어떤 답을 원하는 거지?

"그러니까…… 그 두 사람은 소꿉친구 사이잖아?"

"그런 것 같기는 해."

"표면적으로는 사이가 나쁘지만 그래서 거꾸로 친해 보인다고나 할까…… 그러니까 실제로는…… 어떤 사이일까 궁금해."

"……즉, 남녀 관계가 될 수 있을지도 모른단 이야기구나."

"맞아!"

모른다는 건 참 행복한 일이구나. 나도 제대로 들은 적은 없지만 그 두 사람은 아마 우리와 마찬가지일걸? 그걸 알고 있다면 순진하게 이딴 소리를 늘어놓지 못할 텐데—.

……아니다. 자초지종을 전부 다 알면서도 부추기는 녀석이 한 명 있긴 하다.

"네가 나한테 이딴 사랑 이야기를 꺼내는 날이 올 줄은 몰랐는걸. 혹시 친구가 없는 거야?"

"너한테는 그런 소리 듣고 싶지 않거든?! ……그리고 딱히 사랑 이야기는 아냐. 그저…… 아카츠키 양은 보기보다 외로움을 많이 타니까, 하다못해 소꿉친구와 화해를 하면 좋겠다고 생각했을 뿐……."

외로움을 많이 탄다, 라— 개인적으로는 전혀 그렇게 생각하지 않는데 말이지.

그 두 사람의 문제는 두 사람만의 것이다. 우리가 안이하게 끼어들 일이 아니다— 고지식한 윤리에 근거해 답한다면 그렇게 되겠지만…….

이건, 기회 아닐까?

연애 ROM 전문을 자칭하며 나에게 사사건건 참견해대는 카와나미 코구레. 우리를 게임 캐릭터라고 생각하는 게 아닐까 하는 의혹이 있는 그 남자에게 ROM 당하는 이의 심정을 체험시킬 좋은 기회 아닐까?

……그래. 카와나미도 때로는 관찰당하는 처지가 되는 편이 좋을 것이다.

네가 심연을 들여다볼 때, 심연 또한 너를 들여다본다는 것을 알려주자.

행동에 옮기기 전, 나는 조사를 감행했다.

적당한 이유를 대서 카와나미의 집에 방문했고 그 녀석 본인에게서 미나미 양과의 에피소드를 캐냈다.

그 결과, 나온 것은 소름이 돋을 범죄의 향연이었다. 그래도 과거에는 두 사람이 꽤 친밀했다는 것은 틀림없어 보였다— 마치, 남매처럼 말이다.

그래서 나는 목적을 『두 사람에게 옛날 관계를 떠올리게 하자』로 설정했다.

분명 흑역사에 괴로워하게 될 테니 일거양득이다.

하지만 문제는 수단이다. 두 사람에게 뭘 시켜야 과거를 떠올리게 될까—.

이럴 때는 전문가의 이야기를 들어보는 게 정석이다.

"그렇게 됐으니 도와줬으면 해, 히가시라."

"저는 딱히 소꿉친구 전문가가 아닌데요……."

히가시라 이사나는 침대 위에서 양반다리를 하고 앉은 내 무릎을 베개 삼아 누운 채, 책의 페이지를 넘겼다.

"어? 그것보다, 미나미 양과 그 경박남이 소꿉친구였어요?"

"실은 그래. 지금은 친구도 뭐도 아니라고 우기고 있지만 말이지.”

“와아……. 소꿉친구라는 게 실제로 존재했군요.”

“너는 누구의 어떤 관계도 전설상의 존재처럼 말하네.”

“뭐, 남한테 전해 듣기만 했으니까요. 그런 의미에서 보면 전설이 맞죠.”

“그래서? 소꿉친구에는 어떤 특징이 있다고 생각해?”

“으음~. 동물의 생태를 묻는 것 같은데 이건 현실이거든요? 뭐, 결혼 약속을 하지 않았을까요?”

“했더라도 기억 못 하지 않을까? 어릴 적 일이잖아.”

“낭만 없는 소리 좀 하지 말아주세요!”

히가시라가 발을 버둥거렸기에 나는 머리를 가볍게 두드려 주며 달랬다.

“……그 외에, 현실에서 있을 법한 건…… 애칭이네요.”

“애칭?”

“요즘 그 두 사람은 서로를 성으로 부르는 것 같은데 가족끼리도 친분이 있을 정도로 가깝다면 그건 말도 안 되지 않나요? 부모님과 호칭이 헷갈릴 거잖아요.”

날카로운 지적이다. 실제로 나와 유메도 집에서는 서로를 이름으로 부르고 있다.

“그리고 어릴 적부터 친하게 지냈다면 귀여운 닉네임으로 불렀을 것 같네요. 적어도 지금 읽고 있는 라이트노벨의 주인공과 히로인은 그래요.”

"흠…… 그걸 어떻게든 부활시키라는 거구나."

솔직히 별 기대는 안 하고 물어본 건데 의외로 적절한 의견을 얻었다.

그래, 호칭인가— 그거라면 어떻게든 될지도 모르겠는걸.

"고마워, 히가시라. 또 협력을 부탁할지도 모르지만……."

"괜찮아요. 그 경박남이 미나미 양한테 들러붙는다면 미즈토 씨는 완전히 제 것이 되니까요!"

"나는 세금이 많이 나와."

"세금이 나오나요?!"

그리고 나는 벌칙 게임이라는 명목으로 그 두 사람이 서로를 애칭으로 부르게 만들 계획을 짰다.

히가시라에게 카와나미 앞에서 은근슬쩍 게임 코너 이야기를 하게 해서 유도한 후, 계획을 실행에 옮기기 전 비밀리에 유메와 만나 의논도 했다.

"하지만 아카츠키 양과 카와나미를 지게 만들어야 하지? 대체 어떻게 할 거야?"

"다 생각이 있어. 나한테 맡겨."

"알았어……."

이리하여 전부 내 계획대로 됐다.

카와나미 코구레와 미나미 아카츠키는 합숙 동안 소꿉친구로 되돌아간다.

"의외로 잘 풀렸네."

유메는 후후후, 하고 몰래 웃음을 흘리면서 말했다.

아침 식사를 마친 후, 수업이 시작될 때까지의 자투리 시간. 실컷 놀림을 당한 카와나미와 미나미 양은 냅다 뛰어서 도망쳤다. 처세술이 능한 그 두 사람이 저렇게 물리적 수단에 의지하다니 내가 생각한 것보다 더 효과적인 것 같았다.

호텔의 호화로운 로비 구석에서 우리는 앞으로의 작전을 짤 작정이었다.

"……그건 그렇고, 그건 대체 뭐였어?"

작정이었지만, 갑자기 유메가 이야기를 탈선시켰다.

"그거라니?"

"아니, 그러니까……."

유메는 자신의 어깨를 살며시 잡았다.

뭐, 되묻기 전부터 알고 있었다— 카와나미와 미나미 양에게 벌칙 게임을 시키기 위해 이 여자의 어깨를 끌어안았던 것을 말하는 것이리라.

"결과는 두 눈으로 확인했잖아?"

나는 담담한 어조로 말했다.

"얻을 수 있는 리턴과 실현성을 가미해 지극히 논리적으로 도출한 최선의 답이야. 그게 가장 간단하고 또한 가장 효과적인 수단이었을 뿐이라고."

"……타산으로 남의 어깨를 안지 말아줬으면 좋겠네."

"미안해."

내가 순순히 사과하자 유메는 약간 불만을 드러내며 고개를 돌렸다. 내가 자기 어깨를 안은 것을 『미안하다』고 표현해서 불만이라도 있는 걸까? 응?

"아무튼, 이걸로 네 소망은 이뤄졌어. 더 바라는 게 있어?"

마음에 걸리는 점을 마음 한편으로 밀어놓은 내가 다시 본론으로 들어가자, 유메 또한 표정에 어려 있던 불만을 집어넣었다.

"으음……. 일단 상황을 지켜보자. 저런 느낌의 아카츠키 양은 처음 보거든."

유메는 푸푸풉 하고 웃음을 참았다. 히가시라도 그렇지만 왠지 다들 카와나미처럼 된 것 같네.

"이 다음에는…… 어떻게든 단둘이 있게 만들 수 없을까. 지금 단둘이 있게 해봤자 꿀 먹은 벙어리가 될 뿐일 테니까, 우선 최대한 두 사람이 이야기를 나누게 해서 분위기를 누그러뜨린 후에……."

유메는 살짝 말아 쥔 주먹을 입술에 댄 채, 혼잣말을 중얼거리며 생각에 잠겼다.

개인적으로는 이제부터 관심을 끊어도 괜찮을 것 같지만 이 여자는 미나미 양의 위험성을 모르거든— 그러니 함부로 눈을 뗄 수 없다.

하아…… 연애 ROM이란 건 의외로 어렵네.

우리의 어디에 이런 고생을 들일 가치가 있는 거냐고, 카와나미.

◆ 미나미 아카츠키 ◆

이것은 천벌일까.

이리도와 결혼하려 하고 히가시라 양과 맺어주려 하는 등 남의 사랑을 가지고 놀려고 한 것에 대한 벌 말이다.

"……코, 코~ 다음 수업은 뭐야?"

"세계사였을 거야…… 아, 아~."

이 정도는 이미 익숙했다. 이제 와서 긴장할 필요는 전혀 없다.

그렇다. 옛날에는 항상 이런 호칭으로 불렀으니까— 전혀, 전혀 부끄러워할 필요 없다.

하지만…….

"미나미, 아까 카와나미를 『코~』라고 불렀재?"

"으극."

보브컷인 나스카가 수업이 끝난 후에 갑자기 그런 말을 하자 나는 배를 밟힌 것 같은 목소리를 내고 말았다.

근처에 있던 숏컷의 마키가 눈동자를 반짝이며 고개를 쑥 내밀었다.

"나도 들었어! 잘못 들은 게 아니었구나! 어? 뭐야? 혹시 사귀어?"

"사귀는 게 아냐! 이건, 벌칙 게임……."

"벌칙 게임으로 애칭 쓰기? 미팅이라도 한기가?"

"아~. 어제 어디 간다 했더니~."

"합숙 중에 미팅을 할 리 없잖아!"

마키는 히히히 하고 수상한 웃음을 흘렸고 나스카는 의아하다는 듯 고개를 갸웃거렸다.

"벌칙 게임치고는 친근함이 묻어나는 것 같데이."

"맞아~. 호칭뿐만 아니라 분위기도 평소보다 부드럽잖아."

"하아, 정말~! 이럴 것 같아서 작은 목소리로 말한 건데! 귀 한 번 되게 밝네!"

"내는 잘 어울리는 한 쌍이라고 생각한데이."

"동감~. 카와나미는 좀 경박해 보이지만, 앗키~한테라면 잡혀 살 것 같아."

"의외로 단둘이 있을 때는 **어리광** 부릴지도 모른데이."

"아~ 동감이야~! 완전 모에하네!"

꺄아~ 꺄아~ 하며 망상을 늘어놓는 두 사람 앞에서 나는 귀를 막았다.

분위기가 부드러워? 어리광을 부려?

그럴 리가 없다. 그런 나는 이미 죽었다.

호칭을 예전으로 되돌렸다고 해서 망자가 되살아나는 일

같은 건…… 일어나선 안 된다.

◆ 카와나미 코구레 ◆

"……피곤해."

오전 수업이 끝날 무렵 에너지가 완전히 바닥났다.

남들이 듣지 못하도록 조심했는데 이 녀석이나 저 녀석이나 이럴 때만 귀가 되게 밝다니깐. 남이 서로를 애칭으로 부르는 게 그렇게 기쁘냐!

점심은 무조건 혼자 먹어야겠다. 이리도 남매를 살피지 못하는 건 아쉽지만 아침 식사 때처럼 그 녀석과 억지로 동석하게 되는 건 피하고 싶다. 지금 상황에서 사이좋게 점심을 먹는 모습을 남들이 봤다간……!

자유로운 뷔페 형식이었던 아침 식사 때와 달리, 점심은 출석번호 순서로 앉아서 먹는다. 나는 『카』이고 그 녀석은 『미』. 출석번호는 일본어 표기 순서이니까 떨어진 자리에 앉게 된다. —원래라면 말이다.

"…………왜 여기 있는 거야."

"……………………."

내 맞은편에 앉은 땅딸보 여자애를 나는 노려봤다.

아카츠키는 언짢은 듯 얼굴을 돌리고 입을 다물었다. 아무래도 자의는 아니었나 보네.

원래 이 여자가 앉아야 할 자리를 보니 출석번호 순서로 내 앞자리인 여자애가 거기에 앉아서 히죽거리고 있었다.

……아하. 내 예상보다 더 퍼진 건가.

나는 의자에 앉은 후, 테이블을 가볍게 두드려서 아카츠키의 주의를 끌었다.

"(이봐. 큰일 났어. 자칫하면 합숙 후에도 이 일이 꼬리표처럼 우리를 따라다닐지도 몰라.)"

"(나나 너나 이렇게 놀림을 당하는 처지가 된 적은 거의 없잖아. 그 반동일까…….)"

"(여름방학 동안에 애들이 잊어주기를 바라는 것도 방법이지만…….)"

"(남자애들은 잊을지도 모르지만 여자애들은 똑똑히 기억할 거야.)"

"(그럼 **이 틈에 전부 다 해버리는 수**밖에 없겠네~.)"

"(하아, 정말~. 제대로 한 방 먹었어……!)"

스읍, 하고 깊이 숨을 들이마신 아카츠키는 각오를 다진 표정을 지었다.

나도 각오를 다진 후, 내 몸에게 말했다.

—이제부터 시작하는 건 그저 장난이야. 착각하지 말라고.

그리고 점심 식사가 시작되자, 예상했던 상황이 시작됐다.

"어라~? 미나미 양, 코~한테 『아~』 해주지 않는 거야~?"

어느 여자애가 한 그 말에는 농담기가 어려 있었다. 분명

악의는 전혀 없다. 즉, 심술궂은 장난이다. 이 상황에서 아카츠키가 부끄러워한다면 다들 재미있어하며 이 상황이 이어질 것이다. 혹은 그것이 『단골 장난』으로 정착하면서 2학기 때도 이어질지도 모른다.

그것만은 절대 안 된다.

오늘, 이 자리에서 이 장난에 마침표를 찍어야 한다.

그러기 위해선— 약간의 희생을 감수할 수밖에 없나.

여행 중에 쪽팔리는 짓을 해도 눈 좀 감아달라고!

"—자, 코~. 아~♥"

"아~."

아카츠키가 주저 없이 수저를 내밀자, 나도 주저 없이 그것을 먹었다.

서로가 웃으며 달콤한 목소리로— 떠올리기도 싫은 기억을 최대한 재현했다.

그것을 본 주위 녀석들이 「오오~!」, 「휘유~ 휘유~!」 하고 시끄러운 리액션을 보였다. 좋아. 반응이 괜찮은걸.

"어때, 코~? 맛있어~?"

"으음~. 네가 만들어준 게 더 맛있었던 것 같아!"

"에이~. 먹어본 적 없잖아!!"

"으극?!"

테이블 아래로 내가 발을 세게 밟히자 주위에서 웃음소리

가 들려왔다. 더럽게 아프네! 너, 지금 있는 힘껏 밟았지?!

부끄러워하거나 거북해하면 역효과만 부른다.

그러니 일부러 원하는 대로 해 준다.

진심인 느낌을 내지 않으며 완전히 장난으로 소비함으로써 이 일로 더는 놀리지 못하게 만드는 것이다!

"자, 아~. 이것도 먹어봐. 아~."

"어~? 그건 좀 싫은데~♪"

"왜야!"

"코~한테서 냄새나거든~♪"

"이 상황에서 은근슬쩍 매도하지 말라고, 짜샤!!"

우리는 점심을 먹으면서 바보 커플 장난으로 관중들을 만족시켜줬다.

그 덕분일까.

서로의 입에 들어갔던 스푼으로 조금도 주저하지 않으며 자연스럽게 식사를 하고 있다는 점을 누구도 눈치채지 못했다.

"감복했어."

점심 식사를 마치고 화장실에 가려고 했을 때 이리도가 무표정한 얼굴로 그렇게 말했다.

"설마 그런 식으로 피할 줄은 몰랐네. 처음으로 너를 대단하다고 생각했어."

“……헷. 전에도 말했잖아. 우리는 커뮤니케이션 능력 강자라고.”

“『딱히 친하지 않은 녀석과도 친한 척 할 수 있는 능력을, 흔히 커뮤니케이션 능력이라고 한다』—였지?”

기억하고 있구나. 우리 집에 자러 왔을 때 해 줬던 말이다.

“설마 이런 식으로 이야기가 퍼져나갈 줄은 우리도 생각 못했거든— 문제라도 생기려나 했는데 기우였던 것 같네.”

“그래. 우리는 어디 사는 누구 씨들처럼 머뭇머뭇부끄부끄할 만큼 순수하지 않다고. 참 유감이겠네요.”

내가 그렇게 말하자 이리도는 갑자기 입술 가장자리를 말아 올렸다.

“확실히 장난이라고는 해도 남들 앞에서 그렇게 대놓고 꽁냥거릴 수 있는 건 너희뿐일지도 몰라.”

“당연하지.”

나는 은근슬쩍 두 팔을 등 뒤로 돌렸다.

“미안한데 슬슬 가봐도 될까? 실은 방광이 터질 것 같아.”

“아, 미안해. 여러 의미에서 말이야.”

나는 이리도와 헤어진 후, 서둘러 남자 화장실에 뛰어 들어갔다.

다른 사람이 아무도 없다는 것을 확인한 후, 벽 쪽에 놓인 소변기—로 향하지 않았다.

세면대의 수도꼭지를 돌려서 양손에 물을 담은 후, 그것을 자신의 얼굴에 끼얹었다.

"……젠장. 단순한 장난인데……."

단순한 장난. 농담. 픽션. 새빨간 거짓말. 감정은 전혀 없다.

그런데.

두 팔에 생긴 이 두드러기는 뭘 의미하는 거냐고, 카와나미 코구레—.

……인간은 왜 이렇게 부자유스러운 걸까. 머리로는 알고 있지만 몇 번이나 자기 입으로 말했지만 겉으로만 과거를 재현하기만 해도 당시의 자기 자신이 저절로 떠오른다.

과거와는 이미 결판을 냈다. 이미 쓸모가 없어진 추억이다. 그렇게 생각하지만 내 안에서는 사라지려 하지 않는다. 그에 반해 그 녀석의 표정은 참 무사태평했다.

남자는 다른 이름으로 저장, 여자는 덮어쓰기 저장……이라던가?

내 데이터는 이제 어디에도 남아있지 않은 거구나. ……정말 부러운걸.

◆ 미나미 아카츠키 ◆

"아아아!!"

부끄러워, 부끄러워, 부끄러워, 부끄러워, 부끄러워, 부끄

러워, 부끄러워, 부끄러워, 부끄러워, 부끄러워, 부끄러워, 부끄러워, 부끄러워, 부끄러워, 부끄러워, 부끄러워, 부끄러워, 부끄러워!!

아무도 없는 객실에 뛰어들어간 나는 침대 위에서 데굴데굴 굴렀다.

사람들 앞에서 그런……! 음식을 먹여주고 달콤한 목소리를 건네다니, 으으으아아아!! 그만해! 그만해! 그만해! 그런 건 이미 졸업했어!! 떠올리기도 싫단 말이야아아아앗!!

그냥 죽여줘……. 그리고 아까 일을 없었던 걸로 해줘……. 아아아아, 모처럼 고등학교 와서는 비교적 잘 지내고 있었는데…….

내가 이렇게 괴로워하는데 그 녀석은 왜 그렇게 태연한 거야? 약은 거 아냐? 두드러기도 안 났잖아! 나와 아무리 꽁냥거려봤자 아무 느낌도 안 든다는 거야?! ……예전에는 일일이 얼굴을 붉혔으면서……!

화풀이 삼아 베개를 물어뜯고 있을 때 객실 문이 덜컹하는 소리를 내며 열렸다.

"아카츠키 양……? 다행이야, 여기 있었구나……."

"아…… 유, 유메?"

긴 흑발이 흔들리는 모습이 눈에 들어오자 나는 허둥지둥 몸을 일으키면서 물어뜯던 베개를 등 뒤로 숨겼다.

유메는 미안한 표정을 지으며 시선을 아래편으로 돌렸다.

"저기…… 미안해. 일이 이렇게 될 줄은 꿈에도 몰랐어……."

"응? 아…… 괜찮아, 괜찮아! 이 정도는 아무것도 아냐!"

"정말……?"

아침때처럼 웃어도 되는데 유메는 참 좋은 애라니깐. 아~ 사랑해. 평생 같이 있고 싶어. 코~를 향한 짜증이 유메의 귀여움에 정화되고 있어…….

"이제 와서 관둬봤자 거꾸로 이상하기만 하니까 합숙 중에는 계속할 거야. 캐릭터를 연기하는 데는 익숙하거든. 뭐, 코~ 입장에서도 이득 아닐까? 아하하!"

"……코~?"

"어? 왜?"

"그게…… 본인이 없어도 그렇게 부른다 싶어서 말이야."

"…………아."

실수했다.

"……………………."

"저, 저기…… 유메? 히죽거리지 말아 줄래?! 방금은 반사적으로 무심코……!"

"그래— 후훗. 반사적으로 무심코 말한 거네— 후후후후! 여, 역시 옛날에는 그렇게 불렀구나……! 푸푸푸풉!"

"어……?!"

어, 어떻게 이 호칭이 옛날 호칭이라는 걸…….

유메는 주먹을 입에 대서 웃음을 참으며 말했다.

“그야 『애칭으로 불러』라는 말을 듣고, 당연한 듯 『코~』, 『아~』 하고 불렀잖아— 우리도 거기까지는 지정하지 않았는걸! 아하하하!”

…………평생의 불찰…………!!

내가 베개에 얼굴을 묻자 유메가 침대로 다가오는 기척이 느껴졌다.

“괜찮지 않아? 이 기회에 다시 예전 호칭을 쓰는 것도 말이야. 소꿉친구다울 것 같아.”

“소꿉친구 아니거든?!”

“그렇게 쓸쓸한 소리 하지 마…….”

“……저기, 유메.”

나는 베개에 얼굴을 묻은 채 톤을 살짝 낮췄다.

“아무리 어릴 적에 사이가 좋았더라도 그게 쭉 이어질 거란 보장은 없어. 잘 안 될 때도 있는 법이고 인연을 끊는 경우도 있어.”

“하지만 아카츠키 양과 카와나미는 아직 이야기를 나눌 수 있는 거리에 있잖아. 인연도 아직 끊어지진 않은 거지?”

“…………그건, 그래.”

“그렇다면 고집을 부리며 거부하는 건 아쉽지 않을까 싶은데…….”

……실은, 옛날 옛적에 인연이 끊어졌어도 이상할 게 없다.

하지만 옆집에 살고 있으니까. 자기 의지로 이사할 수 없는 어린애니까. 진학할 학교를 바꾸지 못했으니까. 소꿉친구니까— 아직 때때로, 얼굴을 마주할 기회가 있을 뿐이다.

……아직, 늦지 않은 걸까……?

소꿉친구처럼 지내는 지금이라면. 연인처럼 지낼 수 있는 지금이라면.

…………아직, 돌이킬 수 있는 걸까……?

◆ 이리도 유메 ◆

"유메 양, 제 이야기 좀 들어주세요!"

자습 시간 때, 히가시라 양이 나를 헐레벌떡 찾아왔다.

자습 시간이라고 해도 실질적으로 자유 시간이 아니라서 질문을 받아주는 교사가 강의실에 상주해 있다. 하지만 지금은 질문을 하는 학생이 많은 타이밍이라 우리가 잡담을 나눠도 지적을 받을 일은 없었다.

히가시라 양이 들어달란 이야기는 물론, 수업에 관한 것이 아니었다.

"히가시라 양, 무슨 일이야? ……왠지 참 기뻐 보이네."

"에헤. 에헤헤헤. 그렇지 않거든요? 에헤헤헤헤!"

얼굴이 헤실거리고 있었다. 입시에 성공한 수준— 혹은, 고백에 성공한 수준이었다.

내가 그럴 리가 없을 거라고 생각하고 있을 때 히가시라 양이 기뻐하며 이야기를 시작했다.

“실은 아까 말이죠? 클래스메이트에게 질문을 받았어요.”

“응? 어떤 질문?”

“『7반의 이리도와 사귀는 거야?』라고 묻더라니까요!”

나는 무심코 숨을 삼켰다.

내가 그러는 사이, 히가시라 양은 히죽거리고 있는 볼을 두 손으로 꼭 눌렀다.

“에헤, 에헤헤. 저희는 연인 사이처럼 보이는 걸까요~? 곤란하네요~! 에헤헤! 그런 사이 아닌데 말이에요! 에헤헤헤!”

매우 들떠 보였다. 너무 기뻐 보였기에 왠지 나도 기뻐졌다. 그것이 마음속에서 생겨난 응어리와 섞이면서 복잡한 대리석 문양을 자아냈다.

“……뭐, 그렇게 하루 종일 붙어 다니면 그런 소문이 돌…… 거야. 두 사람 다 이목을 끄는 편이 아니니까 그런 소문의 대상이 된 게 좀 의외지만…….”

“그게 말이죠~. 미즈토 씨는 의외로 인기가 있는 것 같아요.”

“뭐?”

방금 뭐라고 했지?

“중간고사에서 1위를 했기 때문일까요~? 『엄청 머리가 좋은데다 잘 보니 얼굴도 귀엽다』고 사귀는지 저한테 물어본 사람들이 말하더라니까요! 『이리도와 친해 보여서 부러워~』라는 말도 들었는데…… 우헤헤헤헤!”

우월감에 사로잡힌 히가시라 양이 괴상한 웃음을 계속 흘려댔다.

그, 그렇구나……. 그럴 거야……. 나는 입시에서 1등을 한 실적 덕분에 지금 지위를 손에 넣었으니까 중간고사에서 1등을 한 그 남자가 여자애에게 인기를 얻는 것도 이상할 게 없어…….

어? 이성에게 인기 있어? 그 남자가?

현실을 받아들이기 어려웠다. 그 녀석을 노리는 사람이 잔뜩 있다고? 아니, 그 남자라면 고백을 받아도 차겠지만 말이다. 아니, 그 이전에 히가시라 양이 여친으로 여겨진다면 고백 같은 건—.

"그…… 그래서? 히가시라 양…… 뭐라고 답했어……?"

이유 모를 초조함에 사로잡힌 내가 그렇게 묻자, 히가시라 양은 씨익 웃었다.

"물론, 제대로 대답했어요. 『사귀지 않아요』 하고요."

"그, 그랬구나."

"『사귀지 않아요. 좋은 친구 사이일 뿐이에요』 하고 말해줬죠."

"열애 보도를 당한 연예인의 코멘트네!!"

완전 의미심장해! 말 그대로의 의미로 100퍼센트 받아들일 수가 없어!

히가시라 양은 히죽 웃으며 말을 이었다.

"이야…… 저기, 그게…… 좀 기분이 좋아서요."

"기고만장해져서 놀려준 거구나! 속이면 어떻게 해!"

"거짓말은 안 했잖아요. 아주 약간, 나중에 결혼 발표를 할 듯한 투로 말해 줬을 뿐인데……. 혹시 문제 있나요?"

"문제는………… 없, 는데……."

히가시라 양이 여친으로 여겨지면 여자애들이 꼬이지 않을 테니 그 남자도 덜 성가실 테고…… 솔직히 말해, 엄청 이득이라는 생각이 들었다.

"주위로부터 그런 관계로 여겨지는 건, 꽤 강력하네요~."

히가시라 양은 행복한 듯 웃더니 공책 구석에 낙서를 하기 시작했다.

"제가 미즈토 씨를 좋아하지 않았더라도 주위로부터 그런 식으로 여겨진다면 여친 행세를 했을지도 몰라요. 그 두 사람은 쭉 그런 환경에서 자라온 거군요. 상상이 잘 안 되는 세상이에요."

"그 두 사람?"

"미나미 양과 그 경박남 말이에요. 소꿉친구라면서요? 그럼 어릴 적부터 쭉 놀림을 받았을 것 같은데요."

"……뭐, 나도 그걸 기대하며 이런 계획을 세운 거긴 해……."

"소꿉친구가 없는 사람은 그런 걸 기대하는 게 당연하겠죠."

다 됐다, 하고 말한 히가시라 양이 샤프를 내려놨다. 공책 구석에 그린 것은 창문 너머로 미소 지으며 이야기를 나누고 있는 소년소녀— 만화에서 흔히 보는 『이웃사촌인 소꿉친구』의 광경이다. 참 잘 그리네…….

"여동생이 없는 사람이 동경하는 여동생 같은 거예요. 여동생에 비하면 이성 소꿉친구는 상당한 레어 캐릭터니까요. 만나는 사람마다 그 두 사람을 그런 관계라고 여겼을 거예요. 그렇다면 본인들도 기대에 부응해야만 할 것 같은 기분에 사로잡히지 않을까요."

"뭐, 그렇다고 진짜로 만화에 나오는 소꿉친구 같은 관계가 될까……. 그건 창작물의 캐릭터에 지나지 않잖아? 아까 전의 바보 커플 조크처럼 그럴듯하게 행동하기만 하는……."

"그렇다면 벌칙으로 애칭을 쓰고 있는 것도 실은 그럴듯하게 행동하고 있을 뿐인 걸까요?"

나는 입을 다물었다. ……우리는 두 사람이 서로를 애칭으로 부르며 부끄러워하고 서로를 의식하게 되기를 기대하고 있다. 그것을 두 사람이 의식적이든 무의식적이든 간에 적절히 헤아려주고 있을 뿐이라면……?

"뭐, 딱 하나 확실한 건—"

내가 생각에 잠겨 있을 때, 히가시라 양은 자신이 그린 그림을 손가락으로 톡톡 두드렸다.

"—현실의 소꿉친구는 분명 다르겠죠. 정말 낭만이 없네요."

◆ 미나미 아카츠키 ◆

소꿉친구, 란 관계에서 낭만을 품지 않았다면 거짓말일 것이다.

만화와 애니메이션에서 몇 번이나 봤다. 옆집에 살고 남매나 다름없이 자랐으며 어릴 적에 수많은 추억을 함께 만들었을 뿐만 아니라 성장하면서 점점 서로에게 끌리는— 그런 이상적인 소망의 극치 같은 소꿉친구란 이름의 눈부신 꿈.

나와 코~는 바로 그런 사이다.

많은 인간이『진짜로 있으면 좋겠네』하고 꿈꿔온 소망. 그것을 운 좋게 현실에서 손에 넣은 특별한 존재— 만약 이성 소꿉친구가 있으면서 그런 것을 꿈꾸지 않은 이가 있다면 가르쳐줬으면 한다. 그 녀석의 거짓말을 폭로해 줄 테다.

현실 따위는 반쯤 픽션이나 다름없다.

사람들은 누구나 자기 포지션을 찾아다녀. 리더 캐릭터라든가 놀림당하는 캐릭터라든가 꼬마 대장 캐릭터라든가 학급 반장 캐릭터라든가 어딘가에서 본 듯한 캐릭터를 연기해. 나도 상대가 만든 캐릭터를 통해 그 사람을 인식해왔어. 텔레비전의 연예인과 스트리머를 표절한 행동으로 분위기를 띄우면서 말이야…….

그와 마찬가지로, 나는 코~를『소꿉친구』라는 캐릭터로 봐왔어.

현실과 허구를 구별하지 않고 우리는 만화와 애니메이션에서 본 로맨틱한 관계라고 마음속으로 믿어왔던 거야.

그래서— 그런 짓을 할 수 있었어.

우리는 소꿉친구니까. 운명으로 맺어진 두 사람이니까. 그러니까 코~는 내가 무슨 짓을 해도 받아줄 거라고…… 이해해 줄 거라고…… 착각했어.

알아. 알아. 내가 바보라는 걸 말이야. 하지만. 하지만…….

나는…… 진짜로, 코~를 행복하게 해 주고 싶었을 뿐이야.

그게 다야.

그러니까…… 저기, 믿어줘.

…………믿어줘………….

—헛소리 하지 마. 어떻게 믿어!! 네가 나한테 무슨 짓을 했는지 알긴 해?! 말이면 단 줄 아냐! 빌어먹을! 정신 나간 거 아냐?! 그래, 정신 나갔겠지. 정신이 완전히 탈출했을 거라고!! 아니면 나만 수저를 안 주거나 편의점도 못 가게 하거나 당번이라 다른 여자애와 단둘이 있었다고 불같이 화를 내지는 않을걸?! 그래! 내가 잘못했어! 내가 잘못했다고!! 너 같은 위험한 여자애를 소꿉친구라는 이유로 곁에 둔 내 잘못이야!! 아앙?! 왜 우는 거야?! 울고 싶은 건 나야! 돌려줘! 내 몇 달!! 네가 나한테서 빼앗아간 시간을 전부 돌려달라고오오오!!

◆ 카와나미 코구레 ◆

나는 철이 들었을 때부터 친구가 부족하지 않은 타입이었다고 생각한다.

남들과 이야기를 나누는 것을 사이좋게 지내는 것을 의식할 필요도 없이 자연스럽게 해냈다. 겁을 모르고 낯가림이란 의미도 모르며 상대가 누구든 어디서든 숨 쉬듯 그 안에 녹아 들어갔다. 어디서든 잘 지낼 자신을 노력할 필요도 없이 처음부터 가지고 있었다.

지금 생각해보면 그것은 일종의 생존전략이었을지도 모른다.

어렴풋이 기억하고 있다. 아마 그것은 어릴 적의 일이다. 웃으며 나를 어르던 어머니가 내가 잠들기 직전에는 지친 듯 한숨을 내쉬었다.

너무 어렴풋한 기억이라 꿈일지도 모른다는 생각이 들었다. 하지만 그 광경이 내 혼에 하나의 목적을 설정했다.

혼자서도 살아갈 수 있게 되어야만 한다.

나를 위해 한숨을 쉬는 사람이 단 한 명이라도 생겨나서는 안 된다.

강박 관념이라기에는 너무 자연스러웠다. 그것은 혼의 형성 단계에서 내 마음 밑바닥에 자리하며 나를 규정했다.

그렇기에 모르는 장소에 가더라도 쓸쓸하지 않았고 혼자 있을 때면 그런 자신이 자랑스러웠다. 나는, 고독과는 인연이 없었다.

하지만 아~와 함께 있을 때는 왠지 안심되는 느낌이 들었다.

불안을 느낄 이유가 없는 내가 이런 생각을 하는 것도 우습지만 아~와 있을 때면 내가 있어야 할 곳에 있는 느낌이 들었다.

―아~는, 내가 친해지려 하지 않아도 곁에 있어 줬다.

―아~는, 내가 아무런 노력도 하지 않아도 곁에 있어 줬다.

―아~는, 내가 아무 말도 하지 않아도 헤아려줬다.

그렇게 생각하니 마치 게임에서 세이브 포인트에 도착한 것처럼 내 마음이 평온해졌다.

그런 건 오만에 지나지 않는데 말이다.

"아."

"……아……."

오후 수업 사이의 쉬는 시간, 화장실에 가려고 자리에서 일어난 나는 아카츠키 녀석과 마주쳤다.

나는 왠지 그 녀석한테서 고개를 돌렸다.

주위에 다른 학생은 없다. 그 어이없는 바보 커플 조크를 할 필요는 없다. 물론 『아~』 하고 옛날 호칭으로 부를 필요도 없는 것이다.

아아, 그런데― 왜 이렇게 거북한 거야.

목 뒤편이 술렁거리면서 배길 수가 없었다. 지금 바로 도망치고 싶지만 동시에 그것을 주저하고 있다.

이리도 남매 탓이다. 예전 호칭을 쓰는 탓에 겨우 설정해 둔 아카츠키와의 거리에 버그가 생겼다.

최악의 형태로 헤어지면서 10년 넘게 쌓아온 인연도 엉망진창이 됐다. 그래도 나는 다른 누구에게도 걱정을 끼치고 싶지 않으니까, 부모님에게도 아카츠키의 이야기를 하지 않았다.

위에 구멍이 생긴 건 수험 스트레스 탓이라고 말했다.

마음 같아선 두 번 다시 얼굴을 보고 싶지 않았던 아카츠키와도 대외적으로는 아무 일도 없었던 것처럼 지냈다— 다행인지 불행인지, 나에게는 그것을 해낼 능력이 있었다.

딱히 친하지 않은 상대와 사이좋게 지내는 기술을 흔히 커뮤니케이션 능력이라고 한다.

나와 이 여자는 그것을 충분히 갖추고 있었다— 그러니 이날까지 겉모습을 꾸밀 수 있었다.

그것이 설마…… 이렇게 간단히 무너질 줄은 몰랐다.

열심히 꾸며왔던 겉모습이 호칭 하나 탓에 무너졌다. 나는 이제 어떤 표정으로 이 녀석을 대하면 좋을지 알 수가 없었다.

옛날처럼? 무리다.

어제까지처럼? 무리다.

지금의 나는, 이 녀석과 대면하는데 필요한 캐릭터를 가지고 있지 않았다.

첫 한 마디도 생각나지 않았다. 술렁거리는 목덜미를 매만지며 시선을 피하는 것 말고는 할 수 있는 게 없었다. 그런 나 자신에게 화가 났다.

그런 내 귀에, 머뭇거림이 섞인 가녀린 목소리가 흘러들어왔다.

"……거…… 거동 한 번, 되게 수상하네."

도끼눈으로 도발하듯 노려보고 있지만— 그 목소리는 뭔가를 망설이듯 떨렸다.

아카츠키가 보여준 그것은 이 몇 달 동안 나를 상대하려고 만든 캐릭터의 잔해다.

곳곳이 허물어진 탓에 무참하기 그지없는 상태였다. 그래도 아카츠키는 그대로 나에게 달려들었다.

"그딴 건 그냥 조크, 잖아? 멋쩍어하지 말란 말이야……."

"아…… 아니거든? 그냥…… 뭐랄까, 아무도 없는 데서까지 아~와—."

"아~?"

"아냐! 방금은 실수…… 단순히 원래대로 바꾸지 못해서—."

"아니 뭐, 됐어. 괜찮아. 어차피 벌칙 게임이잖아?"

말투가 날카롭지 못했다. 망설임이 어려 있었다. 주저가 어려 있었다. 이 녀석도 알 수가 없는 것이다. 나와 어떤 표정으로 이야기를 나누면 좋을까. 견고한 캐릭터가 허물어지면서 드러난 본심을 얼버무릴 수밖에 없다. 나와 마찬가지로.

나와 마음이 통하는 것처럼. 옛날 사귀기 전의, 그때처럼—.

—그런데, 왜.

"뭐랄까, ……그래. 이 호칭이 입에 익어버리면 말이야. 다른 반 애들도 들을지도 모르니까…… 더 퍼져나가는 건 좀……."

너도 의식하고 있는 거지? 거북한 거지? 그래서 태도가 이런 거지?

그런데— 왜 나는 괜찮은 걸까?

두드러기도 구역질도 나지 않는 걸까?

평소 같으면 과잉 반응을 하는 내 자의식이 왜 아무 말도 하지 않는 걸까?

왜— 네 말이, 이렇게 얄팍하게 들리는 걸까?

"자, 너도 곤란하지? 유메도 일이 커지는 건—."

아아………… 어이없어.

"그래. 일이 더 커지면 성가실 거야. 조심하자."

"……뭐?"

"이리도 양에게 괜히 부담을 주는 건 피하고 싶잖아. 너도 조심해."

한심해. 어이없어. 뭘 즐거워하는 거야. 이딴 놀이는 대체 뭐냐고.

우리가 이리도 미즈토와 이리도 유메처럼 될 수 있을 거라고 생각하는 거야?

아냐. 그런 달콤한 게 아냐. 그렇게 존귀한 게 아니라고. 우리는 좀 더 우열하고 우매하며 우둔한 더는 어찌할 수 없는 잔해잖아.

감화되지 마.

돌이키는 건, 완전히 불가능해.

"그럼 나는 화장실 다녀올게."

나는 가볍게 손을 흔들며 아카츠키의 옆을 지나쳤다.

너무나도 간단했다. 망설임도 주저도 느끼지 못했다. 마음이 술렁이지도 분노를 느끼지도 않았다. 정말 편하고 간단했다.

"잠깐…… 기다……!"

"왜 그래?"

내가 뒤를 돌아보았다. 불렀으니까 말이야. 당연하잖아.

싸운 것도 아닌걸.

아카츠키는 입을 벌린 채 무슨 말을 하려 했지만 결국 그 입에서는 숨조차 흘러나오지 않았다.

그런 그녀의 얼굴에 얄팍한 미소가 들러붙었다.

"아무것도 아냐~♪ 그냥 불러봤을 뿐이야~♪"

"우와, 징그러."

"뭐어~?!"

우하하 하고 웃은 후, 우리는 지극히 자연스럽게 뒤돌아섰다.

"……하아."

방금 들린 한숨 소리는 대체 누가 토한 것일까.

정말…… 어이없어.

◆ 미나미 아카츠키 ◆

믿어줘.

그런 말을 할 자격이 나에게 없다는 건 알고 있었다.

아직 안 늦었어? 나는 대체 얼마나 어리광쟁이인 걸까.

겉으로만 예전 같은 사이로 돌아가봤자, 그 시절과 지금의 우리는 완전히 다른 생물이 됐다.

"……하아."

즐거웠어.

초등학생 때는— 여친이 되자는 생각조차 안 했던 시절에는 말이야.

그 시절에는………… 참, 즐거웠어………….

◆ 카와나미 코구레 ◆

2박 3일의 공부 합숙 마지막 밤이 찾아왔다.

이때 우리에게는 자유 시간이 주어졌다. 외출이 허가된 것이다. 그리고 같은 날, 마치 노리기라도 한 것처럼 호텔 근처의 신사에서 축제가 열렸다.

즉, 학교 측에서 레크리에이션을 준비해 주지는 않을 거니까 이 지방 축제에라도 가서 놀아라. 하지만 문제가 일어나도 각자가 책임지라는 의미다.

뭐, 우리로서는 귀중한 여름방학을 공부나 하면서 끝내는 것보다 훨씬 낫다— 오히려 노리던 이성을 꼬셔서 여름 축제 데이트를 할 기회다.

놓칠 수는 없다.

나는 처음부터 이리도 남매를 이 축제에 보낼 작정이었다.

이 축제는 빌어먹게 거대한 손통 폭죽이 유명하다고 한다. 손통 폭죽은 기술자가 직접 손으로 든 통에서 불꽃 샤워 같은 게 하늘로 발사되는 녀석이다. 종류에 따라서는 10미터 높이까지 발사되기도 한다니 박력은 상당할 것이다. 이참에 보러 가자는 말을 꺼내더라도 부자연스러울 게 없다.

당연히 그 남매는 단둘이 가라고 해봤자 가지 않을 테니 상투적인 수단에 의지하기로 했다.

게임 때의 멤버 다섯이서 집단으로 가는 것이다.

인파 속으로 유도하기만 하면 뒷일은 걱정 안 해도 된다. 흩어진 척하면서 단둘이 있게 만들면 된다. 마침 스마트폰도 없어 재합류도 어렵고 말이다.

그래서 호텔을 나선 우리는 낯선 밤길을 걷고 있었다.

"오홋호~♪"

"이봐, 히가시라. 애견번역기가 없어서 묻는 건데 방금 그 울음은 어떤 의미야?"

"『밤에 친구와 집 밖을 돌아다니는 건 처음이야. 텐션이 상승하네~』라는 의미예요!"

"……일단 묻겠는데 방향감각에는 자신이 있어?"

"무시하지 마세요. 산이 안 보이는 쪽이 남쪽이죠?"

"그건 교토시에서만 먹히는 방법이야. 그리고 여기는 시가현이거든? 너, 절대 우리한테서 떨어지지 마."

사태는 의외로 스무스하게 흘러갔다.

이리도가 내 의도를 눈치채고 난색을 표할 줄 알았는데 뜻밖에도 바로 오케이를 했다— 어쩌면 처음부터 이리도 양과 가고 싶단 생각을 했던 걸까? 실은 내가 그 말을 꺼내기만 기다렸다던가?

나는 입가를 손으로 가렸다. 평소에는 표정을 얼마든지 컨트롤할 수 있지만 즐겁게 망상을 할 때만은 제어가 안 된다니깐.

밤길에는 다른 라쿠로 학생도 드문드문 보였지만 다들 사복 차림이었다. 소문에 따르면 작년에는 유카타를 합숙에 가져온 강자도 있었다고 하는데 올해는 없는 것 같았다.

"아~ 유메의 유카타 차림을 보고 싶었어~. 교토에 돌아가면 다 같이 축제에 안 갈래?"

"좋아. 기온 축제는 끝났지만 기회는 얼마든지 있을 거야."

앞에서 걷고 있는 아카츠키와 이리도 양이 느긋하게 대화를 나누고 있었다. 이리도 남매도 일이 예상 이상으로 커져서 반성하고 있는 것 같았다― 아침처럼 억지로 우리가 얽히게 하지는 않았다.

정말 고마울 따름이다. 지금 우리가 단둘이서 걷는 모습을 남이 봤다면 장난이 아니라 진짜로 놀림을 당하게 될 것이다. ……그렇게 되면 냉정함을 유지할 자신이 없다.

"히가시라 양도 같이 축제에 가지 않을래~?"

"어? 저기, 그래도 될까요……?"

"유카타 입어주면 말이야! 참, 유카타 안에 속옷을 입으면 안 된다는 건 알고 있지?"

"그, 그건 유언비어 아니었어요……?"

"그 유언비어가 실은 유언비어였어~."

"아카츠키 양, 흑심이 마구 세어 나오고 있으니까 관둬. 히가시라 양이 이상한 결심이라도 하면 어쩌려고 그래?"

"여, 역시 제 가슴이 목적이었나요! 몸뿐인 관계였군요!"

히가시라가 발끈하며 아카츠키를 향해 쪼르르 달려갔다.

나와 이리도, 남자들만 이 자리에 남겨지면서 잠시 정적이 흘렀다―.

"―카와나미. 미나미 양과 무슨 일 있었어?"

그 빈틈을 노린 듯 날아온 질문에 나는 반사적으로 대꾸했다.

"별일 없는데? 왜 그런 걸 묻는 거야."

"모르겠어. 그냥 물어본 거야."

"그건 또 무슨 소리야?"

나는 하하 하고 가볍게 웃었지만 이리도는 표정을 바꾸지 않았다.

"네가 괜찮다면 됐어. 나는 오늘 ROM 전문이니까 참견은 안 할 거야."

그렇게 말한 이리도는 걸음을 재촉하며 다른 애들에게 다가갔다.

……참견, 꽤나 하는 것 같은데 말이지.

뭐가 불만인 거야. 우리는 이걸로 됐다고. 애초부터 잘못됐었어. 착각이었던 거야. 나의, 말도 안 되는…… 망상이었던 거잖아?

나는 나에게 룰을 부과하며 살아왔다. 손이 가지 않는 아무에게도 폐를 끼치지 않는 인간이 된다. 그것이 나라는 캐릭터의 근간이 되는 설정이다.

하지만…… 거기에도 딱 한 명, 예외가 있다고 여겼다.

자기가 자기에게 부여한 캐릭터로 대할 필요가 없는— 내가 나 자신이 될 수 있는— 진심으로 자연스럽게 접할 수 있는 그런 예외 말이다.

꼴사나운 감상이다.

그런 식으로 생각한 건 나밖에 없었으니까—.

"옷 좀 얇게 입어~! 너의 그 커다란 가슴이 울고 있잖아~!"

"꺄앗~?! 자, 잠깐! 터치 금지! 터치 금지예요!"

"그러고 보니 오늘은 조신하네. 우리 집에 올 때는 파카 안에 탱크톱 차림이잖아."

"어?! 잠깐만, 그 파카 안에 그렇게 얇은 옷을 입고 있었던 거야?!"

"우와, 질리겠네~. 남자 앞에서만 노출도를 올리는 여자구나."

"헛소문이에요! 이, 이래 봬도 실내복과 외출복은 분간한단 말이에요!"

"저기, 히가시라 양. 남자 방에서 그렇게 얇은 옷차림이 되면 안 돼."

이리도 남매와 히가시라 사이에서 아카츠키가 깔깔 웃고 있었다.

그 미소도 결국은 연기지? 이 자리의 분위기에 맞춘 거짓 성격, 거짓 미소에 지나지 않잖아. 나는 너만이 본심으로 대할 수 있는 상대라고 여겼는데 너는 쭉 거짓 인격으로 얼버무렸어. 그래. 그래서 나는 네 본성을 꿰뚫어 보지 못한 거야—.

그렇더라도.

내 안에서 또 한 명의 누군가가 반박했다.

그렇더라도, 그렇더라도 말이다.

저 미소를 봐. 저 웃음소리를 들어봐. 저건, 적어도—.

병실에서 주저앉아 울게 했던 그때보다.

실망에 사로잡혀 체념했던 아까보다.

—훨씬, 훨씬 즐거워 보이잖아.

"……………………………………………………………."

밤하늘을 올려다보았다.

마침 꿈처럼 아름다운 달을 보니 현기증이 날 것만 같았다.

◆ 이리도 유메 ◆

여름 축제에 오면 좋든 싫든 인생 첫 데이트 때를 떠올리고 만다.

나는 길을 잃고 헤매다 우는 소리를 했고…… 그 남자가 나를 찾아줬다.

그렇다. 찾아줬다— 나는 그때까지 이 세상 누구도 나를 바라봐주지 않을 거라 생각했다. 그럴 가치가 자신에게는 없다고 생각했다. 그래서 그때, 나는 **진정한 의미에서** 그가 나를 찾아줬다고 느꼈다.

그래서 아마 그때부터, 나는 스스로를 꾸미는 것을 관뒀다. 더 나은 누군가를 연기하는 것을 관뒀다. 아야이 유메와 이리도 미즈토라는 다른 무엇도 아닌 두 사람이 됐다.

하지만 사귄다고 하는 스테이터스가 이어질수록 『연인』이란 이름에 집착하게 됐고 『평범한 연인』이 되려고 하면서 자연스러운 태도와 점점 멀어져갔다.

—아아, 그걸 생각해보면…….

몇 년이나, 가족 같은 자연스러운 관계로 지내는 것이 얼마나 어려운 일일까.

소꿉친구 같은 건— 그것만으로도 기적 같은 존재 아닐까?

"아! 시작됐어, 유메!"

아카츠키 양이 앞을 손가락으로 가리켰다. 콘크리트로 된 부두 위에 직공들이 입는 전통 외투를 걸친 남자가 서 있었고 그 발치에는 비와 호수의 수면을 향해 뉘어져 있는 커다란 통이 있었다.

슈우웃! 하는 소리를 내면서 눈부시게 빛나는 무수한 불꽃이 수면을 향해 뿜어졌다. 전통 외투 차림의 사람이 통을 들자 불꽃은 분수처럼 밤하늘로 쏘아졌다.

"오오~."

탄성을 터뜨리는 아카츠키 양을 나는 힐끔 곁눈질했다.

아카츠키 양은 소중한 친구이며 고등학교를 졸업한 후에도 사이좋게 지내고 싶다. 나는 그것이 어려울 거라 생각하지 않고 아카츠키 양 또한 마찬가지일 것이다.

그래서 나는 대신할 수 없을 거라고 생각했다.

나에게 있어 그 남자처럼 히가시라 양에게 있어 그 남자처럼— 아카츠키 양에게 있어 『그것』은 먼 옛날에 정해져 있는 것이다.

왜냐하면— 아카츠키 양이 험담을 하는 건 한 명 뿐인걸.

펑! 하고 큰 폭발음을 내며 발사된 불꽃이 밤의 어둠에 흩어졌다.

빛이 사라지자 어둠이 되돌아왔고 한순간 자기 이외의 존재를 확인할 수가 없었다.

—바로 그때, 누군가가 셔츠를 잡아당겼다.

어째서일까. 뒤를 돌아보지 않아도 누구인지 알 수 있었다. 아마, 그 녀석만큼 나를 잘 찾는 자는 유감스럽게도 없으니 말이다.

"——, ————."

그 누군가가 나에게 속삭였다.

나는 웃었다.

아카츠키 양이 조금 부러워졌다.

◆ 미나미 아카츠키 ◆

두 번째 손통 폭죽에 불을 붙이자, 또 밤하늘에 빛이 흩날렸다.

불꽃 샤워 소리를 들으면서 나는 옆에 있는 유메를 쳐다보았다. 예쁜 얼굴이 그 불꽃에 비치면서 또렷한 이목구비가 확연히 드러났다.

왜 이렇게 유메를 좋아하는 건지 스스로도 알 수가 없었다.

귀여워서일지도 모르고 상냥해서일지도 모른다. 유일하게

확실한 건, 그녀의 곁에 서 있는 나 자신을 확인할 때마다 아주 조금 구원받은 느낌이 들었다.

나는 반성을 하고 있다.

지금은 자기중심적인 인간이 아니다. 상대를 헤아려주고 있다. 아무런 필터도 거치지 않으며 아무런 소망도 품지 않으며 유메란 인간 그 자체를 보고 있다. 뭐, 4월에 사고를 치긴 했지만 말이다. 그것도 망상에 빠졌던 것일 뿐 딱히 유메에게 피해를 주지는 않았으니 괜찮다.

괜찮다. 이번에야말로 괜찮다— 나는, 마음만 먹으면 해낼 수 있다.

즐거웠던 나날을, 이번에야말로…… 망치지 않기 위해.

"어…… 어라? 이리도?"

불현듯 눈치챘다. 그림자에 가려서 눈치채지 못했다. 이리도가 유메의 옆에 서 있었다. 그 녀석과 함께 다른 곳에 있는 줄 알았는데 말이다.

두 사람의 어깨가 살짝 닿아 있는 것이 눈에 들어왔다. 그 순간 가슴 속에서 질투의 불꽃이 타올랐기에 허둥지둥 억눌렀다. 자중하자, 자중~. 선을 넘으면 안 돼~.

"뭐야~? 여자들 사이에 섞이고 싶은 거야? 색골이라니깐~."

나는 농담 투로 그렇게 말하면서 유메의 팔을 끌어안았다. 그 정도 선에서 멈췄다.

이 정도라면 유메도 부담스럽게 느끼지는 않을— 것이다.

유메도, 이 정도라면 거절하지 않을— 것이다.

—하지만.

"아카츠키 양, 미안해."

유메의 팔이 내 품속에서 쏙 빠졌다.

그리고 상냥히, 내 어깨를 밀었다.

"어……? 유메……?"

"푸념이라면 다음에 얼마든지 들어줄 테니까……."

나와 명백하게 거리를 두면서도— 유메는 기운을 북돋아 주려는 듯 상냥히 미소 지었다.

"지금은 혼자서, 힘내."

등 뒤에서 누군가가 내 손을 잡고 잡아당겼다.

누구인지 알 수 없다.

그것보다도 유메의 모습이 인파 속으로 사라져가는 것이 쓸쓸해서—.

하늘로 솟아오르는 불꽃이 눈에 들어왔다.

눈부신 빛이, 깊은 어둠을 드리웠다.

시꺼먼 어둠에, 나는 집어삼켜졌다.

◆ 이리도 미즈토 ◆

"고마워."

내가 그렇게 말하자 유메는 평소처럼 가시 돋친 목소리로

답했다.

"왜 네가 고맙다는 말을 하는 거야? 카와나미가 부탁한 거잖아?"

"……그냥 말해봤어."

펑! 하면서 손통 폭죽이 터지는 것을 보면서 나는 아까 속삭였던 말을 떠올렸다.

—카와나미가, 미나미 양에게 할 말이 있대.

"……그 정도 정보로 용케 눈치챘네."

"뭐, 그냥 알았어."

"그냥이구나……."

인간의 본심이라는 건 대체 어디 있는 걸까.

캐릭터나 페르소나나 가면 같은 걸 거론하며 마치 본래 인격이 있는 것처럼 굴지만 그건 대체 언제 써먹는 거지? 혼자 생각할 때일까. 그건『혼자 생각할 때의 캐릭터』와 다른 걸까?

본심. 민낯. 인간의 심지. 누군가가 이해해 주기를 가장 원하는 것. 하지만 스스로는 결코 찾아낼 수 없는 것…….

만약 그런 게 있다면 그것이 있는 곳은—.

"—자기 안이, 아닐지도 몰라."

"응? 무슨 소리야?"

"별거 아냐. 좀 철학적인 생각을 했어."

달빛에 비친 유메의 얼굴에 나를 무시하는 것 같은 미소가 어렸다.

"너는 좀 그거 같아. 히가시라 양이 말했던…… 중2병?"

"중학생 때, 데이비 보위를 착신음으로 했던 너한테 그런 말 듣고 싶지 않은걸."

"그…… 그건, 네가 추천해 준 영화의 주제가였잖아!"

뭐, 아무튼 여기서부터는 본인들에게 달렸다.

리드 온리 멤버.

그저 묵묵히 상황을 지켜볼 뿐.

—어라?

지금, 우리…… 중학생 때 이야기를 아무렇지 않게 하고 있지 않아?

내가 뒤를 돌아보니 거기에는 낯선 얼굴의 군중만이 있었다.

"……이봐. 히가시라는 어디 간 거야?"

"어?"

유메도 뒤를 돌아보더니 그대로 굳어버렸다.

……아하. 아하, 아하.

"아무래도 나는 여름 축제에서 사람을 찾아다니게 되는 별 아래에서 태어난 것 같은걸……."

"하아, 정말! 미안해! 이제 됐어?!"

◆ 카와나미 코구레 ◆

우리는 쭉, 꿈을 꾸고 있었다.

누구보다도 서로를 이해하고 매력적이며 헌신적일 뿐만 아니라 무슨 말을 해도 웃어주는—.

—그런 편리한 인간이, 현실에 존재할 리 없는데 말이다.

그 녀석과 친구로 지낸 게 몇 년인데 그런 생각을 하냐고. 언제부터인지 정확하게는 기억하지 못하지만 10년 넘게 소꿉친구라 불리면서 대체 뭘 본 거야.

귀여워? 헌신적? 웃어줘? 그런 건 전부 겉모습에 지나지 않는다. 나에게 있어 유리할 뿐인 표면 부분에 지나지 않아! 나는…… 그 녀석의 안에서 자신의 소망에 부합되는 부분만을 골라내 꿈을 보고 있었을 뿐이다.

눈치챘을 때는 이미 늦었다.

귀엽게 웃고 헌신적으로 속박한다. 내가 아는 소꿉친구와 큰 줄기는 변함이 없지만 그 녀석은 내가 모르는 무언가로 변해 있었다.

아니, 변한 것이 아니다.

가면 아래의 민낯이 드러났을 뿐, 돌변한 것은 결코 아니다.

그 녀석은 처음부터 그런 인간이었다. 그저, 내가 무지했을 뿐이다.

꿈에서 깨어나 현실을 보게 됐을 뿐이다.

……아아, 하지만. 그런데도.

밤거리가, 어둠에 섞인 불빛이, 눈앞을 스쳐 지나갔다.

그날 밤의 모험이, 올려다본 밤하늘이, 아름답게 빛나는 달이, 빛이 되어 눈앞을 스쳐 지나갔다.

실패했다.

진짜로 실패했다.

미련은 그 어디에도 남아있지 않다. 그날 밤에 생겨났던 열정은 이제 와선 쓸쓸하게 느껴질 만큼 어딘가로 사라졌다. 그 대신 존재하는 건 터무니없을 정도의 후회다.

그러니 말하겠다. 몇 번이라도.

소꿉친구는 관둬. 여차할 때 도망칠 곳이 없어.

소꿉친구는 관둬. 비밀을 만들 수가 없어.

소꿉친구만은, 무조건 관둬.

꿈처럼, 잊어버릴 수가 없다고.

◆ 미나미 아카츠키 ◆

인파 속에서 끌려 나온 후, 나는 그제야 내 손을 잡은 인간의 얼굴을 봤다.

카와나미 코구레가 평소처럼 경박한 미소를 머금은 채 깊은 어둠 속에 서 있었다.

30센티미터 정도 위에 있는 그 얼굴에서 나는 눈을 돌려야만 했다. 어째서일까. 알 수 없다. 아마, 자격이 없다고 생각하는 것이리라.

잡힌 손을 떨쳐내려 했다. 나보다 훨씬 큰 손. 마치 감싸

쥐는 것 같은 그 감촉은 그리움을 느끼게 했지만 지금의 나는 그것을 떠올려선 안 된다.

하지만 카와나미는 내 손을 놔주지 않았다.

오히려 더 세게 움켜쥐더니— 가벼운 어조로 이렇게 말했다.

"잠시 같이 걷지 않겠어?"

카와나미는 내 손을 잡아당기며 걸음을 옮겼다. 나는 영문도 모른 채 그를 따라갈 수밖에 없었다.

이 근처에는 민가가 많아서 밤길을 비추는 빛 또한 생활감이 물씬 넘쳤다. 전혀 다른 풍경인데 머리 위의 밤하늘이 멀어져가는 소음이 그날 밤을 떠올리게 했다.

가족여행을 갔던 날의 밤. 여관을 빠져나왔던 그 밤의 일.

그리고…… 어차피 지킬 리가 없는 어린애 같은 약속.

사람이 있는 장소를 피하듯 걷다 보니 비와 호수에 도착했다.

콘크리트 지면에 벤치가 몇 개 설치되어 있을 뿐인 쓸쓸한 장소. 호수라서 파도 소리도 들리지 않았다. 시꺼먼 어둠에 뒤덮은 수면 건너편에서는 마을의 불빛이 어렴풋하게 눈에 들어왔다.

카와나미는 내 손을 놓더니 호주머니에 손을 집어넣으면서 바다처럼 넓은 호수를 쳐다보았다.

"8월에는 규모가 더 큰 불꽃축제를 하나 봐. 뭐, 교토에서 당일치기로 왔다간 귀가 시간이 너무 늦어지겠지만 말이야."

"……카와나미, 무슨 속셈이야?"

이렇게 인적 없는 곳까지 사람을 끌고 와서 잡담이나 하자는 거야?

내가 미심쩍은 눈길을 보내자 카와나미는 장난스레 어깨를 으쓱했다.

"딱히 아무 속셈도 없어, 아~."

……이 상황에서도 벌칙 게임을 계속하려는 거야? 그런 호칭으로 불러봤자 결국 자기 실속만 채우는 짓에 불과하다는 걸…… 알잖아.

"하지만 말이야. ……좀 재미있을 것 같았어."

"……뭐?"

"지금이라면 이쪽에는 아무도 안 올 거잖아? 아무도 없는 한밤의 비와 호수. 가슴이 뛰지 않냐고. 겸사겸사 이리도 남매도 단둘이 있게 해줬고— 히가시라는 눈치를 발휘한 게 아니라 진짜로 떨어져 버린 거겠지만 말이야."

이해가 안 돼……. 어릴 적부터 쭉 함께 지내서 모르는 게 전혀 없다고 생각했는데…… 지금은 이 녀석이 무슨 생각을 하는 건지 하나도 모르겠어.

낮에 내 허술한 얼버무림을 간파당했을 때가 생각났다. 아무 말 없이 멀어져 가는 뒷모습을 떠올렸다.

그때, 마음을 정리한 거 아니었어?

나는 이미 『여친보다 재미있는』 미나미 아카츠키가 아니게 됐다는 걸 눈치챈 거 아니었어……?

"……그 불안한 표정은 본심이야? 아니면 캐릭터야?"

갑자기 차가운 목소리가 들려 나는 흠칫하며 고개를 들었다.

그런 내 눈에 들어온 건 아까까지의 친근한 얼굴과는 다른…… 완전한 무표정이었다.

"어릴 적부터 내가 봐왔던 너는, 『미나미 아카츠키』야? 아니면 『소꿉친구』야?"

모르겠어.

그런 건, 나도 몰라…….

처음에는, 분명 달랐다. 왜냐하면 철이 들었는지도 모르는 어린애한테 소꿉친구 같은 직함을 붙일 수 있을 리 없다. 그런 것을 떠나서 나와 너는 함께 있었다. ……그런데…….

언제부터 이런 식으로 된 것일까.

여친보다 내가 더 재미있다고 너는 말했어. 그래서 나는 여친 같은 것보다 재미있어지고 싶었어. 만화나 애니에서 나오는 운명이 만나게 해 준 존재가 되고 싶었어. 그게 다였는데. ……어째서…….

카와나미의 무표정이 블랙홀 같은 어둠으로 바뀐 느낌이 들었다.

허식 덩어리인 자신이, 얄팍한 민낯 위에 몇 겹으로 덧씌운 가면이 하나하나 거기에 빨려 들어가더니…… 마지막에는 그 무엇도 아니게 된 나 자신마저…….

"—뭐, 너도 모를 거야."

카와나미의 얼굴에 자조 섞인 미소로 바뀌었다.

"어디까지가 본심이고 어디까지가 캐릭터인가. 그런 걸 알 리 없고 어느 쪽이든 상관없잖아. 그럼 즐거워지도록 할 뿐이야. 안 그래?"

나는 빨려 들어가지 않았다.

저 얼굴이 이번에는 태양처럼 눈부시게 보인 나머지…….

"우리 둘 다, 한심한 짓거리는 관두자. 아까 사소한 일로 화내서 미안해. 기분이 좋지 않았거든— 너한테는 잘못이 없으니까 신경 쓰지 마."

그만해.

상냥하게 대하지 마.

"뭐, 꽤 즐겁지 않았어? 연인 놀이라는 것도 말이야— ROM 당하는 입장의 심정을 조금은 알겠어. 고등학생이나 되어서 『아~』 하고 부르는 건 좀 부끄럽지만 말이지—."

녹는다. 마음이 녹는다. 어리광을 부리려 한다. 또, 또…… 중학생 때로 돌아가려 한다.

코~의 그런 부분을 좋아했다.

내 마음을 섬세하게 헤아려줬다. 싸워도 화해하기 위해 힘써줬다. 다른 친구가 많은데도 중요한 순간은 나를 최우선으로 여겨줬다. 배려심이 넘치고 무드 메이커이며 곁에 있어줄 뿐인데도 내 마음속의 응어리를 날려주는—. 그런 너를 너무나도 좋아했다.

하지만.

그래서.

"————사과하지 마아아아앗!!"

◆ 카와나미 코구레 ◆

아카츠키의 절규가 한밤의 비와 호수에 드리운 정적을 찢어발겼다.

"사과하지 마……! 잘못을 인정하지 마! 잘못한 건 나잖아! 내가 정신 나간 애였을 뿐이잖아!! 내가, 너의 진짜 소망을 전혀 생각해 주지 않았던 거잖아……!! 그런데…… 그런데! 왜 네가 사과하는 거야아앗……!! 그런 짓을 당하고 위에 구멍까지 난 네가! 사과하면 안 돼! 그러면 나는 어쩌면 되는 건데에에엣……!!"

눈물을 줄줄 흘리며 아카츠키는 피를 토하듯 절규를 토했다.

"너는 사람이 너무 좋아!! 왜 청소를 하러 오는 거야!! 절교해버리면 되잖아……!! 같은 반이라도 집이 이웃이더라도 엄마에게 부탁을 받았더라도! 무시 정도는 해도 되잖아!! 왜 그냥 넘어가는 건데!! 왜 아무 일도 없었던 것처럼 하는 건데!! 가족한테는 말하란 말이야……!! 나와 사귄 탓에 입원했다고

고자질하면 되잖아!! 네가 아무 말도 안 한 바람에 나는 아직도 네 아버지와 어머니한테 친하게 지내는 소꿉친구라고 여겨진단 말이야……!! 내, 내 탓인데…… 중요한 수험 시기에 입원해서 폐를 잔뜩 끼쳤는데 전부 내 탓인데……!! 어떤 얼굴로 이야기를 나누면 되는데!! 이제 모르겠어!! 모르겠으니까 남들 흉내나 낼 수밖에 없어!! 유메한테 폐를 끼칠 뻔했을 때도……! 네가 수습해 주려고 했잖아! 나 따위와는 얽히기 싫다고 생각해!! 내가 정신병 걸린 지뢰녀라는 걸 네가 가장 잘 알잖아!! 더는 휘말리기 싫다고 생각하란 말이야아아아아아아앗!!!!"

위의 밑바닥에서 가슴 깊은 곳에서 스스로를 쥐어짜내듯…….

말을 토해낸 아카츠키는 어깨를 들썩이면서 손바닥으로 눈물을 닦더니…….

"하지만…… 그래도……."

작고 가녀린…… 마치, 도움을 청하듯…….

"……생판 남처럼 이야기되는 건, 싫어……."

마지막으로 쥐어짜낸 그 말이…… 결국 가장 하고 싶었던 말이라는 것을 금세 깨달았다.

그것이— 아카츠키의 마음 깊은 곳에서 흘러나온 본심일 것이다.

왠지, 알 것만 같았다.

왜냐하면— 소꿉친구니까.

"이제, 끝이야?"

조용히 묻자, 대답은 돌아오지 않았다.

그렇다면.

"이번에는 내 턴이야."

◆ 미나미 아카츠키 ◆

"————너야말로 사과하지 말라고!!!!"

벼락같은 고함에 나는 눈물로 엉망이 된 얼굴을 들었다.

"너한테 말도 안 되게 독설을 퍼부어서 울려댄 사람은 바로 나라고!! 10년 가까이 함께 지냈으면서 너를 전혀 신용하지 않았던 건 바로 나잖아!! 확실히 너는 위험한 애긴 했어!! 정신병 걸린 지뢰녀 맞아! 다시는 사귀고 싶지 않아!! 하지만 나도 위험하긴 마찬가지야!! 10년이거든?! 10년이나 같이 있으면서 네가 얼마나 위험한 애인지 눈치 못 챘어!! 좀 귀엽고 좀 나한테 잘해 준다는 생각밖에 안 했어!! 그런 망할 둔감남이 1억 배는 더 위험하다고! 안 그래?!"

그가 진심으로 화내는 목소리를 들은 건 아마 그 병실에서의 일 이후로 처음일 것이다.

하지만…… 그 내용은 그때와 정반대였다.

"전부터 사과하고 싶었어!! 너무 심한 짓을 한 것 같아서 마음에 걸렸다고!! 하지만 전부 자기 잘못인 것처럼 말하기는! 열받게 하지 말라고 이 멍청아!! 여자한테 사과하게 하는 건 기분 나쁘다고!! 나도 조금은 사과하게 해 줘!!"

"으으, ……으으으으으으으!!"

뭐야. 뭐야. 뭐야……!

"허, 헛소리하지 마!! 원인은 나한테 있잖아! 잘못한 사람은 나란 말이야! 그런데 왜 네가 잘못한 것처럼 말하는 건데……!!"

"따지고 보면 나한테도 책임이 있단 소리야, 이 멍청아!!"

"멍청하지 않거든?! 옛날부터 내가 너의 공부를 봐줬거든……?!"

"공부로밖에 머리가 좋은지 나쁜지 분간 못 하니까 멍청하다는 거야, 이 멍청아!!"

"시끄러워! 바보!! 그러는 너야말로 바보잖아, 이 사람 좋은 놈아!! 망할 둔감남은 무슨!! 아무리 소꿉친구라도 뭐든 다 알 리가 없잖아!! 너는 완벽한 피해자야! 그런 것도 모르는 거야?!"

"모르는 건 너라고 멍청아!! 멍청하니까 모르는 거라고 이 멍청아!!"

"바보!!"

"멍청이멍청이멍청이멍청이멍청이멍청이멍청이멍청이멍청이멍청이멍청이멍청이멍청이멍청이!!"

정말 어이가 없다.

초등학생 이하다.

유치하고 치졸하며 바보에 멍청이에 꼬맹이였다.

하지만— 멈출 수는 없었다.

둑이 무너진 것처럼 마음 속 어딘가에서 말이 넘쳐 나오더니 눈앞에 있는 남자에게 퍼붓지 않고는 참을 수가 없었다. 그 외의 다른 건 머릿속에서 전부 사라졌다. 체면을 차릴 여유도 캐릭터를 연기할 여유도 없었다.

아아— 정말 기쁘다.

이렇게 싸우는 게 대체 얼마 만일까? 내가 보던 애니를 네가 무시했을 때 이후일까? 내가 엉엉 운 바람에 너도 아줌마한테 혼나서 결국 우리 둘 다 엉엉 울었지.

아니면, 내가 처음으로 너한테 게임으로 이겼을 때 이후로 처음일까? 네가 나한테 질 거라고는 전혀 생각하지 않으며 방심한 바람에 내가 우연히 이겼고 내가 눈치 없이 너무 기뻐하니까 너는 진 걸 인정하지 않으며 억지를 부리며 다퉜던—.

어째서일까. 어째서일까.

나, 여친이었거든? 우리 연인 사이였거든? 잠깐이라고는 해도 꽤 연인다운 짓도 했잖아. 평범하게 행복하게 연인 관계를 즐겼잖아. 달콤 쌉싸름한 추억도 몇 개는 만들었어.

그런데…… 왜, 이런 어이없는 일들만 생각나는 걸까…….

눈물과 콧물을 질질 흘리며 독설을 퍼부어대지만 패턴이

너무 적어서 유메처럼 책을 많이 읽을 걸 하고 후회하고— 그러다 보니 호흡이 흐트러졌다.

"……하아…… 하아……."

"하아…… 하아…… 하아……!"

어깨를 들썩이며 서로를 노려보다, 또 목소리를 쥐어 짜내려 했을 때—.

갑자기 코~가 나를 덮치듯 몸을 기댔다.

"어……?! 코, 코~……?!"

아, 아무리 그래도 이렇게 탁 트인 곳에서— 무거워……?!

코~의 몸에서 힘이 빠져나가는 것이 느껴졌다.

나는 허둥지둥 몸에 힘을 주며 그의 체중을 버텨냈다. 코~는 가늘지만 몸이 단단하고 불타는 것처럼 뜨거웠— 뜨거워?

얼굴을 보니 관자놀이에서 땀방울이 흘러내렸다. 안색은 몸에서 이렇게 열이 나는데도 창백했다. 혹시나 해서 팔을 보니 예상대로 그것이 눈에 들어왔다— 도돌도돌하게 난 두드러기 말이다.

"코…… 코~……?! 혹시, 계속 참고 있었던—."

"미안한테……. 지금 『코~』란 호칭으로 불리는 건, 위험해……."

나는 허둥지둥 입을 막았다.

이 녀석의 이상한 알레르기— 아니, PTSD는 남의 마음을 읽고 연애 감정을 감지하는 것이 아니다. 하지만…… 그렇게 고함을 질러댄다면 눈치챌 것이 뻔했다. 내 안에 아직 그 시절의 감정이 남아있다는 것을…….

남자는 다른 이름으로 저장, 여자는 덮어쓰기 저장— 누가 그런 유언비어를 퍼트린 걸까?

덮어쓰기 저장 같은 게 가능할 리가 없잖아.

추억이 너무 많다. 지구상의 그 누구보다도 많은 추억을 지닌 것이다. 그 전부에 덮어쓰기를 한다는 건 대체 몇 년이나 걸릴까?

인간은 연령을 늘어날수록 시간 감각이 빨라진다고 해. 그 체감 시간을 기준으로 계산한다면 인생의 반환점은 10대에 찾아와. 그렇다면 어릴 적의 10년을 전부 덮어쓰기를 하기 위해서는 남은 인생을 전부 써도 부족할 거야.

잊을 수 있을 리가 없는 거야.

우리는…… 마지막 순간이 비참하기 그지없었다고 해도…… 소꿉친구인 거야.

"……너와의 연인 생활은 지옥 같았지만……."

숨을 헐떡이며 코~는 내 귓가에서 말했다.

"그래도…… 어릴 적, 여름방학 숙제로 골드버그 장치를 만들었잖아……?"

"……응."

"스마트폰 위치 정보 게임을 하겠다고 산속까지 걸어갔었지……."

"응……."

"그리고…… 가족여행 때 몰래 여관을 빠져나오기도 했어……."

"……응……."

"…………즐거웠어…………."

"…………응…………."

그것은 나와 이 녀석이 남자와 여자가 되기 전의 이야기.

아직, 소꿉친구나 연인이 아니었던 시절의 이야기.

"추억이, 잔뜩 있어……. 진짜 빌어먹을 정도로 있다고……. 그런데…… 그걸 전부…… 연인 사이일 때 잘 풀리지 않았다고…… 전부 지옥 같았던 걸로 치부할 수 있겠냔 말이야……. 그렇게 생각했더니……."

코를 훌쩍이는 소리가 들리자 나는 귀를 의심했다.

"…………쓸쓸하다, 고…… 생각하고 말았어…………."

떨림이 섞인 눈물이 섞인 처음

듣는 것만 같은 여린 목소리.

코~가 이렇게 울다니…… 정말, 정말…… 얼마 만일까.

"……저기, ……아~."

"왜……?"

"……그 약속 아직…… 기억, 하고……."

목소리가 잦아든 순간, 코~의 몸에서 완전히 힘이 빠졌다.

나는 두 발에 힘을 주며 그의 몸을 꼭 끌어안았다.

그때, 같은 높이에 있던 눈은 30센티미터나 높은 곳에 있고…….

그때, 같이 뛰던 몸은 안기 버거울 정도로 커졌지만…….

밤하늘을 올려다보면 그때와 같은 빛이 보였다.

"……기억해, 코~."

당연하잖아.

잊어줄 거라고 생각했어?

◆ 카와나미 코구레 ◆

“이제야 깼구나.”

질린 듯한 목소리에 정신이 깨어난 나는 천천히 눈을 떴다.

눈부시게 빛나는 별하늘을 배경 삼아, 아~가 내 얼굴을 들여다보고 있었다.

등에서는 딱딱한 나무 감촉이 느껴졌다. 뒤통수에서 느껴지는 부드러운 감촉은 허벅지일까. 아무래도 나는 호숫가에 설치된 벤치에 누워서 무릎베개를 벤 것 같았다.

“……나, 얼마나 잔 거야?”

“30분 정도일 거야. 스마트폰이 없어서 정확하게는 모르겠어.”

“으으…… 추울 만도 하네…….”

나는 몸을 부르르 떨었다. 여름이라고는 해도 밤에 밖에서 30분이나 누워있으니 추울 만도 했다. 하지만 의식을 잃기 전에 온몸에서 느껴지던 열기와 구역질은 꽤 가라앉았다.

“……괜찮아졌으면 몸 좀 일으켜주면 안 돼? 다리가 저리기 시작했거든.”

“아, 그래? 감촉이 그다지 좋지 않— 아얏!”

베개 삼고 있던 허벅지를 살짝 만졌더니 머리를 받쳐주던 것이 사라지면서 뒤통수가 벤치에 그대로 격돌했다.

고통에 괴로워하면서도 마음속으로 약간 놀랐다.

허벅지가 예전보다 말캉말캉해진 것 같았다. 손가락이 빨려 들어가는 느낌이랄까— 근육이 붙은 건지 아니면 가슴으로 갈 영양분이 그쪽으로 가버린 건지…… 이제 와서 내 취향에 근접하다니 말이야.

손에 남은 감촉을 떨쳐 내려고 나는 몸을 일으키며 항의했다.

"환자한테는 좀 상냥하게 대하라고!"

"내 알 바 아냐~. 여친이라도 만들어서 상냥하게 대해 달라고 하지 그래? 인기 많잖아?"

"인마, 놀리는 거냐! 내가 이런 체질만 아니었다면—."

아카츠키는 내 얼굴을 힐끔 쳐다보더니 약간 뾰로통한 목소리로 말했다.

"미안해."

"……너, 불만 있냐~?"

"없거든? 네 우하하 하렘 고교 생활을 방해해서 미안하다고 생각할 뿐이야."

하렘은 무슨. 그렇게 인기 있지는 않다고. 나를 뭐로 보는 거야—.

—생판 남처럼 이야기되는 건, 싫어…….

이제 와서 흐느끼던 아카츠키의 모습이 머릿속에 떠올랐다. 아카츠키의 울음소리를 듣는 동안 알레르기 증상이 끝도 없이 심각해졌다. ……즉, 이 녀석은 아직 그렇고 그런 것이다. 그렇다면 방금 그 질투라도 하는 것 같은 반응은—.

"너…… 너, 말이야……!"

나는 팔에 두드러기가 돋는 것을 느꼈다.

"환자 상대로…… 자중 좀, 해……."

게다가 머릿속까지 뜨겁게 달아올랐다. ……어라? 이제까지 몸이 뜨거워지는 일은 있어도 몸과 얼굴이 뜨거워지는 일은 없었던 것 같은데. 아냐, 내가 몰랐을 뿐이야. 이것도 알레르기 증상이야. 틀림없—.

"—푸풉!"

갑자기 아카츠키가 웃음을 터뜨리더니 『크크큭!』 하며 어깨를 떨기 시작했다.

아……? 뭐, 뭐야? 내가 상황 파악을 못 하자 아카츠키는 나를 향해 돌아섰다.

그녀의 얼굴에는 장난기 섞인 웃음이 어려 있었다.

"방금 그건, 캐릭터야."

"…………뭐?"

"어라어라~? 얼굴이 빨간 것 같네~? 나는 질투하는 척했을 뿐인데~. 자의식 과잉 아냐? 코~♪"

"이…… 이이이이이게…………!"

다…… 당했다……!! 이 타이밍에 이딴 짓을 하는 거냐……?! 진짜 고약한 녀석이라니깐……!!

"코~ 또 무릎베개를 해줄까? 자, 이리 와~."

"그만해애애애애…………!!"

나는 다시 한번 진심으로 후회했다.

왜 나는 이 녀석을 여친으로 삼았던 걸까.

그런 엄청난 실수는 앞으로 살면서 다시는 짓지 않으리라.

그러니 나는 몇 번이고 주장할 것이다.

—소꿉친구를 여친으로 삼는 것만큼은 무조건 관둬, 하고 말이다.

"—저기~ 잠시 실례해도 될까요…………."

""윽?!""

어둠 속에서 귀에 익은 목소리가 들려오자 우리는 화들짝 놀라며 고개를 돌렸다.

어렴풋한 달빛에 비친 그 사람은, 바로— 히가시라 이사나.

평소 무표정하던 그녀의 얼굴에 거북한 표정이 진하게 어려 있었다.

"꽁냥꽁냥을 방해해서 정마아아아아알~ 죄송하지만…… 축제가 열린 신사가 어디에 있는지 가르쳐주시면 감사하겠는데요……."

"히, 히가시라 양……? 언제부터 보고 있었어……?"

"『코~ 또 무릎베개를 해줄까?』 부분부터인데요— 괜찮아요! 저는 이야기해 줄 친구가 없거든요! 굳이 따지자면 입은 가벼운 편이지만요!"

"그럼 이리도와 유메한테는 이야기한다는 소리잖아! 잠깐만 있어 봐! 농담! 아까 그건 농담이야—!!"

◆ 이리도 미즈토 ◆

공부 합숙의 모든 일정이 끝났다.

셋째 날 점심. 호텔을 나선 우리는 반별로 버스에 탔다. 히가시라가 어마어마하게 불안한 표정을 지었지만 반이 다르니 어쩔 수 없었다. 돌려받은 스마트폰으로 상대해 주는 정도로 참으라고.

미나미 양이 뒷좌석으로 카와나미가 통로 좌석으로 향하는 것을 본 여자애가 새된 목소리로 말했다.

"어라, 미나미 양~! 카와나미와 같이 안 앉는 거야~?"

아직도 그걸로 놀리는 거냐. 어제로 끝난 줄 알았는데 말이야. 합숙이 끝난 후에도 계속된다면 좀 미안할 것 같은데…….

내가 걱정한 직후, 미나미 양이 태연한 어조로 대꾸했다.

"아, 헤어졌어요~."

"총알 같네! 아하하!", "이유는? 이유는 뭐야?"

"으음~ 방향성의 차이랄까?"

"밴드냐!", "아하하하하하하하!!", "헤이, 카와나미! 차인 감상은 어때?"

"평범한 남자애로 돌아가겠습니다~."
"아이돌이냐!", "푸하하하하하하!!"
……대단한걸. 방금 그걸로 이 일은 완전히 마무리됐다. 이것으로 여름방학 이후까지 이것으로 놀림을 당하는 일은 없어졌다.
창가에 팔꿈치를 올려두며 감탄하고 있을 때 스마트폰에서 소리가 났다. 유메한테서 LINE이 왔다.
〈미나미 양과 카와나미는 잘 풀린 것 같네〉
〈아무래도 그런 것 같은걸〉
〈히가시라 양한테 들었는데 인적 없는 곳에서 꽁냥꽁냥하고 있었대. 혹시 사귀기로 한 걸까?〉
〈그럴지도 모르겠는걸〉
〈흥미 너무 없는 거 아냐?〉
〈진짜로 없거든〉
이번 일로 확실해졌다. 연애 ROM은 내 취향에 맞지 않았다.
"여어, 절친."
가벼운 투로 그렇게 말하며 내 옆자리에 앉는 남자가 있었다. 굳이 말할 필요도 없겠지만 카와나미 코구레다.
"멋대로 절친이라 부르지 마. 너는 내가 괴롭힘을 당하면 도와주려고 할 타입이잖아."
"무슨 말인지 모르겠지만~ 나는 일단 도와주는 게 아니라 미연에 방지하는 타입이라고 말해두겠어. ……어젯밤에는 협력해 줘서 고마워."

"내가 뿌린 씨앗을 내가 처리했을 뿐이야."

사실 카와나미와 미나미 양 사이에서 무슨 일이 있었는지 나는 알지 못한다. 그저, 두 사람의 관계가 나쁜 방향으로 향하려 한다고 **왠지** 느껴졌기에 이 재주 좋은 남자라면 어떻게든 할 수 있을 것 같아서 부추겨봤을 뿐이다.

그것이 좋은 쪽으로 작용했다는 건 이 커뮤니케이션 능력의 화신— 아니, 커뮤니케이션 능력은 아닐까. 아무튼 카와나미 코구레의 힘이 그만큼 대단하다는 의미일 것이다.

"그럼 뿌린 씨앗을 처리하는 김에 내 질문에도 대답해 주지 않겠어?"

"뭔데?"

"어젯밤, 너와 이리도 양은 어디 갔던 거야?"

"…………."

나는 몸이 굳었다는 것을 들키지 않도록 노력했다. 창문을 보니 카와나미의 능글맞은 미소가 비치고 있었다.

"너희들 어느새 단둘이서 호텔로 돌아갔더라? 미아가 된 히가시라를 찾으러 다닐 줄 알았는데 왜 먼저 돌아간 거야?"

"……히가시라가 호텔로 돌아왔을지도 모른다고 생각했어."

"그럼 질문을 하나 더 하겠어. 왜 너와 이리도 양은 트레이닝복으로 갈아입고 있었던 거야?"

"…………목욕을 했거든."

"히가시라가 행방불명인데? 히가시라를 과보호하는 네가?"

"……………………."

"그럼 너희는 목욕을 할 수밖에 없는 상태가 됐다고 봐야겠지. 예를 들어…… 물에 빠진 생쥐 꼴이 됐다거나."

나는 한숨을 내쉬었다.

이렇게 관찰력이 뛰어난 녀석이 왜 미나미 양하고 다툰 건지 모르겠다.

"이제부터 말하는 건 내 망상이니 그냥 못 들은 척해도 돼. 어젯밤 비는 안 왔잖아? 그럼 너희는 함께 물속으로 뛰어든 거 아닐까? 예를 들자면…… 그래, 호수에라도 말이야. 비와 호수 주위는 가로등이 적어서 어둑어둑하거든. 그 근처에서 히가시라를 찾던 너희는 발이 미끄러져서—."

미끄러진 건 유메다. 나는 그런 그녀를 구해 주려 했을 뿐이다. 그 결과, 나도 길동무가 됐다. 그뿐이다.

"어젯밤, 이리도 양은 흰색 옷을 입고 있었잖아. 너는 알아? 흰색 옷은 물에 젖으면 무지 비친다고."

—젖은 옷이 몸에 찰싹 붙으면서 원래 보이지 않던 색깔이 드러났다. 달빛에 비친 것은 살색과 파란색. 평상시에 입는 용도의 장식이 거의 없는 심플한 디자인. 흠뻑 젖은 머리카락이 볼에 붙은 유메가 내 시선을 쫓아서 자신의 가슴을 쳐다봤고 그와 동시에 밤의 어둠 속에서도 알 수 있을 만큼 얼굴이 새빨개지면서 손으로 가슴을—.

"그 상태에서 사람들로 우글거리는 호텔로 돌아갈 수는 없겠지. 그럼 어딘가에서 옷을 벗어서 짤 필요가—."

"시끄러워."

"우극?!"

나는 옆자리에 앉은 남자의 옆구리에 팔꿈치를 꽂았다. 이래서 뭐가 ROM 전문이냐고. 자기가 보지 않은 장면까지 이야기해대고 있잖아.

—이쪽, 절대 보지 마…….

화나는 일이다. 이래서야 우리 자신보다 카와나미가 우리를 더 잘 아는 것 같다.

관찰하는 쪽과 관찰당하는 쪽. 관찰하는 쪽이 자신의 소망을 강요하는 한편, 관찰당하는 쪽은 적당히 자기 자신을 속이기도 한다. 이상적인 자신과 현실의 자신 사이에는 항상 차이가 존재하며 그러므로 혼자서는 진정한 자신을 알 수 없다.

인간에게 눈이 두 개 있는 건 하나로는 사물의 형태를 명확하게 파악할 수 없기 때문이다.

그렇다면 마음의 형태를 똑바로 파악하고 싶을 때도 눈이 두 개일 필요가 있을지도 모른다. 가치관, 편견, 소망— 한 사람에게 하나뿐인 마음의 시력이 두 개 필요한 것이다.

하지만 만약 그것으로 찾아낸 자기 자신이, 자신이 바라는 형태가 아닐 경우— 나는 변해야겠다고 생각할까?

…………서투른 이의 장고(長考)는 쉬느니만 못하다.

그 때는 재미있을 것 같은 쪽을 고르기로 할까.

■작가 후기— 리얼 캐릭터 크리에이트

이것은 제가 중학생 때 겪인 실화인데 저희 반에는 잘 까부는 남자애가 있었습니다. 눈에 띄는 그룹에 속해 있지만 리더십을 발휘하기보단 남들을 웃기려고 하는, 일부러 놀림을 당하려 하는 타입의 캐릭터라고 할까요. 당시 라노벨 오타쿠가 되어 있던 저에 비해 학교라는 환경에 적응한 것처럼 보였습니다.

하지만 그 애는 어느 날 갑자기 학교에 오지 않게 됐습니다.

담임 교사의 설명에 따르면 그 이유는『캐릭터를 연기하는 게 고통스러워졌으니까』— 지금 생각해보면 등교 거부의 이유를 적나라하게 클래스메이트 전원 앞에서 설명하는 교사도 어처구니가 없습니다만 제 인상에 남아있던 것은 그 설명에 대한 클래스메이트들의 반응입니다.

어안이 벙벙하다, 고 할까요.

그를 중심으로 웃던 학생들은 그의 심정을 눈곱만큼도 이해하지 못했습니다. 누구든 캐릭터를 연기하는 법입니다만, 그들은 그것에 대한 고통이나 자각이 없었던 거겠죠. 그런 이들 사이에서 그만이 무리하게 맞춰주고 있었던 겁니다. 왜

냐하면 주위로부터 그런 캐릭터를 요구받았기 때문이겠죠.

그렇게 인간이란 존재는 주위의 환경과 기대에 부합하는 캐릭터를 연기하는 생물입니다. 그것을 고통으로 여기는 자도 있는가 하면 의식도 하지 않는 자가 있으며 그것을 성장으로 받아들이거나 굴복으로 받아들이는 자도 있겠죠. 어쨌든 타인의 시선에 의한 관찰자 효과에서 벗어날 수는 없습니다.

연애 ROM 전문을 자칭하는 카와나미 코구레에게 스포트라이트를 맞추는 만큼, 이 이야기는 꼭 해야만 한다고 생각했습니다. 애초에 이 녀석은 엄청나게 참견을 해대니 ROM 전문이라고 할 수 없겠지만…… 아무튼 누가 어떻게 보고 있느냐가 본인의 행동에 강한 영향을 준다는 것을 다루지 않으면 미즈토와 유메의 상황을 정확하게 파악할 수 없다고 생각했습니다.

가족에게는 남매라 인식되고 한편으로 서로를 전 연인으로 여기는 두 사람이, 과연 어떤 캐릭터를 만들어갈까요. 다음 편부터는 초심으로 돌아가서 미즈토와 유메의 관계에 포커스를 맞출 생각입니다.

담당 편집자님, 일러스트를 맡아주신 타카야Ki 선생님, 이 책에 관여해 주신 모든 분들, 그리고 이 책을 응원해 주시는 당신에게 감사드립니다.

저, 카미시로 쿄스케의 『새 엄마가 데려온 딸이 전 여친이었다 3 소꿉친구는 관둬』를 전해드렸습니다. 저는 보통 하고 싶은 말과 정반대되는 말을 눈에 확 띄는 곳에 적어두죠.

■역자 후기

안녕하십니까. 근로청년 번역가 이승원입니다.

『새 엄마가 데려온 딸이 전 여친이었다』 3권을 구매해 주셔서 진심으로 감사드립니다.

올해는 이상 기후를 실감하고 있습니다. 10월 첫째 주만 해도 기온이 30도에 근접하면서 열대야가 맹위를 떨쳐서 에어컨을 켰습니다만 그 다음 날에 기온이 확 내려가서 전기장판을 켜게 되더군요. 작업복도 민소매&반바지에서 긴팔&긴바지로 변경했습니다.

더울 때는 빨리 추워지기를 바랐는데 이제는 왜 이리 춥냐고 투덜투덜대네요. 독서의 계절이라는 가을은 어디 가버린 걸까요……. 가을 핑계로 폭식하면서 독서 데굴데굴~도 어려워진 느낌이 듭니다. AHAHA.

독자 여러분은 쌀쌀한 날씨에 지지 마시고 독서의 계절을 만끽하시길!

그럼 『새 엄마가 데려온 딸이 전 여친이었다』 3권에 관해

이야기를 좀 해볼까 합니다.

스포일러가 포함되어 있을 수도 있으니 본편을 안 읽으신 분은 유의해 주시길!

『새 엄마가 데려온 딸이 전 여친이었다』 3권은 이 작품의 감초 캐릭터인 미나미 아카츠키와 카와나미 코구레에게 포커스가 맞춰졌습니다.

1, 2권에서 두 사람에게 어떤 과거가 있다는 것이 언급됐고 드러난 일부조차도 전율 그 자체였죠. 그리고 이번 3권에서 밝혀진 실체는…… 상상을 초월했습니다. 이야…… 고전 영화인 미저리란 작품이 생각날 정도였어요.^^

물론 카와나미와 미나미가 취한 행동에는 서로를 향한 정이 묻어나고 있으며 그렇기에 두 사람도 극단적인 결별에 치닫지는 못했습니다.

전 소꿉친구인 두 사람과 전 연인인 이리도 남매, 이 네 사람은 서로에게 영향을 주고 영향을 받으며 변화합니다. 그리고 전 소꿉친구인 두 사람의 관계는 이번 권에서 변화하게 되죠.

전 소꿉친구와 전 연인(+라노벨 오타쿠 글래머 소녀)의 즐거운 공부 합숙을 독자 여러분께서도 마음껏 즐겨주시길 빕니다!

그럼 이만 줄이겠습니다.

항상 재미있는 작품을 맡겨주시는 L노벨 편집부 여러분에게 진심으로 감사드립니다. 앞으로도 잘 부탁드립니다!

목욕탕 갔다고 자가격리되어버린 악우여. 신형 휴대용 게임기를 즐겨대는 모습을 보니 참 부럽구나(^^) 다음에 과자라도 보내줄게~.

6년 동안 저를 담당해오셨던 편집자님. 정말 신세 많이 졌습니다. 뜻하시는 모든 일을 성취하시길 진심으로 기원합니다. 언젠가 또 2인 3각으로 같이 일할 수 있기를 바라고 있습니다!

마지막으로 언제나 제게 버팀목이 되어주시는 어머니와 『새 엄마가 데려온 딸이 전 여친이었다』를 읽어주신 모든 분께 진심으로 감사드립니다.

여름방학에 귀성한 본가에서 만난 뜻밖의 미녀, 그리고 유메의 결단(?)이 눈길을 끄는 4권 역자 후기 코너에서 다시 뵙겠습니다!

2021년 10월 초

역자 이승원 올림

새 엄마가 데려온 딸이 전 여친이었다 3

1판 1쇄 발행 2022년 1월 10일
1판 2쇄 발행 2022년 9월 2일

지은이_ Kyosuke Kamishiro
일러스트_ TakayaKi
옮긴이_ 이승원

발행인_ 신현호
편집장_ 김승신
편집진행_ 권세라 · 최혁수 · 김경민 · 최정민
편집디자인_ 양우연
관리 · 영업_ 김민원

펴낸곳_ (주)디앤씨미디어
등록_ 2002년 4월 25일 제20-260호
주소_ 서울시 구로구 디지털로 26길 111 JnK디지털타워 503호
전화_ 02-333-2513(대표)
팩시밀리_ 02-333-2514
이메일_ lnovellove@naver.com
L노벨 공식 카페_ http://cafe.naver.com/lnovel11

ISBN 979-11-278-6310-4 04830
ISBN 979-11-278-6075-2 (세트)

값 7,800원